リサ
シャクティ
アド
ユイ
赤ちゃん

ゼロス
ルーセリス
ジャーネ

レナ
イリス
アルフィア

セレスティーナ
「消費する魔力にも気をつけないと……」
ツヴェイト
「複数の工程をやろうとすると、途端に操作が難しくなりやがる」
セレスティーナとツヴェイトの二人はクレストン邸でゼロスから魔導錬成の手ほどきを受けていた。

アラフォー賢者の異世界生活日記 13

Kotobuki Yasukiyo
寿安清

Contents

プロローグ　おっさん、銃を乱射する

ルナ・サークの街を突如として襲撃してきたゾンビの群れ。

ソリステア魔法王国内で起こった変死事件を調べるため、メーティス聖法神国に潜入したゼロスとアドは、この戦闘に巻き込まれた。

当初は勇者と聖騎士団の戦いぶりを観察していたが戦況は劣勢。

犠牲者を新たな仲間にすることで無尽蔵に増え続けるゾンビ達に対し、危機感を覚えた二人は仮面で顔を隠し、現場の判断で武力介入することに決めた。

勇者【八坂《やさか》　学《まなぶ》】との会話もそこそこに、大量のゾンビが蠢《うごめ》く防壁の下へと自ら飛び込むゼロス。

落下する合間にウィンチェスターM73のレバーを下方向へと動かし次弾を装填《そうてん》。更に、ついでとばかりに無詠唱で魔法を付与すると、真下に群がるゾンビの群れに向かって撃ち込んだ。

弾丸はゾンビの頭部を貫き、地面に着弾すると同時に魔法陣が展開、発動。轟音《ごうおん》と共に発生した衝撃波で周辺にいるゾンビを数体吹き飛ばす。

見事に確保された着地地点にゼロスとアドが降り立つ。

「お～、意外に飛んだねぇ。見た目以上に軽いのかな？」

「こんなところで、いきなり【エア・バスター】かよ。相変わらず派手にやるよなぁ～……」

アドはM４カービンを撃ちながら、呆《あき》れるように言った。

その間にも威力が強化された弾丸は一発で複数のゾンビを粉砕し、残骸が辺りに散乱する。

本来ノーマルのM４カービンの装弾数は20発なのだが、この銃は魔導銃であり薬莢《やっきょう》を必要としないため、約50発もの弾が装弾できる。

おっさんの趣味全開で作られた魔導銃は、チャンバー内に仕込まれている魔導術式を刻んだ刻印によって爆発を起こし、その火力で弾丸を押し出す仕組みだ。そのため本来薬莢を排出する場所から余剰魔力や熱を同時に放出する。

機構自体は既存の銃より簡略化されており、銃本体の強度を強化魔法によって高める仕様となっている。

そこにゼロス達自身の高すぎる魔力が余剰魔力となって行き場を求め、銃本体に仕込まれた強度強化魔法の術式と結びつき、付与魔法と同じ現象となって弾丸の威力を高めてしまう。

これは製作者本人であるゼロスも意図しなかった結果であり、どうしてそうなるのかも詳しく理解していない。

普通であれば、何かしら不具合が生じないか確かめるまで魔導銃を使用することを躊躇《ためら》うものだが、『まぁ、できちゃったのなら別にいいか』と開き直るあたり、製作者であるゼロスの思考はおかしい。もしかしたら威力が上がったことを素直に喜んでいるのかもしれない。

「なぁ、ゼロスさん。弾の威力自体はやたら高いけど、付与魔法を込めると、やっぱり魔法自体の威力が落ちるな」

「そうだねぇ〜。何か原因があるとは思うが、調べている時間はないし、このままガンガンいこう」

「大丈夫なのかよ」

「大丈夫だ、問題ない。暴発する前に敵を倒しちゃえばいいのさぁ〜♪」

いささか不穏な軽口を叩《たた》いている間にも、ゾンビはゼロス達の魔力を感知し殺到してくる。

そこを手に持った銃で殴り飛ばし、拳や蹴りで粉砕しつつ至近距離で銃弾を放った。

弾道上に立っていたゾンビ達は、胴体に風穴が開き、あるいは腕やわき腹が吹き飛び地面に倒れつつも、人を襲おうと地面を這《は》いながら向かってくる。

この異様な姿に、チートな二人もさすがに怖気《おぞけ》を感じた。

「う～ん……コイツらはどうも、人間が多い方向に群がる傾向があるようだねぇ。向かってくる奴等が少なくて楽だけど、思ったよりも倒せないから外側から削るしかない……。よし、コイツも使ってみるか！」

おっさんが手にしたモスバーグＭ５００。

ポンプアクションで弾を装填したあと、威力を最小限に加減した【エクスプロード】を付与し、群れて迫ってくるゾンビに向けてぶっ放す。

このショットガンに込められた弾は地球のものと似た散弾だが、ミスリルも含まれた特殊弾であり、容易に魔法付与ができるように作られたものである。

だが、付与されるのが範囲魔法だったらどうなるか？


――ドドドドドドドドドドドドドオォォォォォォン!!


答えは、至近距離で絨毯《じゅうたん》爆撃のような爆発と化す、だ。

ショットガンの弾は薬莢に小さな特殊弾がぎっしり詰め込まれている。その弾丸全てが【エクスプロード】の効果を付与され、銃身からばらまかれたのだ。

ショットガンは射程が短い。至近距離でそんな爆発を連続して引き起こせば、当然ながら連続する小爆発の余波で、ガンナー自身にも被害が及ぶことになる。

散弾一個分の威力は小さくとも、数が揃《そろ》えばダイナマイトの連鎖爆発と同規模になる。

「あちっ！　あちちちち……」

「なんで、散弾にエクスプロードなんか使うんだぁ!!　死ぬかと思ったろぉ!!」

低威力ながら短い射程で広範囲魔法が連続で炸裂《さくれつ》するのだから、『熱い』で済まされるものではない。爆風だけでも死傷するほどの威力である。

いや、普通に考えても生存などまず不可能なのに、その威力に耐えられるおっさん達は、深刻に人間をやめていると言わざるをえない。

「雑魚が一掃できたんだから、いいじゃないか」

「一声掛けてくれと言ってんだ。それでもあまり効果がねぇし!!」

「いや〜、無駄にゾンビの数が多いしねぇ〜。付与魔法ではエクスプロードも威力は半減以下だし、一気に駆逐できるなら迷わず殺《や》るべきだろ？」

「俺も巻き込まれてんですけどぉ!?」

「死んでいないならいいじゃん。人命優先が第一だよ」

「あんた……俺のことを『自分と同レベルなら、巻き込んでもいいんじゃね？』なんて思ってないか？　『この程度なら死なんでしょ』って割り切ってないだろうな？」

「…………」

「嘘《うそ》でもいいから否定してくれよぉ!?」

おっさんは酷《ひど》い人だった。

「しかし、ある程度損傷させると再生能力が働かないみたいだねぇ。魔力的な何かが関係しているのか？　再生というよりは修復……分からんゾンビだ」

「誤魔化しやがった……。これで馬鹿みたいな再生能力が健在なら、俺等じゃどうにもならねぇだろ。さっさと全滅させて飯にしようぜ」

「そだね……。ある程度派手に暴れてから、後始末を勇者君達に押しつけよう。めんどうだし」

「酷《ひで》ぇ……」

走り回りながらもマガジンを交換し、会話中でも銃を撃つことは忘れていない。

この時点で既に三分の一のゾンビが駆逐されている。背後から迫るゾンビに対しても後ろを見ずに銃を肩に担ぐようにして撃ち抜き、聖騎士や衛兵が束になって戦っても倒せなかった化け物の群れを、あっさりと撃退していく。

危機的状況だったはずの戦局を、たった二人で完全に覆してしまった、まさにバランスブレイカー。しかも、ゾンビ達の繰り出すリミッターの外れた強烈な攻撃も余裕で躱《かわ》しており、いまだかすり傷すら負っていない。

集団戦でモスバーグを取り廻《まわ》すのを不利と感じたのか、ゼロスはゾンビの攻撃を避《よ》けつつ、アドにグロック17を投げ渡し、同時に自分もハンドガンタイプの得物に交換した。

「Ｈａ―ｈａｈａｈａ！　Ｃｏｍｅ ｏｎ、Ｃｏｍｅ ｏｎ、腐れゾンビ共ぉ！　おいちゃんのデザートイーグルとトカレフが火を噴くぜぇ！」

ゼロスの勢いは止まらない。

群がるゾンビを軽々と飛び越し、いつの間にか二挺拳銃《にちょうけんじゅう》の様相となったおっさんは、腕をクロスさせながら中央に降下。デザートイーグルとトカレフを至近距離でぶっ放す。

掴《つか》もうと腕を伸ばすゾンビを蹴り飛ばし、銃のグリップの底で頭部を殴りつけ、ダンスでも踊るかのような身のこなしで金属の弾丸を叩き込んだ。

「ゼロスさんは、なんでノリノリなんだぁ？」

「ギュオアァァァァ！」

「邪魔すんなやぁ!!」

襲ってきたゾンビを、昨日貰《もら》った魔導銃ＺＢ26で地面へ叩き伏せる。無造作に一薙《ひとな》ぎするたび、数体のゾンビが宙を舞った。

この隙《すき》にＺＢ26を構え直し、範囲魔法【フレア・バースト】を付与。

そして一気に掃射した。


――ガガガガガガガガガガガガガガガガッ!!

――Ｄｏｄｏｄｏｄｏｄｏｄｏｄｏｄｏｄｏｄｏ!!

掃射音と共に弾丸が射出され、付与された魔法が発動。

周囲のゾンビを爆炎の中へと呑《の》み込んでいく。

ゾンビ達は衝撃によって二人に近づけない。

なんとか近づけた者も炎系統魔法の圧倒的な威力で火葬されていった。

「オォアァアァアァ‼」

そんな中、防衛中に犠牲となりゾンビ化した騎士が、雄叫《おたけ》びを上げつつ剣を振るい、猛然とアドに迫る。

だがアドは簡単に身を逸《そ》らして避け、ZB26を左肩に担ぎ上げ右手にグロック17を構えると、銃口を騎士ゾンビに向けた。

「……地獄で会おうぜ、Ｂａｂｙ」


――ダァン！


一発の弾丸がゾンビを爆散させる。

ぶっちゃけ、二人は酔っていた。銃の感触に酔っていた。

弾丸を撃ち出す感覚に酔っていた。敵を駆逐する快楽に酔いしれていた。

トリガーハッピー……所謂《いわゆる》ヒャッハー状態だった。

聖騎士や衛兵達には止められない。勇者ですら止めることはできない。

ヒャッハーなチート二人は、決して誰にも止められない。

止まる気もない。

第一話　勇者、学君は戦慄する

超チートな二人の戦い（蹂躙《じゅうりん》とも言う）を目の当たりにし、防衛戦に当たっていた多くの戦士達は絶句した。

『なんだよ、あの威力！　とても銃の威力じゃないだろぉ、もはや殲滅《せんめつ》兵器だよ!!　魔導士、凄《すげ》ぇよ。凄《すご》すぎるよ!!　神官共はなんであんな連中と敵対してんの!?　勝てねぇよ、あんな武器を持つ国には絶対勝てねぇって!!　ピチュられるよ、軍団規模の戦力を簡単にピチュできるよ!!　俺達、あっさりサクッとピチュられちゃうよ!?　神の威光？　勇者が絶対正義の使徒だって？　なにそれ、おいしいの!?　圧倒的な火力の前に勇者なんて無意味じゃん!!　勇者、要《い》らねぇじゃんか!!』

本日、勇者【八坂《やさか》　学《まなぶ》】は、己の存在が無意味で無価値であることを知った。

確かに勇者の成長速度は速く戦力は高いが、眼下で戦闘を繰り広げる転生者と思《おぼ》しき二人と比べると霞《かす》んで見える。

戦闘力にあまりにも圧倒的な差があった。ありすぎた。

襲ってきているゾンビ達は個々としての戦闘力は低いが、数で押し込まれれば勇者でも防ぎ切れない。何もかもを捨ててしまえば逃げ切ることはできるが、代わりに部下である聖騎士達が犠牲となり、それは結果としてゾンビの戦力を増やすことに繋《つな》がってしまう。

対してあの二人は個人としての戦闘力が異常で、集団で襲ってくるゾンビに対してガンカタで駆逐するほどの余裕があった。しかも銃という武器まで使用して手がつけられない。

ゾンビと転生者と思しき存在のどちらが脅威かと問われれば、学は後者と答えるだろう。

『あれだけの戦闘力を持ちながら、なんで今まで無名だったんだ？　普通なら喜んで「俺、TUE E！」するもんじゃないのか？』

勇者達が召喚された当初、異世界の存在に、夢見がちな少年少女は一部の常識人を除いて喜んだ。特に酷《ひど》かったのが周囲から不良と噂《うわさ》されていた【岩田《いわた》　定満《さだみつ》】と、不真面目で授業すらさぼる【笹木《ささき》　大地《だいち》】だ。彼らは特殊な力を得たことで調子に乗っていた。

対して転生者は一部の変人を除いて名前すら上がってこない。

その存在を確認できたのは、岩田が指揮官となり獣人族の住む領域に侵攻した【ルーダ・イルルゥ戦役】でだ。報告では広範囲殲滅魔法を行使したとあるが、もし彼等が個人で軍団を相手取ることが可能だとすると、敵に回っている現状は絶望的だ。勝てる要素がどこにもない。

何より、今まさに目の前で使われている銃という武器が、学が懸念していた予想の的中を見事に示していた。

『恐れていた事態が現実に……。あの二人、間違いなくソリステア魔法王国と繋がっている。あんな威力の武器を作れるなんて他に考えられないし、下手すると開発に関わっている可能性もあるな。冗談じゃないよ……メーティス聖法神国、もうアウトじゃん』

得体の知れないゾンビの群れより、現代兵器に恐怖を覚えた。

聖騎士達が火縄銃を持ったところで所詮《しょせん》は単発。高性能で連射可能な重火器で、圧倒的な弾幕を張る戦闘部隊の前では太刀打ちなんてできない。

武器の性能差によっては数の優位性など簡単に覆る。

騎士の鎧《よろい》など徹甲弾を用意されれば簡単に貫かれ、ランスを持って突撃する騎馬隊などいい的だ。

そこに魔法による付与効果が加わるのだから現代兵器並みの火力となる。

中世の世界観だったこの世界が一気に現代へと変わることに、学は背筋の凍る思いだったが、ゼロス達が使っている銃器が実は一個人の趣味で製作されたことを彼は知らない。

仮に知ったとしても『なんでこんなヤベーもん作ってんだよ』と頭を抱えただろう。

そんな学の心境など知らぬと、現在も謎の二人は派手に暴れ回っている。

『汚物は消毒だぜぇ〜！』と言わんばかりの一方的な蹂躙劇。

襲う側にとって、そして守る側にとっても、この二人は台風そのものであった。

見た目は魔導士なのだが、騎士達が苦境に立たされたゾンビの群れを楽々と倒している。

一方、防衛に就いていた戦士達は、自分達では手に負えないことを嫌というほど理解していた。

否定したくとも不可能だった。

今見ている光景は、彼等に体験したことのない未知の恐怖を刻み込んだ。

「こ、これが戦いなのか……？」

「敵だけを一掃する……。名誉や誇りも……ゴミのように消し飛ばす力……」

「こんなの、一方的な虐殺ではないか！」

「敵はゾンビだけどな……」

「圧倒的すぎる」

「もし、あの武器が我々に向けられでもしたら……」

「こ、こんなものは戦いではない……。ただの蹂躙だ！　認められない！　認めるわけにはいかない!!」

『まぁ、そうだよな。一発撃ち込むだけでゾンビが数体ぶっ飛ぶんだ。もしあの二人が敵だったら、自分達があのゾンビのようにボロボロにされるわけだし』

ようやく口を開いた聖騎士達の批判の言葉に対し、学は諦めにも似た感想を持った。

彼等の知る銃は火縄式で殺傷力がそれほど高くはない。有効に使うには数を揃《そろ》えなければならず、よしんば数を揃えられても望むような戦果は期待できない。

何しろ火縄銃は射程距離が短く、一回撃つごとに弾込め作業を行わなければならず、天候に左右されるという弱点もある。

武器の種類という観点で言えばゼロス達の魔導銃も同じく銃なのだが、その威力と利便性の前に犠牲となる者の数は火縄銃の比ではない。

『もっとも、どんなに言い繕っても火縄銃は殺しの道具なんだけどね。向こうが自分達よりも性能の良い武器を持っていただけ。そこに優劣なんて意味はないけど』

騎士は国を守る剣であり盾であった。

一騎打ちは戦場の花であり、騎馬隊は花形職業だ。重い鎧を身に纏《まと》う重槍《じゅうそう》騎士は頼もしさすら感じさせる。国の威信や正義を背負い、信念を胸に過酷な戦場を命がけで駆け抜け、国を守るために自ら危険に身を投じる勇猛さを示すからこそ民から憧憬《どうけい》を抱かれる。

民の期待と責務を一身に背負い国に尽くすからこそ信頼される存在であった。

また、国力においても整然と立ち並ぶ騎士達の姿は壮観で、自身がその一員であることに少なからず優越感を抱く。

メーティス聖法神国のような大国の騎士達は、その圧倒的な兵力と軍事力で敵を叩《たた》き潰《つぶ》し、およそ蛮行と言える行為も国の命《めい》という免罪符のもとに行い、そこに爽快感すら覚えていた。

だが、銃という武器はそんな彼らの常識を根元から叩き折り、今まで信じてきたものを無残なまでに破壊する威力を見せつけた。

自分達が手古摺《てこず》る敵を圧倒的な力で葬り去る破壊力を見せられ、自分達が滅ぼす側から滅ぼされる側に変わるのだと、所詮は弱肉強食なのだと、無慈悲かつ冷酷な現実を突きつけられた。

今まで勝利者として行ってきた自らの蛮行が脳裏を過《よ》ぎり、敗者の姿が自分達へと置き換わる。

酔いしれていた栄光は儚《はかな》い幻想で、武器一つで結果が変わってしまう戦場を目の当たりにして恐怖から吐き気がこみあげ、騎士達の心は絶望という感情一色に染まっていく。

『相手が自分達より弱いなんて、そんなのは幻想だよ。勇者一人でどうにかなるなら、聖法神国はとっくに世界を統一してるさ。あんな武器が作られたのは、こちらの武力が脅威で、少数で多数を倒す必要性が出てきたからだ。この国は周辺の小国を追い詰めすぎたんだ……』

学は深く考えすぎていた。

確かにゼロスの魔導銃は脅威だが、先にも述べたように個人が製作した玩具《おもちゃ》に過ぎない。

たとえどれだけ馬鹿げた威力があり、魔法と技術の融合による有用性を宗教国家に見せつけようと、こんな非常識な武器を作れる者は限られている。

考えれば量産に向かないことも分かるはずなのだが、学は魔法という学問を深く理解しているわけでなく、自分が知っているファンタジー小説を基準に考察しているので、ソリステア魔法王国の現在の技術力を過大評価していた。

ついでに学は、ゼロス達をソリステア魔法王国の人間と完全に決めつけている。

困ったことに、状況証拠的に学の考えを否定できる要素が全くなく、逆にそれを肯定するかのように無慈悲な光景だけが目の前で繰り広げられていた。

「アレが魔法……？　まさか、奴等はソリステアの……」

「それは分からん。だが、あんな武器を作れるのはあの国しか……」

「この国でもあの武器を作れないか？」

「魔導の知識は我等の国では違法だ。作るなど不可能だな……」

「悪魔の力だ……」

『文明の力だよ。お前らは相手に自分達が脅威であることを示せても、自分達にとって相手が脅威となることは絶対に認めない。こうなることは必然だったさ』

自身を押し殺し、他人に合わせて物事を見てきたからこそ学には分かる。

メーティス聖法神国は傲慢《ごうまん》すぎた。

技術は求められるからこそ効率化し発展する。

時間は常に流れており、世界は常に変わり続けているのだ。

そこから目を背けていれば、いずれ破滅の道を歩むことになる。

ソリステア魔法王国は魔導士の国。つまりは学問の国と言える。

勤勉であるからこそ発展に力を注ぎ、民の生活を重視して無駄な戦争は起こさない。

どこまでも合理的で、感情や信仰心だけで物事を判断しない。

確かに四神は存在するが、その四神が人間の味方であると誰が保証するというのか。

所詮は人以外の存在で、その思考も人と同じであるはずがない。

学は滅多に口に出さなかったが、そんなところも冷ややかな目で見てきていた。

「これは……どう考えても詰んでいるでしょ。ソリステア魔法王国とは戦いたくないな。絶対に負ける……」

「勇者ともあろうお方が、随分と弱気ですね」

「リナリーさん、いつの間に来てたの？」

「先ほど、負傷者の治療が一段落つきましたから。それで、あの二人は何者ですか？」

「さぁ？　たぶん転生者かな。ソリステアの協力者だと思うね」

「では、あの二人を捕らえることができれば……」

「無理、ありゃ〜俺でも勝てないよ。圧倒的すぎて全滅するのが目に見えてる」

学はゼロス達が戦い始めたところから余すところなく見ていた。

驚異的な身体能力に、圧倒的な威力の魔法。それに構造すら分からない非常識な武器。

更に勇者と同じく固有スキルのアイテムＢＯＸを持ち、用途に応じて武器を変更することができる。タチの悪いワンマンアーミー二人が現在進行形で派手に暴れ回っているのだ。

何より、彼等は勇者よりも遥《はる》かに強いということが問題だった。

「勇者全員で相手にしても絶対に勝てないから、放置したほうがいい。四神はなんであんな連中を受け入れたんだろうね」

「にわかには信じられません。勇者よりも強い存在など、いるとは思えませんね」

「現にいるじゃん。実際に派手に暴れ回っているよ？」

学は防壁下の戦場を指さす。

鬼の仮面をつけた漆黒の魔導士は、両手に持った拳銃でゾンビの攻撃を逸《そ》らし、躱《かわ》し、グリップで叩き落とし、隙《すき》あらば引き金を引き、距離を取っては両拳銃を横向けにして真正面から連射していた。近接・遠距離共に隙がない。

もう一人の魔導士も異常だ。白い無機質な仮面を着け、服装は漆黒の魔導士と似ているが、どちらかと言えば動きやすさを重視しているデザインのように思える。ハンドガンタイプの銃はともかく、もう片方は大型の銃なのに重心を崩すことなく片手で軽々と扱っており、例えるなら両手持ちの剣とナイフを同時に扱うようなものだ。こんなこと勇者にも真似はできない。

互いに背を向けあい、交互に入れ替わっては、死角から迫るゾンビに向けてアクロバティックに銃弾を叩き込み、漆黒の魔導士の動きについていく。

まるでアニメを見ているかのようだった。

それはさながら戦場の死の舞。

近づけば華麗かつ苛烈《かれつ》な体術で問答無用に叩き伏せられ、離れれば無慈悲に弾丸や魔法攻撃で蹴散らされ、攻撃が届かなければ別の銃に持ち替えて狙撃する。

目まぐるしく立ち変わる二人の激しい動きは、勇者の目をもってしてなんとか追いつけるほどの速さだ。

『……………化け物だ』

学のみならず誰もが思い至った感想は見事に一致した。

そんな激しい動きの中で、漆黒の魔導士はアイテムＢＯＸに手を突っ込むと、新たに二丁の物騒な銃を取り出し、その一つをダークレッドの魔導士に投げ渡した。

驚嘆するほどの早業だったが、それよりも学は二人の持ち変えた銃を見て戦慄《せんりつ》する。

――ドルルルルルルルルルルルルルルルルル!!

――ガガガガガガガガガガガガガガガガガガガッ!!

響き渡る重低音の回転音と、毎秒数百発で射出される銃弾。

「やっぱ、ゾンビにはコレが効果的っしょ！」

「ミニガン……もしかしたらとは思っていたが、マジで作ってやがったよ。趣味も大概にしてくれよなぁ！」

「見ろぉ～、ゾンビがゴミのようだぁ!!」

「ある意味でゴミだけどな。これ、処理するほうは大変だぞ……。放置すれば疫病が蔓延《まんえん》しかねない」

「そんなの、僕達の知ったこっちゃないねぇ。後始末は彼等のお仕事っしょ♪」

小型ガトリング砲ともいえるM134、通称ミニガンを派手に撃ちまくり、どこかのゲーム主人公な気分を味わっているおっさん。

呆《あき》れるアドもまたM60軽機関銃を乱射し、ゾンビを駆逐していた。

もはや元の半数にも満たないまでにゾンビは数を減らしている。

その光景を見て絶句するリナリー司祭。

「……勝てると思う？　俺達が相手しても厄介なゾンビが、短時間で簡単に蹴散らされているんですけど……」

「……すみません、無茶だと理解しました。騎士でどうにかなる相手ではありませんね」

「あんなゴツくて重そうな武器を振り回し、恐ろしい速度で動き回る連中だよ？　勇者の俺達でも雑魚同然さ。関わり合いになりたくもない」

「国としては、そうもいかないのですが……」

「厄介事を俺達に押しつけないでほしいよ。外交は上の連中の仕事でしょ……以前に言ったことを覚えてる？」

「えっと、ソリステアが技術大国という話ですか？」

「そう、どうやら手遅れみたい。既に凶悪な武器が作られていたようでね、こちらの優位性は完全になくなった。決め手の火縄銃も玩具《おもちゃ》同然、お手上げぇ～」

瞬く間にゾンビが処理されていく光景を見て、リナリーは恐怖に身を震わせた。

倒れゆくゾンビの姿が騎士達の姿に替わり、無数に転がる骸《むくろ》が凄惨《せいさん》な戦場の様子を嫌でもイメージさせる。その光景はまさに地獄と言ってもよい。

武器が剣から銃の時代に変わる瞬間を、それがもたらす結果さえも彼女はその目で見てしまったのだ。あまりの恐ろしさに両腕で自身を抱き震える。

「な、なぜあのようなおぞましい武器が……」

「小国が大国の脅威を前に知恵を絞り、必要だから生まれた技術さ。あの武器が作られた原因はメーティス聖法神国にもあるよ」

「そんな……こんなことって」

「自分達が正しいなんて思わないほうがいいよ。一方的な独善は反発を生み、逆に厄介な敵を生み出しかねないんだから」

「マナブ様の言ったとおり、もう詰んでいるのですね……」

四神教を信奉するリナリーには、銃という武器を扱う者が悪魔に思えて仕方がない。

以前に学が言っていたことは漠然とした想像内のものだと思っていたが、実際にその光景を目の当たりにすると、とても驚異という一言で終わらせてよい話ではなかった。

なまじ火縄銃を知っているだけに、より効率化された武器は手に負えないものであると理解させられる。宗教国家としては悪夢だ。

戦場が無慈悲で残酷で、冷徹で凶暴で、凶悪で残虐で、神の信仰が入り込む余地など全くない地獄に変わり果てる。神の威光や騎士道精神など何の価値も持たない。

誇りや栄光といった綺麗《きれい》なものは一切なく、あるのは死という確固たる非情な現実だけ。

まるで英雄の辿《たど》った偉業や、信念を持った勇敢なる者達の功績など無価値であり、世界はこんなにも残酷であると嘲笑《あざわら》っているかのようだった。

しかも、それを行っているのが人間なのである。

誰もが絶望の本当の意味を知った。

あまりに凄惨で陰惨すぎたのだ。

「これが……地獄……。これが絶望……」

「一切の望みのない光景だよね。けど、この絶望的な光景を今までメーティス聖法神国は行ってきたんだよ。潰してきた人達はきっと、こんな気分を味わって死んでいったんだろうね」

「私達は、このような非道な真似はしていません！」

「それは大国だから――勝者だから言えるんだよ。歴史の中で小国をいったい何度潰してきたんだ？　そこに住む人達は背教者として冷遇され、奴隷にされ、あるいは無慈悲に殺されたんじゃないの？　剣も銃も人を殺す道具だよ。やっていることは何も変わらないさ」

世は正義か悪かで物事を判断できるわけではない。

国同士の対立、宗教観や思想の違い、政治的な判断、統治者の野心、様々な要因が存在し複雑に絡み合う。戦争はそのたびに引き起こされる。

未熟な文明と、暗愚な為政者が揃うだけで国家同士の戦争は起こりやすい。

「どんな理由か、あの二人はゾンビ退治に参加してくれているけどさ。ここまで圧倒的な力の差を見せつけられたら敵対意思を見せないほうがいい。たとえ向こうが善意のつもりでも、この場にいる全員が恐怖を感じているんじゃないかな？　馬鹿な真似をしないでほしいと伝令を頼むよ」

「わ、分かりました……」

神の教えに従い正義を執行するという栄誉と守護者の誇りは、圧倒的な火力の前に無意味な幻想でしかなく、たった一度の攻撃を見て彼等の自信と矜持《きょうじ》は消し去られた。

目の前で殲滅戦の非道さを見せられては、誰もあの二人とは戦いたくないと思うだろう。

一方的に敵を蹂躙し殲滅する力が、いずれ自分達に向けられるかもしれないと疑心暗鬼に陥《おちい》る。

自分達が手に負えなかったゾンビを簡単に駆逐する力を前に、どう対応していいのか分からない。分かることは、戦えば確実に死ぬという事実のみだ。

聖騎士達は、地面に転がるゾンビの残骸に自分自身の姿を重ねたのか、その表情は優《すぐ》れなかった。

そうこうしているうちに、ゾンビの大軍という脅威は収まりつつあった。

「さて、そろそろ弾が尽きると思うし、こっからはファンタジーの定番でいこうか」

「いや、ゼロスさん。俺の方はまだ弾は残っているけど？」

「もう剣で充分相手にできる数でしょ。しかし……ゾンビの中に子供が含まれているのは、なんだかやりきれないなぁ～」

「ゾンビから出てくる黒い霧、すぐに消えちまうけど原因はいまだに不明だし……」

「死霊ではないのは確かだねぇ。う～ん……さっぱり分からんし、こんな魔物いたかなぁ？　死霊に操られていると思っていたんだが、普通のゾンビも少ないしねぇ～。この二種類の差はいったい何だろうか？」

「少なくとも俺の記憶にはないぞ？」

「僕もないねぇ～。【ソード・アンド・ソーサリス】には存在しなかったし、新種と見たほうがいいかな？　だとすると……面倒なことになりそうな気がする」

普通のゾンビが魔力弾を受けると、憑依《ひょうい》した魂や霊的な存在が消し飛ばされ、活動を停止する。

しかし、黒い霧によって動いていると思しきゾンビは、四肢を吹き飛ばされても一定時間は活動を続けており、少なくとも霊的な何かで動いているわけではないように思える。

「もしかして、血液だったりして。俺が以前読んだ漫画では、血液に呪詛《じゅそ》を送り込んで使役するタイプなんてのもあったぞ？」

「血液……いや、まさかねぇ……」

「ゼロスさん、なんか気付いたのか？」

「もし……仮に、だよ？　血液そのものが魔物であった場合はどうなんだろうね？」

「それって、細胞単位でのモンスターってことか？　バクテリアみたいな……」

「感染体の内部に潜伏して存在を維持しているんじゃないかな？　外界に晒《さら》されると魔力は拡散するから、死体を動かし他の生物の魔力を求めて生物を襲うんだよ」

「つまり、魔力がないと生きられないわけか。元が死体だから多少の傷口は塞《ふさ》げても、粉砕されたら修復できない。存在する限り魔力は常に消費していくから、獲物を求めて移動し続ける……か。それって、ウィルスと変わんねぇじゃん……。やっぱバイオハザードじゃねぇか！」

「まぁ、何にしても、やることは変わりないけどねぇ」

インベントリー内に魔導銃を収め、二人は腰の剣を抜いた。

ゼロスはショートソードの二刀流で、アドは湾曲した刀身の大型なショーテルを手に、街門に群がるゾンビに向かって走り出す。

「んじゃ、終わりにしますかねぇ！」

「同感。腹も減ったし、さっさと昼飯食って帰ろうやぁ!!」

無傷で残るゾンビを標的に、最後の殲滅戦を仕掛けた。

急加速し、街門の前に集まっているゾンビの中へと突入を敢行。

瞬間、かつて人間であった者の残骸が爆発したかのように飛散した。

『は、速い!?　目で追いきれないって……えぇ!?』

傍観していた学は、更に驚愕《きょうがく》する光景を目の当たりにすることになる。

二人の男達が剣を一振りするごとに斬撃が飛び、門の扉を破ろうとするゾンビが解体されていく。

銃の威力ならまだ分かる。彼等の使っていた銃は、魔法の技術を組み込んだ非常識な火力を実現させたものであり、その威力は想像に難《かた》くない。

だが現在、二人は剣による物理戦を行っており、その体力は説明が不可能なほど非常識だった。

しかも、勇者である学ですら目で追えない速さで、だ。

『な、なんで……あんな速度で動けるんだ!? 魔力で身体強化したとしても、とても人間の体では耐えられるもんじゃないぞ!! いや、俺達も非常識な存在だけど、あの二人はそれ以上に非常識だ!! アレ、縮地にしても、瞬間的な加速だけであの距離を詰められるものじゃない! つまり……ノーモーションから一気に加速した!? ありえない!!』

二人が突撃を開始した瞬間、その姿を一瞬で見失った。

次に見たのは砂塵《さじん》が舞い上がり、門の前に群がるゾンビがバラバラに吹き飛んだ光景である。

つまり一瞬で高速移動し、門の前に群がるゾンビを斬撃によって解体したことになる。

そんな真似は勇者にも不可能だ。

【縮地】という技は本来、相手の目線の隙を突き、一瞬で死角に入り攻撃に転じる瞬発力を生かした歩行技のはずであった。少なくとも学はそう教えられた。

一時的な加速は可能だが、音速で動くなど人間――いや、他の動物ですら不可能である。可能であっても魔力反応など何らかの予兆が出るはずだった。

また、こんな無茶な真似をすれば全身の筋肉が断裂し、二度とベッドから起き上がれない体になってしまう。魔力で筋力を強化しても限界はあるだろう。

『ざ、斬撃で……ゾンビが爆発してるし、どんだけの威力なんだ!? どこのアメコミヒーローだよぉ!!』


一振りでゾンビを斬り、余波として発生した衝撃波で粉々に粉砕しているのだ。

更に恐ろしいのは、防壁に斬撃の亀裂が走り、遅れて痕《あと》が抉《えぐ》られたかのように爆発すること。

これは斬撃の刃《やいば》ですら途轍《とてつ》もない重さと速さがあることを示している。

防壁に次々と剣による余波の爪痕《つめあと》が刻まれていく。

生身でこんな攻撃ができるということは、単騎で城塞《じょうさい》都市を滅ぼすことが可能であることを如実に示していた。


「な、なんじゃこりゃ――――っ!?」

「人間じゃやねぇ、化け物だぁ!!」

「ア、アイツらは……敵じゃやないだろうな!?　もし敵だとしたら……」

「俺達では絶対に勝てない……」

「奴等、ゾンビに関して何か知っているんじゃないのか？」

「となると……奴等と話をしなくちゃならないが、暴れられたらどうするよ」

「な、なに……俺達には勇者様がいる。もしもの時には勇者様が戦ってくれるさ」

『やめてよ、俺にそんな過度の期待と重責を押しつけないでくれぇ!!　死んじゃうから、俺なんか一瞬でピチュられちゃうからぁ!!』

勇者であるという理由から、理不尽な期待と責務を押しつけられそうになる学君。

もう、彼は涙目だった。

戦闘開始から約三時間が経《た》ち、脅威であったゾンビの群れは予期せぬ乱入者によって鎮圧される。

おっさん達が参戦した時間は三十分にも満たなかった。

第二話　おっさん、学と対話する

ルナ・サークの街門前には、ゾンビのなれの果てが散乱していた。

圧倒的な力で叩《たた》き潰《つぶ》されたゾンビは、今では人であった原形すら残っていない。

犠牲となった者達は哀れだが、生きている者ができることは魂が救われることを祈るだけだ。

そこはともかくとして、勇者である学《まなぶ》には新たな仕事が生じていた。

そう、ゾンビを駆逐してくれた二人の事情聴取である。

『嫌だぁ～……行きたくない。行ったら逝《い》く……間違いなくピチュられる……』

凄《すさ》まじくネガティブになっていた。

ただでさえゆっくりと開かれる門の扉が、学の目には恐ろしくスローに見える。

なぜここまで学のテンションが低いかというと、基本的にこの手の騒動の調査は治安維持活動をしている組織に任されるものなのだが、本来動くべき騎士達が先の戦闘を見て怖気《おじけ》づき、結局のところ全ての調査を学に丸投げしてきたのだ。

その様子を挙げると――。

『アイツらから話を聞かなきゃならねぇんじゃね？　主に武器のことやゾンビ共の話だが……』

『いやいや、敵でもないが味方というわけでもないだろ。ヘタに突《つ》いて攻撃されたらどうすんだ？　俺達じゃ簡単に死ぬぞ』

『俺達じゃなくても死ぬだろ。あの武器はヤバすぎる……』

『よし、ここは勇者様に逝ってもらおう。少なくとも俺達よりは強いからな』

『今……言葉のニュアンスがおかしくなかったか？　まぁ、その意見には俺も賛成だが』

『というわけで、マナブ様……彼等から話を聞いてきてください』

『リナリーさん……他人事《ひとごと》だと思っていませんかね？　彼等がこちらの質問に応じなかったらどうすんの？　武器を向けてきたら？』

『『『『勇者様なら大丈夫さ（です）。俺（私）達より強いし！』』』』

『ざけんなぁ――――――っ!!』


――こんな感じだ。

『勇者とは、貧乏くじと見たり』と悟る学君。

『さて……どう話を切り出したもんかなぁ～』

いまだに地面で蠢《うごめ》くゾンビの残骸を無視して、転生者と思《おぼ》しき者達の元へと向かう学。

というより、既に転生者であると確信していた。

むしろ機関銃や突撃銃を持つ者などこの世界にいるはずがない。100パーセントの確率で異世界から来た者達と確定できてしまう。

『う～ん……いきなり高圧的だと、向こうの心証が悪くなる。ここは礼をもって接するべきだな。

俺は上の連中とは違うんだ』

異世界から来た転生者が、メーティス聖法神国流の上から目線の対応に応じるはずがない。ならば下手に出て会話で徐々に距離を縮めるのが得策と判断する。

しかし、学は緊張から右手と右足が一緒に動くほど動揺しており、傍目《はため》にはぎこちない。というか、すんごく不自然だった。

色々と考え事をしている間に、彼は二人の男達の間近まで来てしまっていた。

体が硬直し、頭の中がぐちゃぐちゃになり、それでもなんとか声を絞り出す。

そして――。

「ドウモ、初メマシテ。勇者デス」

――どこかの忍殺な方のような口調で声を掛けてしまった。

ご丁寧に両手を胸元で合掌し、頭まで下げるほどだ。

混乱していたとはいえ、酷《ひど》い切り出し方だ。声を掛けられた側も凄く当惑しているようだ。

しかし――

「「改めて……ドウモ初メマシテ、勇者サン。転生者デス」」

『ノッてきたぁ～～～～っ!?』

――間をおいてから同じように切り返してきた。

別の意味で退《ひ》けなくなった学君であった。

◇　◇　◇　◇　◇　◇　◇

ちょい時間が戻る。

嬉々《きき》として武力介入しゾンビを駆逐していたゼロスとアドは、動き回るゾンビを短時間で粗方《あらかた》倒し、無数に地面に散乱する人体パーツを前に一息入れていた。

「楽勝だったな」

「まぁ、所詮《しょせん》は動く死体だし、倒してみた限りだと悪霊や精霊モドキが憑依《ひょうい》しているわけでもなかったからなぁ～。こんなもんでしょ」

「数だけは多かったが、火力によるゴリ押しで楽勝だったろ。俺がいなくてもよかったんじゃね？」

「おや、アド君は苦戦する戦闘がお望みかい？　一応だけど人命が懸かった戦闘だったんだけどねぇ。そんなに難易度の高い戦闘をお望みなら、また龍王クラスと一戦してみるかい？」

「そこまでは言ってねぇよ!?」

地面を這《は》いずるゾンビの腕を剣で刺しながら、アドをからかうおっさん。

剣先ではゾンビの腕が必死にもがいていた。

刺し傷から黒い霧が漏れ出し、それが途絶えると途端に活動を停止させる。

「再生能力はやはり一時的なものか……。この黒い霧は魔力そのものとみて間違いないだろうねぇ」

「だが、霊体が憑依しているわけじゃないんだろ？　中には普通のゾンビもいたが、ほとんどがこのタイプだった。この霧はいったい何なんだ……」

「呪詛《じゅそ》そのものか、あるいは瘴気《しょうき》か……。もしくはその両方かねぇ？」

「結局、原因だけが判明してねぇし、元凶はいったい何なんだよ」

「さぁ〜？」

煙草《たばこ》を吸いながら、剣先に刺さった腕をぷらぷらと振りつつ、首を傾《かし》げるゼロス。

完全に死者に対しての冒涜《ぼうとく》である。

「時々さぁ、【ソード・アンド・ソーサリス】の時みたいに自制が利かなくなるんだよねぇ。アド君はどうだい？」

「俺も似たようなことがあるな。現実感が薄れるというか……それより、そろそろ退散しようぜ」

「それがいいか……。おや、アレに見えるは勇者君ではないですかねぇ？」

ゾンビとゼロス達による攻撃の余波で破損した街門の扉が開き、突入前に少々会話を交わした勇者がこちらへ向かって歩いてくる。

「……アイツ、なんで左右の手足が一緒に出てんだ？　まるでブリキの玩具《おもちゃ》みたいだぞ」

「う〜ん、これだけの一方的な殲滅《せんめつ》戦を目の当たりにしたからねぇ。誰もが少なからずビビるってもんじゃないかね？」

「俺達は無闇やたらと殺しはしないぞ？」

「それを判断するのは彼であって、現時点で身の安全を保証できるものは何もない状態だよ？　警戒するのも分かるでしょ」

「なんの用だと思う？」

「事情聴取じゃないかね？　めんどくさいなぁ〜」

ギクシャクと歩いてくる勇者だが、内心ではこちらに来たくないという意思が垣間見える。彼の体の動きがそれを雄弁に語っていた。

そして、いよいよゼロス達の前に来ると胸元で手を合わせ、頭を下げ――。

「ドウモ、初メマシテ。勇者デス」

――とのたまった。

アドとゼロスは視線で会話を交わす。

『ゼロスさん、コイツ……俺達を今から殺すって言ってるのか？　どう見ても忍殺の人の切り出し方だろ』

『いやいや、ここで殺し合っても負けるのは明白だし、単に挨拶のつもりかもしれない。ここは礼には礼で返すのが常套《じょうとう》手段だと思う。そのうえで様子を見ることにしよう』

『ってことは……』

『こっちもやるしかないでしょ』

『マジか……』

コンマ数秒のアイコンタクトによる会話。そして――。

「「改めて……ドウモ初メマシテ、勇者サン。転生者デス」」

――と挨拶で返した。

「き、窮地からの助太刀、感謝します。転生者さん……。ときに、あなた方は何用でこの地に来たのでしょうか？　差し支えなければお教え願いたい」

「ただの調査ですよ、勇者さん。最近ミイラ化した遺体の発見が相次ぎましてねぇ、民間調査会社の我々に依頼が来たんですよ。まぁ、依頼人の名は明かせませんがねぇ」

「それはそれは、ご苦労様です。しかし、あなた方の武器は我々にとって看過できないものなのはご承知のはず。できればこちらに渡してくれるとありがたいのですが」

「それが無理なのはご存じでしょう？　こんなものが出回れば、今後の戦争がより悲惨なものに変わることは明白。特に野心剥《む》き出しの貴国には渡せませんよ、勇者さん」

「ですよねぇ～。しかし、民間会社というのは嘘《うそ》ですよね、転生者さん。そんな武器が一個人で作れるはずがありません。おそらくは……」

「憶測《おくそく》でものを言ってはいけませんぜ、勇者さん。それに、どちらにしてもこの国で作ることはできないでしょう。オリハルコンやダマスカス鋼で合金が作れるので？」

「ブフッ!?」

オリハルコンやダマスカス鋼は、学もいまだ見たことのない伝説上の金属だ。

しかも合金ともなれば、その技術力は中世レベルの技術水準を大きく上回る。

魔法がそれを可能にすると仮定すれば、魔法を禁止している宗教国家がどうこうできる話ではない。少なくとも技術面で三百年は遅れている。

「できれば、転生者さん達にはこちら側についてもらいたいところなのですが、そのあたりはどうなのでしょう？」

「他の転生者がどうかは分かりませんが、こちらはメーティス聖法神国につく気は更々ありませんねぇ。スカウトに関しては丁重にお断りさせてもらいます」

「技術革命を引き起こして、あなた方は何を企《たくら》んでいるんですか？　できれば教えていただきたいんですが？」

「ハッハッハ、技術革命を起こすのはこの世界の人間ですよ。こちらとしては趣味の範疇《はんちゅう》で好き勝手にやるだけです。それに、君達も火縄銃という技術革命を既にやらかしているじゃないですか。アレがこの世界に何をもたらすか、考えたことはありますかね？」

「うっ!?」

既に大量殺戮《さつりく》の原型を作り出しているだけに、学はこれ以上食い下がることができない。

可燃性の炸薬《さくやく》は薬学から発展する可能性もある。特に爆発物に用いられることもあるニトログリセリンといった劇薬は化学の延長線上にあり、ダイナマイトなどの危険物は実際に人の手で精製が可能だ。他ならぬ勇者がそれを証明させてしまっていた。

聖法神国が魔導士を毛嫌いする以上、どうしても魔法を頼らない武器が必要となる。

結果として研究されたのが火薬式の火縄銃であるが、使用される火薬は物理法則からなる学問に属する知識を応用したものだ。そうした知識はそもそも魔導士や錬金術師の独壇場でもある。

「魔導士を嫌いながら魔導士の土俵で戦おうとする。いやはや、そちらさんは随分とフェアプレー精神が旺盛ですねぇ。そこに矛盾が生じていることなど、見事なまでに棚上げにしていらっしゃる」

「魔法なんて何だかよく分からない力より、充分理解が及ぶ力だと俺は思いますよ？」

「魔力なんてものは、ただのエネルギーでしかないでしょ。君のいた世界では、『原子炉で生み出される電力は、正体不明の訳の分からない力だから使うな』と言ったりしていたんですかい？　人為的に生成されるか自然界の中にあるかの違いだけで、魔法はこの世界の法則に則《のっと》った力に過ぎませんよ。そこに優劣など存在しない」

「全然別物じゃないですか」

「同じですよ。全てはこの世界の法則内に存在する。この国の言っていることは、『物理法則なんか研究せず、おとなしく自分達にだけ従え』っていう、知識を学ぶ者達への脅迫じゃないかね？」

「うぐっ……」

学としても言っていることは理解できる。

だが所属する国の立場上、彼はどうしても拒絶しなければならないわけで、そこがもどかしい問題であった。そもそも魔力で発動する神聖魔法を使っている時点で矛盾している。

「そういえば、君達は仲間である魔導士の勇者をハブっていたらしいねぇ。彼がいればこの国の軍事力もだいぶ様変わりしただろうに、馬鹿な真似をしたものだ」

「な、なんでそんなことを知ってんだよ！」

「ん〜……とある国に行く途中、ご同類に襲われてねぇ。返り討ちにしたと言えば分かりますかい？」

「あ、あんた……まさか姫島《ひめじま》達を……」

「彼女達は生きてますよ？　まぁ、裏切りましたけどね」

「裏切ったって……なんでだよ‼」

「知らないほうがいいよ？　知ったらいつ裏で殺されるか分かったもんじゃないからねぇ。まぁ、いずれ殺されるだろうけど」

「…………そういうことかよ」

何が言いたいか理解できた。できてしまった。

予想はしていたが知りたくなかった。

つまり、聖法神国はいつも自分を監視しており、余計なことを知ればすぐに始末する準備を整えているということだ。

薄々だが学もそのことは考えており、警戒もしていたつもりだ。

だが、どこに暗殺を実行する者が潜んでいるか分からず、常に警戒し続けるにも無理がある。そもそも存在が知られるようでは暗殺者などできるわけがないのだが。

身を守るには長いものに巻かれたほうが賢い生き方だった。下手に警戒すれば逆に神官達から不審がられ、暗殺対象にされる可能性もあったからだ。

「……一条《いちじょう》達が戻ってこないのも、既に始末されている可能性もあるな」

「あ～、彼女はアルバイトしていますねぇ。田辺《たなべ》君が贅沢《ぜいたく》しまくるんで、活動資金が底をついたとか……。食堂でウェイトレスと皿洗いをしているって聞いたなぁ～。この間、買い出しの時に偶然会ってね、近況を聞いたっけ」

「ア、アイツらぁ～……人が苦労しているときに……」

「そういえば、感激して泣きながらカレーを食ってたっけなぁ～……」

「カレー!?　あ、あるのか!?　ほ、ホントに？」

「あるよ？　ここに」

おっさん、インベントリーからカレー粉の入った革袋を取り出す。

その時のゼロスは凄く人の悪い笑みを浮かべていた。

『始まった……ゼロスさんの【怪しい行商人】モード』

一部始終を見ていたアドは、口を挟むことはしなかった。

ゼロスは勇者が何を求めているのかを把握しており、その望みを叶《かな》えるだけの品を揃《そろ》えている。

そう、米と醤油《しょうゆ》、そして味噌《みそ》にカレーだ。

ソリステア魔法王国との交易が途絶えている以上、こうした交易品がメーティス聖法神国に入ってくることはない。醤油や味噌など絶対に入手困難な代物だ。

「ヘッ、兄ちゃん。買うのかい？　今ならお手頃な値段で売ってやんぜ？」

「アンタ、さっきと口調が全然違うぞ？」

「こまけーことはいいんだよ。それより買うのかい？　他にも醤油や味噌、米もあるな。納豆や豆腐なんてものも揃えてあるぜぇ～？　今買わなかったら、いつ入手できるか分かんねぇ～よ？」

「……クッ、全部買ったらぁ――――――――っ!!」

「まいどぉ～」

「ちょっと待ってろぉ!!」

学は走った。今までにないくらい、全力で走った。

望んでも入手できないものを売る者がおり、しかも今購入しなくてはいつ入手できるか分からない。そのために宿に向かって全力疾走した。

転生者二人を捕縛するなど最初から無理な話で、殺すとなれば絶対に不可能だ。

だが、彼等は勇者にとってはありがたい行商人で、魔導士を毛嫌いする連中に知られるのも困る。

正直、胡散臭《うさんくさ》そうだが、こちらが敵対する理由はどこにもなく、なによりもここで懇意になっておいたほうがメリットはある。

ほとんど言い訳のような理論だが、彼はどうしても地球の食事を求めていた。

たとえそれで悪魔に魂を売ることになろうとも、今の学なら平然と行うことだろう。

それほど故郷の味を求めてやまなかった。

「……アイツ、よっぽどカレーが食いたかったんだな」

「異世界に来たのだから、故郷の味が恋しくなるのは当然でしょ。勇者達にとってはメーティス聖法神国なんかどうでもいい国だしねぇ」

「奴等でいい商売ができそうだな」

「いちいち他国を往復するのも面倒だし、誰かを雇わないと無理かな？　アド君の知り合いに暇を持て余している諜報員《ちょうほう》なんていないかい？　情報収集のついでに勇者達と取引してみたいんだけど」

「いることにはいるが、紹介なんてできるわけないだろ……」

「だよねぇ～。けど、デルサシス公爵なら既に割り出しているんじゃないかい？」

「否定できねぇ」

アド達との繋《つな》ぎ役として行動するイサラス王国諜報員《ちょうほう》のザザ。

ゼロスに紹介してやりたいところだが、仮に紹介したとして彼をゼロスがどのように扱うのか、怖いところだ。

下手をすると【ソード・アンド・ソーサリス】の時のアドのように、無茶なお願いで散々扱《こ》き使われる可能性が高く、その苦労を知るだけにザザへの義理から口を閉ざした。

しばらくすると、雄叫《おたけ》びを上げながら勇者が戻ってきた。

彼は必死の形相で、それこそ全ての力を振り絞って走ってきた。今にも酸欠で倒れてもおかしくはないほどに……。

それほどに故郷の味に餓《う》えているようである。

「ゼエ、ゼェ……ハァハア、こ……これで……あるだけのものを売って……ヒィヒイ、くれ」

『ここまで必死にならんでも、ちゃんと売ってあげるのに……』

『俺も……いつかはこんな風に餓えるのか？　ゼロスさんがいなかったら、米を手に入れるなんてできなかっただろうし、他人事とは思えねぇ……』

その場で倒れてしまった勇者君。

宿との間を全力往復するだけで、見事なまでに消耗しきっていた。

「醤油に味噌、米に豆腐……納豆にカレー粉。金額の分は用意するが、他の具材は自分で揃えてくれよ？」

「ヒヘ……助かる……ヒッ、ヒィヒィ……」

「騎士達は何事かと思っているだろうな……。いきなり勇者の全力疾走だったし」

「奴等に……俺達が何を求めているかなんて分かってたまるか！　この国の飯は……ハァハァ……。凄く、不味《まず》いんだ。ヒヘヘ、これでカレーが食える……」

「なんか、泣けてくる話だねぇ……」

少しだけだが勇者に対して同情した。

おっさん達もまた異世界に不本意ながら来てしまった立場であり、故郷の味を求める気持ちはよく分かる。何しろ真っ先に米を探したほどだったからだ。

この世界の米は地球とは別の植物であり、カレー粉もまた含まれるスパイスは地球と異なる。探し当てるにはかなりの根気と執念が必要と覚悟していたが、幸いにして【鑑定】能力がいい仕事をしてくれた。今では普通に日本食を食べている。

「まぁ、勇者君は少し休むといいさ。それより……」

「あぁ……何かが近づいてきてるな。この気配、人のものではないぞ」

ゼロスとアドは、今まで感じたことのない異質な存在の気配を感じ取っていた。

背筋に不快な怖気《おぞけ》が走り、グダグダな状態から一気に戦闘態勢へと引き戻された。

その気配の主はすぐに判明する。

草むらからマント姿の何者かがよろめきつつ、ゼロス達の元へと歩み寄ってきていた。

「アァ……助け……助けてくれぇ……」

「あん？　なんだよ……あのみすぼらしい男は……ハァハァ……」

「勇者君、君にはアレが人に見えるのかね？」

「えっ？　だって……どう見ても人だろ？　ウプッ！」

『コイツ……吐き気がくるほど全力疾走してきたのか？　どんだけカレーに餓えてんだよ』

アドは勇者君にドン引き。

それはともかく、マント姿のみすぼらしい男は、助けを求めながら距離を詰めてくる。

足取りは決して速いものではないが、近づいてくるほどに不気味な気配が濃くなり、ゼロス達の警戒心を高めていく。

「助け……助け……」

「助けてあげますよ。その苦しみからねぇ。まぁ、地獄送りですが……」

「……はぁ？」


――タ――――ン!!

ゼロスの掛けた言葉に間抜けな声を上げるみすぼらしい男。

同時に頭部が吹き飛んだ。

いつの間にかデザートイーグルの銃口を向けていたおっさん。

見事なまでの早撃ちであった。

「ちょっとぉ――――っ!?　なんでいきなりぶっ放してんのぉ!?　おぇぇ！」

「吐くほどに全力で走ってきたんだから、いきなり叫ぶのは駄目でしょ……。んなことより勇者君さぁ～、君はいったい何を聞いていたんだい？　もう一度言うけど、アレが人間に見えるのかね？」

「どう見ても化け物だろ。さっきのゾンビと同じだな……」

「……えっ？」

ゼロス達の言葉を聞き、学は改めて頭部を破壊された男を見た。

吹き飛ばされた首から黒い霧が流出し、鼻をつく濃密な臭気が立ちこめる。

この臭《にお》いは学も知っているものであった。

「これは……血の臭いか？」

「当たり。それに……腐敗臭も混ざっているねぇ」

「やはり、血を媒介とする何か、か……。いったい何だろうな」

やがて黒い霧から無数の顔が浮かび上がり、ゼロス達はこの魔物の正体が何であるか察しがついた。

一方の学は、驚愕《きょうがく》の表情を浮かべていた。

「……な、なんだよ。こんな化け物は見たことがないぞ!?」

「コレがゾンビを生み出した原因なんだろう。おそらくは死霊系……血液に憑依して操ると俺はみるが……ゼ、鬼仮面さんはどう思う？」

「それしかないだろうねぇ〜。問題は、これがレギオンだった場合だよ。レギオンは反発する霊体と分離するから、どこかに別の存在がいるかもねぇ、ア、ファントム君」

勇者の前で名を呼ぶわけにもいかず、咄嗟《とっさ》に名を伏せ仮の名称で呼びあう二人。

黒い霧に浮かび上がった無数の顔は、一斉にゼロス達に視線を向けた。

そこにあるのは明確な殺意で、誰がどう見ても敵であるとしか思えない。

「オ、オノレェ……ヨクモ……」

「マァイイ……コンドハ、コイツラノ体ヲモラオウゼ……」

「ヒヒヒ、ドウセ俺達カラハ逃ゲラレネェシ、セイゼイ足掻《あが》ケヨ」

普通に悪霊だった。

学はそのおぞましさに震えがきていたが、ゼロス達は平然としている。

そして、おもむろに手を向け――。

「「【ダイヤモンドダスト】」」

――氷結魔法をぶっ放した。

「「「「ガァアアアアアアァァァァァァァアッ!?」」」」

問答する気すらないようである。

「うん、血液なら凍ると思ったんだよねぇ〜。あとは焼却するだけかな」

「ゾンビの方が面倒だったよな。さっさと始末して帰ろうぜ」

「報告書も書かないといけないんだけど、僕が書くのかい？」

「考えてみたら、俺……字が汚ぇんだ……。小学校からの評価が『もっと綺麗《きれい》な字が書けるように心がけましょう』だったし……」

「この仕事……君が率先して受けたんだけどねぇ？」

レギオンにとって、ゼロス達と出くわしたのは不運だった。

一般人をいくら殺せたところで、常識の埒外《らちがい》にあるこの二人には到底敵《かな》わない。

ゼロスとアドにとって、レギオンなど道に転がる小石程度の存在であった。

そのレギオンはあっさりと氷塊となって固まっている。

「「【煉獄炎《れんごくえん》】」」

炎系魔法、【煉獄炎】。

対象物を焼き尽くすまで収まらず、ついでに浄化魔法の効果もある灼熱の魔法だ。

霊体であろうが効果があり、決して逃れることはできない。

「「「「ヒィイイイイイィィィィィイイイィッ!!」」」」

「逃げても無駄なのにねぇ」

レギオンは必死に空中へと逃げたが、引火した炎を振り払うことすらできず焼かれ、浄化され続けた。死霊にとっては地獄と言ってもよいだろう。

「……汚《きたね》ぇ花火だな」

「いやいや、一応は死者なのだから、ここは黙祷《もくとう》するべきでしょ」

「結局、あの死霊共は何が狙いだったんだ？」

「さぁ～。おそらくだけど避難民を装って街に入り、人を襲う気だったんじゃないかね。まぁ、今となっては知りようもないけど」

とことんマイペースな二人。

ここまで自然体でいられる理由は荒事に慣れているか、あるいは隔絶した強さを持っているかだが、学にはその両方に思えてならない。

敵対しなくてよかったと心からそう思った。

「……ん？　残りの燃えカスが少しおかしいぞ」

「何か出てくる……アレは、霊かな？」

黒い霧は煉獄炎で燃え尽きたが、炎が消えた後に光る球体のようなものが残されていた。

それはやがて無数に分かれると、人型の霊となって現れる。

「ヤット……解放サレタ……」

「ダガ……成仏ハデキナイヨウダ」

「犯罪者ヲ利用スルノハヤメヨウ。マタ乗ッ取ラレルワ」

「マダ恨ミハ晴ラサレテイナイ……。アノエセ聖職者共ニ復讐《ふくしゅう》セネバ」

「俺達ヲ殺シタ恨ミ、召喚シ利用サレタコノ怒リ、絶対ニ忘レヌ……」

死霊達はゼロス達が眼中に入っていないようである。

口々に恨《うら》み辛《つら》みを残しつつ、虚空の中へと消えていった。

「アレ……勇者達の魂じゃね？　輪廻《りんね》の輪に還《かえ》れないって話はマジだったか」

「死んでも苦しみ続けているようだねぇ。この国も酷いことをしたもんだ」

「ちょっ!?」

それは、現勇者である学にとって看過できない内容だった。

大量のゾンビを生み出した死霊群《レギオン》は、その中に勇者の魂を内包していたのだ。

しかもその魂は輪廻の輪に還れず、復讐のために自ら化け物のような姿になっていた。

逆に考えればこの魂達は学の――正確には生存している勇者達の未来の姿とも言えた。

「さて、それじゃ僕らもおいとましようか」

「そうだな……。この国には用がなくなったしな」

「待て、俺にはまだ聞きたいことが……」

「今聞いていたことが全てだよ。そこから先は自分で考えるべきだねぇ、君達勇者の問題なんだから」

「じゃあな、縁があればどっかで会うこともあるだろ。根拠はないけどな……」

「あっ、後始末の方は頼むよ。君らの仕事だろ？」

「後始末って、ゾンビの処理かよぉ!?　待って……」

学の目の前で魔導士二人が姿を消した。

おそらく魔法によるものだろうが、魔導士のいない国ではどのような魔法を行使したのか知りようがない。魔法に関する知識が足りなすぎた。

「……仕方がない、戻るか。ハァ～……どうせなら後始末もしてくれたらよかったのに」

ルナ・サークの街の外に残されたものは、ゾンビだったものの残骸。

人間の骸《むくろ》ではあるが、魔導銃の攻撃で原形が分からないほど粉々に散乱していた。形を留《とど》めているだけマシなものもある。

溜息《ためいき》を吐《つ》きながら、学は騎士達に命《めい》を下し事後処理を始めるのだった。

◇　◇　◇　◇　◇　◇

一通りの指示を済ませた後、学は疲れた足取りでルナ・サークの街を歩いていた。

できればこのまま宿に向かい、暖かいベッドの中で眠りたい気分だ。

だが、人の上に立つ立場である以上、まだ彼には仕事が残されている。

「あ〜……めんどくさい。このあと報告書を書かないとなぁ〜。リナリーさん、手伝ってくれない？」

「無理です。これから領主様の元へ報告に赴《おもむ》き、警戒態勢を解かねばなりません。マナブ様は権力者と話をするのは苦手でしょう？　私の代わりに領主様の館《やかた》へ行ってくれますか？」

「……無理。お偉いさんと話をするくらいなら、書類書くほうがマシ」

本来であれば久方ぶりの休暇のはずが、ゾンビ襲来で潰れてしまった。

己の不運を呪わずにいられない。

「あぁ……宿に着いたのに休めない。お隣の宿では暢気《のんき》に飯食ってる人がいるのになぁ〜」

ぼやき続ける学の視線の先には、窓辺近くのテーブルで食事をする二人の男の姿が見える。

一人は傭兵《ようへい》風の男で、もう一人は灰色ローブの魔導士らしき人物だ。

自分達が必死で働いていたのに、その裏で平和を満喫している彼等の姿が酷く恨めしく思えていた。暴れたくなる気持ちが込み上げてくる。

「マナブ様、報告書は今すぐ書き上げてくださいね？　領主様にも渡さなければなりませんから」

「嘘ぉ～～ん」

勇者【八坂《やさか》　学《まなぶ》】は休めない。

彼は意気消沈したまま宿の中へと入っていく。

彼は気付かなかった。向かいの宿で現在食事している二人組が、先ほどまでゾンビ相手に派手な殲滅を繰り拡げていたことなど――。

一度別れた勇者と転生者は、邂逅《かいこう》することなくすれ違った。

学が事後処理報告書に苦戦している一方で、ゼロス達はその日のうちにソリステア魔法王国への帰路についたのである。

余談だが、三日後カレーを作り、一口食べた学は歓喜の雄叫びを上げたという。

しかし、雄叫びを聞きつけたリナリー司祭や聖騎士達に全て食べられ、泣かされたのはどうでもよい話だ。

彼は、幸せが長く続かない星の下に生まれたようである。

第三話　おっさん、リーマン時代を思い出す

ルナ・サークの街からソリステア魔法王国に戻る途中、森で一晩を明かし、翌日の昼頃にはボン

バ砦《とりで》へ辿《たど》り着いたゼロスとアド。

この砦の守備隊を指揮するルガー・ガンスリングに報告書を手渡していた。

「血液を媒介とする死霊群《レギオン》だと……。こんな魔物、聞いたことがないぞ」

「おそらくですが、メーティス聖法神国に到達した頃には全く別の存在に変質していたんでしょう。少なくとも、この国で相手にしたゾンビとは全然違う感じでしたから」

「何が原因でこのような変化をしたのか、分かるかね？」

「さぁ～、死霊とスライムはどんな変化を遂げるか未知数ですからね。何が引き金となって異常種に変わるかなんて、人の身では分かりませんよ」

「神のみぞ知るか……。報告、ご苦労であった。この後はサントールの街へ戻るのであろう？　デルサシス公爵によろしく伝えておいてくれ」

「お知り合いなのですか？」

「まぁ、昔世話になったくらいだな。詳しくは言えぬが……」

「そうですか、ではこのあたりでおいとまさせていただきます」

「うむ」

事務的な報告を終え、ゼロスはボンバ砦の入り口で待機しているアドの元へと向かった。

アドはこうした事務仕事が苦手で、全部ゼロスに押しつけて逃げたのだ。お偉いさんとの対話は疲れるらしい。

「終わったよ。それじゃサントールに帰ろうか」

「意外と早かったんだな……。もう少し掛かるのかと思ってた」

「報告書の提出と、現地で見たことの補足説明だけだからね。知っている情報なんてたいしたことじゃないし、そんなに時間は掛からないさ」

のんびり歩きながら砦から離れていく二人。

距離を取ってからアドはインベントリー内から【軽ワゴン】を出し、運転席に乗り込む。

「あれ、運転はアド君がするのかい？」

「まぁ、面倒事を押しつけちまったからな。このくらいはやらないとさ」

「そうかい？　なら任せたよ。ところで、帰ったらこの軽ワゴンを改造しないかい？　せっかくの車だし、もったいないじゃないか」

「俺はカーナビが欲しいな……」

「それは無理だ。今の僕達には手に負えない」

方向音痴のアドはカーナビがどうしても欲しかったが、チートな二人でも製作できないものがある。ここは潔く諦めるほかなかった。

「ん～、エアコンなら片手間に作れそうな気がするねぇ。暇だしやってみようか？」

「運転の邪魔にならないように頼んます」

低い駆動音と共に軽ワゴンが走り出す。

流れる景色を眺めながら、ゼロスは煙草《たばこ》に火を灯《とも》す。

白い煙が窓ガラスの隙間《すきま》から外へと流れていく。

「ところで、なんで報告書を二つ用意したんだ？　まぁ、砦とデルサシス公爵に渡すぶんだとは分かるが……」

「デルサシス公爵の方は、あのレギオンのことを詳細に書いてある。今まで犠牲となった勇者達のことを含めてね。さっき手渡してきたほうは、当たり障りのない程度にまとめた報告書だよ」

「まぁ、殺された勇者が復讐《ふくしゅう》のために被害をもたらしているなんて、あの場で言えないだろうからな。それにしても、よくそこまで考えられるな？　俺だったら全部報告して終わりだぜ？」

「新聞を読んでいないのかい？　今、事の真相が世に広まるのは拙《まず》いんだよ。ただでさえ隣国との情勢が不安定になってきているのに、この情報が世に出回れば混乱が加速してしまう。外交の切り札として取っておくのが望ましいのさ」

「なるほどな……」

謎のミイラ事件の真相を全て報告するのは危険だった。

何しろ、メーティス聖法神国は人知れず勇者を葬り怨霊を生み出していただけでなく、戦場で死んだ勇者達を含めた多くの死霊が原因で人命が危険に晒《さら》されていたなどと知られれば、この未発達の文明期ではすぐに戦争の機運が高まり開戦に及んでしまうだろう。

結果として更に多くの血が流れることになる。

情報はどこから漏れ出すか分からず、漏れた情報がどんな効果を及ぼすかも未知数だ。小さな噂《うわさ》があらぬ事態へと発展することも充分に考えられる。

その混乱に巻き込まれるのは一般の民なのだ。

「僕はねぇ、今の平穏を乱す気は更々ないんだよ」

「今、戦争はまずいか……。本当によくそこまで考えられるな、尊敬しちまうわ」

「いや、単に僕が巻き込まれるのを避けるためだよ。間違いなく裏仕事を頼まれそうじゃないか。

まぁ、ビジネスならやるけどさ」

「保身のためだった!? なに？　今までの話は面倒事を避けるためなのか!?」

「当然じゃないか。それに、メーティス聖法神国は他国からかなり恨まれている。今この情報が漏れれば、大義名分を掲げて戦争をふっかける国がたくさんあるだろうねぇ」

「西にも大国があったっけ……。国名は知らねぇけど」

「イサラス王国は山の中だし、西の国の情報はなかなか入ってこない。ソリステア魔法王国でも貿易程度の付き合いで、二年ほど前に国名が変わったらしいよ」

メーティス聖法神国の西側には、巨大な国家が存在する。

大陸上の人が住める領域の四分の一を支配し、更に南の大陸の一部にまで国土を拡げるほどだ。

海洋貿易国家らしく、その支配領域はどこの国よりも広く、なによりも軍事力が群を抜いて高い。

国名を【グラナドス帝国】。

旧国名は【メルギルド帝国】と呼ばれ、十年ほど前に王族同士の婚姻による国家併合にて西域一帯の統一を果たし、これを機に二年前に国名を変更した。ソリステア魔法王国の民の間では国名の呼び方でいまだ錯綜《さくそう》が続いている。国家間の距離が遠いほど情報が伝わってこない弊害だった。

地球で言うならローマ帝国に相当する繁栄をみせている。

「もしかして、メーティス聖法神国はお隣にもちょっかいをかけたのか？」

「歴史では国境付近で何度か小競り合いをしているねぇ。土地を奪ったり奪われたりの関係さ、戦争になりそうだろ？」

「……なぁ、ゼロスさん？　この世界の戦争って……」

「軍事施設以外にも、街や村を襲撃して虐殺。兵士は略奪を繰り返し、強姦《ごうかん》する者や強盗が跋扈《ばっこ》することになる。女や子供は奴隷になり、男の大半は労働奴隷か鉱山奴隷、あるいは殺されるだろうねぇ～」

「人権が尊重されねぇのか。それは嫌だな……」

「だからこそ、火種はばら撒《ま》くべきではないんだよ。アド君も平穏に生きたいだろ？」

「……だな」

メーティス聖法神国は、国が滅びる火種をいくつも抱えてしまっていた。

妖精擁護による多大な民衆の被害。

軍事力を笠《かさ》に着た周辺諸国に対する脅迫外交での国家間軋轢《あつれき》。

異教徒弾圧を名目とした侵略戦争。

神聖魔法（回復魔法）の法外な治療費による無茶な搾取。

幾度となく繰り返してきた国境侵犯と民間人の虐殺。

他国への内政干渉に当たる神官優遇政策の強要。

勇者召喚による自然界魔力消費での世界崩壊未遂。

人知れず抹殺してきた勇者の復讐による異質な魔物の誕生。

このように挙げたらきりがなく、今までやりたい放題だった。

だが、そのほとんどが勇者召喚という軸の上に成り立っており、短期間で他者よりも早く成長する勇者の戦力は周辺諸国には脅威であった。

その勇者も、もはや召喚されることはない。

後に残されたのは内憂外患の腐った国家という枠組みだけである。

「勇者は裏切り、今抱えている連中もいつ反逆するか分からないから、慎重だろうな。過去に召喚された勇者の何割かが生き延びているかもしれねぇし、敵に回したらヤバいだろ」

「アド君、鋭いねぇ～。ついでに勇者を殺すこともできなくなった。暗殺すれば不滅の敵になりかねないし、何より残された貴重な戦力だからね」

「四神は代行者で、邪神ちゃんは既に復活。終わったな……」

「ただ、国を滅ぼしても復興がねぇ～。田舎町ならいいけど、大きな都市ともなると経済を安定させなくちゃならないし、広大な土地がしばらく荒れるねぇ。戦争なんて長く続けられるもんじゃないんだから」

「金が掛かるからな。脱走した兵士や騎士が夜盗に変わるかも……。壊すのは簡単だが、統治する下地を築くには時間が掛かるか」

「戦争になれば難民流民が溢《あふ》れるだろうし、周辺国家はその対応に追われることになる。地道に外側から削り取っていくのが常套《じょうとう》手段だよねぇ～」

宗教国家としての柱を根元から崩すのは簡単だ。

だが、そこから発生するリスクの方が大きすぎる。戦争することに利がない。

「デルサシス公爵なら、上手《うま》いことやるんじゃね？」

「たぶん、保身を考える馬鹿や小心者の領主を裏から堕《お》としていくんじゃないかな？　要《い》らなくなれば切ればいいんだし」

「ゼロスさん、悪どいぞ」

「不要な人材を切り捨てるのも経営者の手腕だよ。それなりの地位にいる神官や司祭は、裏で後ろ暗いことをしている可能性が充分考えられるし、叩《たた》けば埃《ほこり》が出るだろうね」

「あの人の情報網があれば、そのくらい調べがつくってか？　怖い話だ……」

「僕らは一定の距離を保っていればいいんだよ。深入りはしないようにねぇ。それが世渡りのコツさ。平穏に生活ができれば幸せなんだから」

便利なものなら自作が可能であり、製作権を売ればそれなりに優遇してもらえる。

政治に口を出さず、頼まれたことを適正価格で引き受けているだけで普通に生活ができるだろう。なによりデルサシス公爵はゼロス達を敵に回すようなことはしない。

使える人材であれば、相応の見返りを支払うことを躊躇《ためら》わない人物だ。人質を取って脅迫するなどは悪手と理解している。

「ユイさん達を近くにおいているのも、それが理由だろうねぇ。身辺の安全は保証する、これはデルサシス公爵なりの誠意だよ。ギブ・アンド・テイクさ」

「為政者というより、やり手の経営者だよな。凄《すげ》ぇ頼もしい……」

「イサラス王国とも友好的に話を進めるさ。アド君が馬鹿な真似をしでかさない限り、だけどね」

「やらねぇよ!?　もはやラスボスじゃねぇか、怖くて逆らう気にもなれん！」

「上司があれくらいデキる人だったら、僕も地獄を見なくて済んだんだけどねぇ……」

リーマン時代、プログラマーとして仕事をしていたゼロスの職場は、限りなく黒に近い灰色な環境だった。

最初の上司は話の分かるそこそこやり手の人物だったが、出世して別の部署に移動。次に来た上司は無責任に仕事を引き受け、その対応に追われる毎日。

管理責任者とは名ばかりで、事実上はゼロス――聡《さとし》に任せきりの信用ならない人物だった。重要な話や期限変更などの情報伝達を忘れるなど日常茶飯事。

チーム主任としての立場上、部下の状態に常に気を配り、なんとか休暇を入れられるよう調整に苦心した記憶が呼び覚まされる。

「……いきなりさぁ～、海外出張入れてくるんだよ。しかも『プレゼンの準備もしろ』なんて無茶なことを言い出してさぁ～、そのくせ自分ではなにもやらないんだ」

「あんたの方がいきなりだよ、なんの話だぁ!?」

「一週間前に決まっていたハズなのに、二日前に突然言いだしやがって……。しかも、『うっかり忘れてた。今度、酒を奢《おご》るから』なんて言いやがった。飲みに行った記憶なんて一度もねぇぞ……。部下に伝えてプレゼンの資料を集め、更に現場状況の調整変更……。どんだけ苦労させられたことか。マジで地獄だった。あのおっさん、クビになればいいのにと何度思ったことか。フフフ……」

「だから、なんの話だよ!?　こえぇよ!!」

「先に職場を辞めたのは俺の方だったけどねぇ……。へへへへ……」

「俺っ!?　さっきから口調も変わってるぞ!　いったいどうしちまったんだよ!!」

暗い記憶に苛《さいな》まれ、おっさんは一人鬱《うつ》になる。

隣で運転するアドは、ただ混乱するだけであった。

そんな二人を乗せた軽ワゴンは、順調に街道を走り続けた。

◇　◇　◇　◇　◇　◇　◇

黒い霧――レギオンがゼロス達に滅ぼされた頃、もう一つの黒い霧であるシャランラは街道を行くキャラバンの馬車にへばりついていた。

力の衰えた今の状態で、護衛に就いている傭兵《ようへい》達を襲うのはリスクが高い。

今は身を潜め、放出される魔力を抑えるのに苦心していた。

『……いい加減に飽きてきたわね』

『姐《あね》さん、ここが我慢のしどきですぜ？』

『中に神官がいるようだからな、慎重に動かねぇと殺《や》られるぞ。我慢だ』

『分かってるわよ！　それより、この馬車はどこへ向かっているのかしら？』

黒い霧状の姿だと、一定の魔力を常に消費し続けることになる。

魔力で魂を血液という媒体に固定している状態なので、いずれどこかで魔力を補充するか、生物の体内に潜り込まねば消滅してしまう恐れもある。

しかし今キャラバンを襲うわけにもいかない。

現在地が不明なことや、襲うために活動すれば魔力の消費が激しいこと。何よりも無駄に魔力を消費せず移動できる馬車がなくなることは避けたい。

偶然だったとはいえ、この機動力を失うわけにはいかなかった。

『まったく……不便な体よね』

『要らない奴等を切り捨てたから、まだ魔力には余裕がありますぜ？』

『それでも魔力は消費されてんだ。できれば全部消費する前に辿り着きてぇよな』

『現在位置が分からねぇのが問題だ。土地勘のある連中は皆向こう側に行っちまったしよぉ〜、今頃は体を取り戻しているかもしんねぇ』

『あいつら……絶対探し出して潰《つぶ》してやるから！』

なまじ意識があるだけに、馬車の荷台の真下にへばりついている状態は暇でしょうがない。

意識内で会話をしていても出てくる言葉は愚痴ばかりだ。

キャラバンの商人達の声が聞こえたのはそんなときだった。

「やっと見えたぞ。街だ！」

「これで野宿とはおさらばだ。今日はゆっくり休めるぞ！」

「柔らかいベッドが恋しかったぜ」

「おいおい、行くなら娼館《しょうかん》だろ？　久しぶりに女が抱きてぇ〜」

「子供もいるんだぞ、教育に悪いだろうが！」

護衛の傭兵や商人達が、にわかに活気づいてきた。

街道を何日も掛けて移動してきたのか、彼等は久しぶりの街を見て喜び会話を弾ませる。

長旅の疲労から先ほどまで口数が少なかったのだ。シャランラ達もその無口ぶりから苛立《いらだ》っていたので、朗報である。

『これは好機ね』

『へへへ……やっと暴れられるぜぇ』

『けどよぉ〜、だいぶ魔力が減っているぞ？　神官に見つかったら浄化されかねねぇ』

『表立っては動けねぇな……。なら、そこいらの路上にいるヤツでも襲うか。どうせ仕事もなく他人にすり寄るしかねぇクズだしよぉ』

『俺達、幽霊だしな』

『街に入ったら頃合いを見て裏通りに行くわよ！　なんとしても体を手に入れるのよぉ!!』

『『『アナホレサッサァ〜〜〜ッ!!』』』

彼等は気付いていなかった。

自分達が、既に神官達の浄化魔法では滅びることがない存在となっていることを……。

キャラバンが街の中へと入り、悪霊達は夜が訪れるまで我慢を続け、夜の帳《とばり》が下りる頃合いを見計らい闇へと消えていった。

この日から、街でミイラ化した死体がいくつも発見されることとなる。

騎士団が衛兵達を伴い調査したが、結局原因を掴《つか》むことができなかったという。

◇　◇　◇　◇　◇　◇

ルナ・サークの街は、散乱したゾンビの残骸の後始末に追われていた。

聖騎士や衛兵、傭兵も加わり急ピッチで処理作業が進められている。

基本的には穴を掘り、そこにゾンビを放り捨てて燃やすのだが、広範囲に散乱しているので集めるのが大変だった。

謎の二人組は暴れるだけ暴れ、後始末をすることなく消えた。

被害を最小限にしてくれたとはいえ、面倒な仕事だけを残していったために、作業している者達は恨み言を口々に呟《つぶや》いていた。

『まぁ、気持ちは分かるよなぁ〜。俺も報告書を書かなくちゃならないし、どこまで書いていいのかも分からん』

厄介なことに転生者は魔導の銃という最新武器を所持し、群がるゾンビどもを跡形もなく吹き飛ばし、残りも二人だけで斬り捨てた。

更に血液に憑依《ひょうい》する死霊群と、かつて勇者であった者達のなれの果て。自ら魔物となって復讐しようとする宗教国家の新たな敵。

呪詛《じゅそ》ゾンビだけでも厄介な存在なのに、神聖魔法すら効果がない存在など倒しようもない。唯一対抗できるのが魔法による武器だろう。

ついでに学《まなぶ》にとって問題なのが、自分が所属している国が用済みとなった勇者を殺していることだろう。

「ハア〜、知りたくもないことを知っちゃったなぁ〜」

先輩である勇者の死霊が口々に恨み言を残していた。

彼等はこの世界で永遠にさまよい、メーティス聖法神国に復讐しようとしている。

学も同じ立場であるから気持ちが痛いほど分かる。

『恨まないほうがどうかしてるよ。勝手な都合で召喚しておいて、送還されずに殺されたんだから』

送還されずに殺されたというのは学の憶測《おくそく》だ。

だが、勇者達の魂は二十人から三十人はいた。

メーティス聖法神国は『勇者は元の世界へと戻った』とか、『死んでも元の世界で蘇生される』とか都合のいいことを言っていたが、それが嘘《うそ》だと判明したことになる。

転生者が何気に言った重大な真実。

つまり学も歴代の勇者達と同じ道を辿ることになるわけで、それを思うとやる気が出ない。

本日何度目かの鬱な溜息《ためいき》を吐《つ》いた。

「やってられないよなぁ～……」

「こんなところにテーブルを運んでいるのですから、しっかり報告書をまとめてください。みんな見ているんですよ？」

「そうだけどさぁ～、なんで後始末の監督しながら、報告書を書かなきゃならないわけ？」

「マナブ様が『やる気がでねぇ～、もうベッドから出たくない。鬱だ』と言って部屋から出てこなかったから、仕事をしやすいように私達がここまで運んだのです。わがまま言わずに手を動かしてください」

「そうは言うけど……なんでこんな場所なわけぇ!?　リナリーさんの指示？」

学がいる場所は昨日まで戦場の最前線だった防壁の真上だった。

主に弓兵が矢を放つ場所だが、なぜか天幕も張られ、そこで書類を書かされていた。

要するに、宿の部屋に引きこもったら強行突入され、この場に連れてこられたのだ。ドナドナである。

「俺は……解体される牛の気分を味わったよ」

「殺される家畜の儚《はかな》さを知ったのですね。それはとてもよい経験です」

「そうだね。ある意味、勇者達は家畜と同じだよ。けど、不条理に殺された者が復讐しないとなぜ言えるのか……。この国は別の意味で終わったよ」

「何が言いたいのですか？　仰《おっしゃ》っている意味が分からないのですが……」

「昨日のゾンビはね、今まで犠牲となって死んだ勇者のなれの果てだよ。俺達勇者は死んでも元の世界には帰れない。永遠にこの世界に留《とど》まり、この世界を憎しみ、災いをもたらす。その先輩達が動き出したんだ、この国は呪われるだろうさ」

「!?」

リナリーは硬直した。

学が何を言いたいのか理解できてしまった。

「リナリーさんは知ってたんだね？　まぁ、それはいいさ。俺達は利用されているだけなのは前から分かっていたことだし……。問題は、今まで勇者をどれだけ召喚したかということさ。死霊なのに神聖魔法の効果がない。圧倒的な魔法でなければ対抗は不可能だ」

「だ、誰がそのようなことを……」

「昨日の転生者さ。うっかり口を滑らせたようでね、『召喚された勇者の魂は輪廻《りんね》の輪に還《かえ》れず、永遠にこの世界に留まる』ってなことを言ってたんだよ。こうなると転生者の目的も見えてくるね、諸悪の根源を潰すこと……。どうやら、異世界召喚は自然の摂理に反する禁忌だという予想は本当だったようだ」

「仮にその話が事実であったとして、誰が転生者にそのことを伝えたのでしょうか？　まさかとは思いますが、異・界・の・邪・神・達が……。だとするとマルトハンデル大神殿の崩壊も……」

「そのまさかだと思う。そうだよね、異世界から人を召喚するということは、摂理の異なる世界から強制的に魂を拉致《らち》ることなんだから。外側からすれば四神は犯罪者と同じだよ」

「それを示す証拠はありませんが？　どうやってそれが真実であると言えるのですか？」

リナリーはなぜか食い下がる。

全てを知っているのか、あるいは信仰に関わる重大な話を聞いて動揺したのかは分からない。

どちらにしても拒絶したい話なのだろうが、事は既に最悪の展開へと移行している気がしていた。

その先駆けが転生者なのだと学は予想する。

伊達《だて》にラノベは読んでいない。

「証拠が出る頃には、もう手遅れだと思っていいんじゃないかな？　今まで異世界人がどれだけ召喚されたかは知らないけど、二十〜三十人くらいの魂であの騒ぎだよ？　全ての魂が活動したらどうなるのかね？　この世界が滅ぶんじゃないかな？」

「ただの死霊です。浄化魔法があればレギオンであれ倒せるはずです！」

「その浄化魔法でゾンビすら倒せなかったじゃん。俺も死んだら彼等の仲間入りだね、そしたらこの世界を滅ぼそうとするのかなぁ……」

「なんか、自棄《やけ》になっていませんか？　多少事情は知っていますが、私でも知らないことはあるのですが？」

「でしょうね。リナリーさんの役目は俺の監視でしょ？　その報告を聞いて実行者が来るんだ。けどそれは、最悪の存在に力を与えることに繋《つな》がるみたいだし、迂闊《うかつ》なことはしないほうがいいよ？」

リナリーの役目は学の監視だが、彼女はあくまで報告するだけの存在だ。

実行する者は決して姿を見せることはない。

あくまでも教義に反する言動をとった場合に報告する義務を負っているが、そこから先、何が行われるかなど彼女も知らない。

だが、学の言葉でそれが抹殺であると理解してしまった。

「多分、召喚された勇者は全員送還せずに始末していたんだろうね。そして……その被害者達がついに牙を剥《む》いたわけだ。今いる勇者ではどうすることもできないだろうね。おそらく俺達を殺して取り込もうとするだろうし」

「なぜそこまで予想できるのですか？　あのような異質な魔物は初めて現れたはずですが……？」

「お約束ってやつだよ。たぶん、勇者同士の魂が結合して、本来ならありえない力で強力な魔物に変化するんだ。この手の話は色々パターンがあるからさ」

「ありえない力ですか……それはいったい」

「勇者として後付けされた力だと思うよ。俺達の世界ではこんな力は存在しないから、消去法で答えが出てくるよね」

二人の間に冷たい風が吹き抜ける。

リナリーは学のことを頼りない勇者だと思っていたが、洞察力だけは他より群を抜いていると知っている。

その予想通り学は岩田《いわた》の失脚後、聖騎士団の指揮官として抜擢《ばってき》され一軍を担う役割を与えられた。

盗賊や魔物討伐専門だったが、その優れた観察眼で指揮官になる以前にも幾度となく功績を残している。おそらく今回のことも、六割程度は真実を見抜いているとリナリーは思っている。

長くそばにいたのでリナリーは学が正しいと気付いていた。

しかし、立場的には認めることができない。

「では、転生者の目的は達したということでしょうか？　既に勇者召喚は不可能になりましたから」

「そこが分からないんだよね。他にも何か使命を帯びている可能性も捨てきれない。あんな非常識な存在を送り込んでくるんだから、俺は他にも何かがあると思ってる」

「憶測ばかりですね」

「仕方がないよ、情報が少ないんだもん。けど、転生者が全てを知っていると仮定して、おそらく彼等は邪神の復活を狙うと思うよ。俺が向こう側なら間違いなくそうするし」

「邪神の……復活？」

「ソリステア魔法王国で見つかったクレーターって、報告だとルーダ・イルルゥ戦役のと同じ規模だって話じゃん。でも邪神が作ったっていうクレーターと転生者の魔法の破壊力が同レベルって、どう考えてもおかしいよね？　そうなると、実は邪神はまだ復活してないいんじゃないかって思ったんだ」

「し、しかし四神様から邪神討伐の神託が下されています」

「あれはクレーターの情報を知った四神が焦って出したんじゃないかな。でもこの行動って、逆に言えば四神はかなり邪神を恐れているってことの表れだよね。なら、転生者は喜んで邪神を復活させるさ。いや……既に復活してたらヤバイよね。アハハハハハ」

学の仮説には説得力があり、この国はどうなってしまうのだろうかとリナリーは肩を落とす。

「リナリーさん……これは報告しないほうがいいよ？　憶測の域を出ないところもあるけど、一歩間違えたら俺達は殺されるから」

「っ!?　マナブ様……まさか、私を……」

「これでリナリーさんも共犯者さ。何しろ不都合な禁忌を知っちゃったんだから、間違いなく異端審問にかけられるね」

「脅迫する気ですか？　ですが、敬虔《けいけん》な神の使徒である私が、同胞に殺されることなど……」

「なに言ってんの。今まで都合の悪いことを闇に消してきた連中だよ？　どこに信じられる要素があるのさ。断言するよ、もし今の話を報告したら人事異動で俺のそばから離される。その後、どこに飛ばされるかは分からないけどね」

学は洞察力が鋭いだけで、保身しか考えない勇者だと周りに思われている。

だが、逆に考えれば『保身のためにはどんなこともする』勇者であるとも取れる。そしてリナリー司祭はこの日、学の本性を知った。

今まで上司に報告していたが、『不都合な真実』という秘密を共有させられることで共犯者にされてしまった。もはや後戻りはできない。

敬虔な信者である彼女は現在の聖法神国を快く思ってはいない。職務を全うすれば裏で始末されかねないと理解できるし、なにより後ろ暗い噂もいくつか知っている。

逃げるにしても、既に一蓮托生《いちれんたくしょう》になってしまった。

「……マナブ様」

「なに？　リナリーさん」

「責任は、取ってくださいよ？」

「できる限り善処はするよ」

この日から、学とリナリー司祭は以前よりも親密に行動を共にするようになった。

それからすぐに歳の差カップルと噂されるようになり、やがて周囲の目を誤魔化す偽装から本気で男女の関係になっていくことになる。

そのことで他の勇者達にからかわれるのだが、それはまた別の話である。

二人の幸せはともかくとして、激動の時はすぐそばまできていた。

第四話　おっさん、調査結果を報告する

ソリステア公爵領、サントール領主館。

行政を行う役所とソリステア商会の事務局が同居している館《やかた》で、左右どちらの通路を迂回《うかい》してもデルサシス公爵のいる書斎へと繋《つな》がっている。

領主館自体は昔からある小さな城を利用したものであり、その周囲には世代が変わるごとにいくつもの建物が建てられ、敷地内は様々な時代の建築様式が楽しめる博物館と化していた。

元はそれぞれ異なる建築様式のために建物の外観が歪《いびつ》であったことから、後からデルサシス公爵の手でルネッサンス様式に統一する大規模増改築工事を施《ほどこ》し、現在の姿へとなったのである。

観光客なら一見の価値はあるだろう。

元の大きさが分からないほど大規模に改築を行ったため、かなりの予算が使われたというのは、

わりと有名な話だ。

『建物同士の繋ぎ目が見えない。これはドワーフも関わっているねぇ。よくもまぁ、構造の異なる建築同士を改修したもんだよ。いつ見ても見事としか言えないねぇ』

来るたびに新たな発見があり、おっさんはいつも観光客気分になる。

当時、先代公爵でもあるクレストンもデルサシスのわがままに近い無茶な行動力に呆《あき》れ、『いや、もう儂《わし》からは何も言わん。言っても無駄じゃし、もう手遅れじゃし……。普通は相談くらいするよね？　儂、お前の親だよね？　一応……』と言ったとか……。

この時、税金に一切手をつけなかったことで、デルサシスの個人資産がどれほどのものか、関係者を大いに困惑させた逸話まである。

そんなデルサシスの聖域と言うべき建物の一室に、ゼロスとアドは報告書を届けに来ていた。

「いつ来ても落ち着かないな、ここ。無駄に豪華で……」

「アド君、気持ちは分かるが仕事中だぞ？　しかも依頼主の前で言うべきことじゃない」

「ふむ、さすがに私も『くつろいでくれ』とは言えんな。市井《しせい》にいる二人にはあまり縁はないだろうが、他の貴族達がここに訪れることもあるゆえ、多少の無駄な装飾は諦めてもらいたい」

「やっべ、聞こえてた……」

「普通は聞こえるでしょ。余計なこと言わずに黙っていればいいものを……」

社会に出て働いたことのないアドからしてみれば、提出した報告書に目を通すデルサシスの沈黙に耐えきれず、思わず声に出てしまっただけなのだろう。

しかし、時代的に見れば中世文明期であるこの異世界において、アドの一言は不敬と捉えられてもおかしくはない。

相手が気の短い貴族であれば、今の一言で即刻守備兵を呼ばれかねない。

「貴族社会には不敬罪がある。武士のように頭を下げて余計な波風を避ける風潮ではないから、気をつけるべきだねぇ。デルサシス公爵が理解のある人でなければ、今頃は警備の騎士達に剣を突きつけられているよ」

「マジで？」

「中にはそんな貴族がいるのも事実ではあるな。この間も、肩がぶつかったという理由だけで町民を手討ちにした愚か者がいたほどだ。まったく、嘆かわしい……ところで」

「なんでしょう？」

「この、ミイラを作り出していた原因が、【血液を媒体にする群霊《レギオン》】というのは確かかね。しかも、過去に召喚された勇者が悪霊化していることだが？」

「事実ですよ。さすがに勇者だけのことはあり、悪党しか狙わなかったようですがね。それが災いして群霊自体が乗っ取られたと僕は見ていますよ」

「盗賊が悪霊化して、元凶自身が乗っ取られては世話がないな。だが、これが事実ならとんでもない話になる」

勇者が悪霊となり、人に災いをもたらす魔物となる。

メーティス聖法神国を追い詰める情報ではあるが、同時に厄介なものでもあった。

今まで召喚された勇者の人数は、歴史書を調べても二百や三百では済まない。それ以上の異世界人がこの世界に召喚されているのだ。

その全てが輪廻《りんね》の輪に還《かえ》ることができず、四神や四神教徒達を恨み、復讐《ふくしゅう》するべく動いている。

メーティス聖法神国が勝手に滅ぶのはかまわないのだが、その矛先がこの世界全てに向けられてもおかしくはなく、由々しき事態であった。

「神聖魔法の【浄化《ピュリフィケイション》】を無効化し、火に対しても耐性がある。魔法にもある程度の耐性を持っていると見ていいだろうな」

「僕も同感ですよ。更に問題なのが、群霊やゾンビだけではなく、とんでもない化け物が現れる可能性も捨てきれないところですね。勇者の力は異質なもので、この世界に長期間留まり続けると歪みを生じさせます。その歪《ゆが》みが事象の理《ことわり》を狂わせてしまう」

「ふむ……まるで確信があるような言い方だな。ゼロス殿……単刀直入に聞かせてもらう」

「なんでしょうかねぇ？」

「君達が四神と敵対していることは分かる。そして、それに対抗する手段も既に持っていると私は考えている。だが、彼《か》の国に仕掛ける様子もないところを見る限り、実は既に目的を果たしているのではないかね？」

「そう思う根拠は？」

「君達は他の転生者の調書に書かれているような、欲に溺《おぼ》れた騒ぎは起こしていない。逆に言えば何者かの指示を受けていると見ることができる。私が知りたいのは、君達はこれから何を成すつもりか、だ」

『『いや、調書って……。転生者が頻繁に何かしでかしてんの？』』

公爵は腕を組みながらゼロス達を見据える。

「もっと踏み込んで聞こう。ホムンクルスと嘯《うそぶ》くあの異形の少女と何を企《たくら》んでいるのかね？」

『っ!?　アルフィアのことも知っている……』

『恐ろしいまでの情報収集力だねぇ……。けど企むって……あれ？』

為政者であるデルサシスの立場から見て、ゼロス達の行動は奇妙すぎる。

魔法の改良はともかく、神聖魔法として秘匿された回復魔法の拡散や車や動力となる技術の公開。

魔法文字の解読法など、文化や技術の革命が起こるレベルだ。

それなのに求めるのはある程度のマージンと平穏な生活。これだけのことをしたのなら少なからず権力者と繋がりを持ち、目的のために利用することが普通だ。

少なからず疑問や不審に思われても仕方がないだろう。

『改めて考えてみると、邪神ちゃんが復活した以上、この件に関しては僕らのすることって何もないんだよねぇ』

対してゼロスは既にやるべきことを終えている感があり、後は自由に生きるだけだ。そこに含みは一切ない。四神への嫌がらせも躍起になって行うほどのものでもない。

デルサシスであればこの程度のことは既に理解しているであろう。

つまり、この質問は敵か味方かを知る、念押しの確認みたいなものであると解釈できる。

「特に何もないですね。僕らの仕事は終わったと思っていいですよ」

「……では、他の者達はどう見るかね」

「他……俺達以外の転生者か」

「私の知る限り、隔絶した強さを持つ転生者は四人ほど確認しているのだが？　君達以外だと、一人は北の大平原で獣人達と暮らしており、もう一人は傭兵《ようへい》だと報告で聞いている」

「たぶんですがケモ・ブロス君とマスクド・ルネッサンスかな？　何を危惧されているかは知りませんが、前者は獣人族に危害を加えなければ敵にはなりませんよ。後者はそのうちファーフラン大深緑地帯にでも向かうんじゃないですかね？　狩りをするのが大好きですから」

「その者かどうかは知らぬが、最近になって我が商会にファーフラン大深緑地帯に生息する魔物の素材が大量に持ち込まれているな。彼等は知り合いかね？」

「いや、ブロス君は知り合いですが……マスクさんは顧客程度の付き合いですね」

「俺も、あの人と話をしたことがないな。ガンテツさんの工房ですれ違ったことがある程度だし、何をしているのかさっぱりだ」

【ゼロス・マーリン】、【アド】、【ケモ・ブロス】、【マスクド・ルネッサンス】。

この四人がデルサシスの知る隔絶した力を保持する転生者だ。このあたりのことは彼の諜報《ちょうほう》力であれば簡単に調べられるであろうと、おっさんは推測する。

ケモ・ブロスは獣人族解放に熱心で、今も元気にメーティス聖法神国へ攻め込んでおり、マスクド・ルネッサンスもゼロスの言ったとおり、狩り場を求めてファーフラン大深緑地帯で活動している。今も獲物を仕留めては雄叫《おたけ》びを上げていることだろう。

非常識な体力と魔力持ちだが基本的にどちらも趣味に生きているので、デルサシスが警戒するほどのものでもないだろう。何者かの指示を受けて動いているような形跡もない。

「なるほど、おおよそ理解した。最後に、あの国はどうなると予想している？　私は、そう遠くないうちに滅びると踏んでいるのだが」

「あぁ～、俺もその可能性は高いと思いますね。西にある大国に喧嘩《けんか》を売っていると聞いたが、このチャンスをその大国が逃すとは思えない」

「それより、勇者の魂が関係した魔物があの群霊だけだとは思えないねぇ。僕の見解としては、別の魔物も既に発生している可能性が捨てきれないいんですが」

「だが、その魔物も四神に対して恨みを持っておるわけであろう？　我が国は安全ではないのかね」

「う～ん……だといいんですが、四神教の司祭や神官もこちらで活動をしてますよね？　その人達も憎悪の対象に入っていたら面倒なことになるかと……」

「いやいや、ゼロスさん!?　不安になるようなことを言うなよ」

「なるほど、その可能性もあるのか。なかなか愉快なことが起きそうな予感がするではないか」

『『なんでこの人、ヤバイ話を嬉《うれ》しそうに言うんだ？　愉快で済む問題じゃねぇでしょーに』』

デルサシス公爵は危険度が高いほど燃え、厄介事が大きいほど首を突っ込む性分だった。

常日頃から彼は、『危険とは人生を楽しませるスパイスである』と思っており、人前で豪語するほどだ。スリリングな日々を追い求めてやまない。

必要なら自ら危険な状況を作り出すことを平気で行う人物だった。

「何にせよ、これで依頼は達成ですね」

「うむ、ご苦労であったな。報酬は口座に振り込んでおこう」

「とはいっても、その口座がある銀行も公爵の傘下なんだよな。よく過労死しないもんだよ。休暇をいつ取っているのか謎なんだが……」

「私も人間だ。休暇は当然取っているさ。そう、実に刺激的な休暇だがね」

『『その刺激的という言葉が不穏で怖いんですけど!?』』

デルサシスの休暇がハリウッド映画ばりの、実にバイオレンスに満ちたものであることは疑いようがなかった。

そんなことを平然と口にするデルサシスの日常について聞いてみたいところだが、同時に、聞いたら後に退《ひ》けなくなりそうだと直感が知らせてくる。

ゼロス達は改めて理解した。目の前の公爵が本当にヤバ～イ人種であることを……。

「で、では僕達はこの辺で……。そうそう、ボンバ砦《とりで》のルガー・ガンスリング騎士団長がよろしくと言ってましたよ」

「・・・よろしくか……色々と有意義な情報でこちらも助かったのだがね。律儀《りちぎ》なことだ。また何かあれば彼にも協力してもらうことにしよう。君達も今回は実に良い仕事をしてくれた」

「できれば安全な仕事をしたいな、俺は……」

「アド殿は、魔導式モートルキャリッジの動力部品製造の仕事が残っているな。三日ほど休暇を楽しんだら手伝いをしてもらいたい。こと魔法式はいまだに手に余るものなのでな」

「うそ～ん……ゼロスさんも手伝ってくれよ。あんたがアレを作ったんだろ?」

「手伝いですか……だが断る！　確かに試作品は作ったけど、生産となると僕の手から離れているからね。大丈夫、魔法式を刻み込む簡単なお仕事さ」

「鋳造でいいじゃん！　モールドに流し込めば簡単に終わるじゃん」

「その工場は、現在急ピッチで建築中だ。それまで君には頑張ってもらいたい」

おっさんのお仕事はこれでおしまいだが、アドは三日後からハードな仕事が待っていた。

そんなアドをあっさり見捨てるおっさん。

ドアから出ていく二人を見送るデルサシスは、一枚の報告書に目を通した。

「タネガシマに似た武器か……。威力面では圧倒的に差があるようだが、ゼロス殿のことだから決して売ろうとは思うまい。これは軍事戦略を根底から変えてしまう危険極まりない武器だからな。興味深いのも確かだが、さて……どうしたものか」

その報告書には、ルナ・サークの街での戦闘の経緯が詳細に書かれていた。

魔導銃の存在がこと細かに報告されており、実に興味深い内容である。同時に軍の有様を根底から覆し、戦場をより凄惨《せいさん》なものに変えてしまう危険性を孕《はら》んでいる。

「聖騎士団にいる密偵にも報酬をはずまねばならんな。ふむ、とりあえずタネガシマをベースに我が工房で開発させてみるのも一興。陛下への報告はまだよいだろう。馬鹿共に知れれば事が大きくなりかねん。奴等には過ぎた代物だ」

デルサシスはその情報網を、メーティス聖法神国の精鋭部隊の中にまで伸ばしていた。

しばらく思案した後に部下を呼び出し、報酬を口座に振り込む手続きを指示する。

密偵に関しては裏の者が報酬を手渡すことになるが、足がつかないよう細心の注意を払い送り届けるよう厳命する。

裏でも表でも、デルサシス公爵は無駄に影響力のある人物だった。

「『仕事は終わった』か……。言葉には出さなかったが、邪神が復活したとみるべきか？　できれば私に、最高のスリルを味わわせてくれるとよいのだがね。フフフ……」

その公爵様は、窓から外の様子を見つめ物騒なことを呟《つぶや》く。

普通に危ない人でもあった。

◇　◇　◇　◇　◇　◇　◇

領主館から出ると、アドは真っ先にユイの元へと帰宅し、おっさんは煙草《たばこ》と土産の串肉を買いながらゆっくりと帰路に就いていた。

最近の旧市街は活気に満ちている。

この地は古くから定住している者達以外に、他国から何らかの理由で流れてきた者達が勝手に住みつき、ごく最近までは野外生活者やならず者などが屯《たむろ》していた。

しかし、サントールの経済状況が活性化することで職人の雇用が増え、小さな工房が再び息を吹き返した。一般無職者の多くがハンバ土木工業へ、職人は旧市街の廃棄された工房を活用し、現在魔導式モートルキャリッジの外装部品を製作している。

動力部はソリステア派が所有する工房で作られているが、腕の立つ魔導士が少ないことから生産が追いつかない状況である。

そもそも魔導錬成が行える魔導士が数えるほどしかいないので、どうしても職人による手作業が中心になってしまう。機械工学などの技術が未成熟な中世文明期レベルなので、職人の腕頼りになるのは仕方のないことである。

だが、そんな状況でも光明はある。魔導式モートルキャリッジを見たドワーフが機械に興味を持ち、魔導士と組んで工業用機械の製作に着手し始めたのだ。

車とは動力部から力を伝達し、車輪を回転させることで移動するものである。重要なのは動力から力を伝達するという部分で、様々な機械に応用することが可能である。金属のネジや歯車が活用された機械が誕生すれば、機械工業は急速に発展していくことだろう。

そんな技術者を目指す者達が旧市街に住みつき、ソリステア商会の庇護《ひご》のもと、活動していた。

「少ない魔力でいかに効率化するべきか……。動かすだけなら手間はかからないのだがな」

「動力の回転を歯車だけで伝達するのは無理がある。力は出るが回転数が……」

「ベルトはいい案だと思うのだがなぁ～」

「耐久力に難があるな。素材にもよるが、問題はどれが適しているかだ」

「これが完成すれば作業がより効率化される。しかし、魔石だけで魔力を補うのも限界があるぞ。それに実用的ではない」

「魔力タンクは良いものじゃが、ミスリルやアダマンタイト鋼……加工が難しいうえに採掘量が少ない。特にオリハルコンなぞ儂は扱ったことがないぞい」

工業用機械の製作をしていると思《おぼ》しき職人達が、広場の前で集まり談義していた。

それぞれの結果の意見を求め、多様な方向から案を持ち出しては改良し、更に創意工夫して効率化を図る。

そう、魔導式モートルキャリッジが現れたことで、ソリステア魔法王国は産業革命を迎えようとしていた。

だが、そのきっかけを作ったおっさんはというと――、

『賑《にぎ》やかだなぁ～。最初に来たときは汚い街だったのに、いつの間にかこんなに人が溢《あふ》れてるよ。

店を始めた人もいるようだし、住みやすくなったもんだねぇ』

――めっちゃ他人事《ひとごと》だった。

好き勝手に物を製作するが、他人の手に渡った時点で無関心になり、余計なことには首を突っ込まない。職人や魔導士達の会話に入る気はなく、暢気《のんき》に煙草を吸いながら通り過ぎた。

おっさんにとって、技術の革命を起こすのはあくまでもこの世界の人々であり、自らその輪に加わる気は全くない。歴史に名を残すつもりも更々ない。

『お土産に串肉は買ったし、これで集《たか》られることはないだろう。カイ君はなんであんなに肉にこだわるのかねぇ～』

お肉至上主義の少年のことを思い浮かべ、思わず苦笑いするゼロス。

他のハングリーチルドレン達も肉には執着するが、カイだけが肉に対して異常な執着を持っていた。最初の一口にこだわり、最後の一切れにもこだわる。

カイの肉に対する食事方法は妙に洗練されており、その作法に外れる者がいれば仲間でも許さない。最初の一切れの肉を口にする行為を神聖視し、続く肉を愛《いと》おしむが如く慈しみながら味わい、最後の一切れの肉に感謝を込めて祈りを捧《ささ》げる。

何が彼をそこまでさせるのか、ゼロスには全く理解できなかった。

『カイ君は、肉で新興宗教でも立ち上げるつもりなのかね？』

おっさんはちょっと想像する。


荘厳な神殿と祭壇の前に立つ神官姿のカイ。

彼の前には長いテーブル。そのテーブルには多くの神官達が席につき、大皿に盛られた焼き肉に祈りを捧げている。

祈りが終わると大皿から肉を各自に一切れずつ取り、愛おしげに見つめながら口に運び、肉の旨《うま》味《み》を口の中で慈しむかのように味わう。

その後はただ無言で肉だけを食べ続け、最後の一切れに涙を流しながら感謝し、『今日、我らが血肉となりし肉達に感謝を。そして、これから糧となるであろう命と肉に深い愛を捧げます。アーメン……』と言って、ただ肉を食べるだけの食事集会が終わる。


『……どないな宗教やねん！』

自分の妄想に思わずツッコミを入れるゼロス。

肉を食べるだけの宗教というのも普通に考えて不気味だが、問題はそのシチュエーションだ。

今の妄想では荘厳な神殿だったが、これが地下の薄暗い祭壇であれば、闇の中で燭台《しょくだい》の蝋燭《ろうそく》がわずかな明かりを灯《とも》す中、ただ肉だけを無言で一心不乱にむさぼり食う光景になる。

まるで悪魔崇拝の集会のような、邪《よこしま》で異様な場面に早変わり。

何より、実際にカイはその教祖になりかねないほど肉に執着していた。肉を否定しようものなら、本当に邪教認定されかねないほどに彼は肉を愛してやまない。

『……笑えない。実際に宗教を起こしそうで怖いぞ、ジョニー君達が引き止めてくれればいいが、無理かな……』

カイの将来が心配なおっさん。

そして、心配はしているが結局のところ他人任せだった。

馬鹿な妄想に悩みつつ教会の前に到着すると、ちょうど礼拝堂から出てきた近所のご老人達とすれ違う。

このご老人達は、別に教会へ祈りを捧げに来ているわけではなく、ほとんどがルーセリスの治療を受けに来ている人達だ。

「繁盛してるねぇ」

ルーセリスの立場は見習い神官だが、彼女の仕事は神官というよりは医師か薬師に近く、医療行為を行う者がいない旧市街では多くの人達の助けとなっている。

育ての親でもあるどこかの放蕩《ほうとう》司祭の影響か、彼女は四神教の布教活動にはそれほど熱心でもなく、たまに祭壇の前で説法しても『神に頼り切るのは歩みを止めるのと同じです。自らが考え、自らの足で進み、自らの行動に責任を持つことで人の健全さが保たれるのです。未来とは神が導くわけではなく、多くの人達が互いに支えあって築いてゆけるものと私は思うのです』と語っている。

最近は神官も魔導士の一種であるという事実や、自身の生い立ちを知ったことで無意識ながらも行動が大胆となり、異端審問官という暗部組織に目をつけられないかゼロスも心配していた。

もっともサントールの街はデルサシス公爵の統治する領土で、秘密裏に暗部組織が侵入しようとしても水際で防がれる可能性が高く、油断はできないが他の街より安全と言えよう。

国政においてもメーティス聖法神国側は異端審問官の派遣を強要していたが、ソリステア魔法王国側が内政干渉してくるような不穏分子を国に入れるわけもなく、全て断っていた。

このような経緯から、サントール旧市街は今日も平和であった。

『いつまでも教会の前にいたら不審者だな。中に入るか』

教会の扉を開き礼拝堂に入ると、ちょうどルーセリスが薬瓶を片付けているところだった。

カイとラディが掃除をしており、他の子達の姿は見当たらない。

耳を澄ますと金属がぶつかり合う音や、空気を振るわせるような振動音が聞こえてくる。

どうやら他の子達はコッコ相手に修行の真っ最中のようである。

「やぁ～、ただいま戻りました」

「あっ、お帰りなさい、ゼロスさん。お仕事は無事に終わりましたか？」

「ミイラを探す簡単な仕事でしたんで、すぐにカタがつきましたよ。僕がいない間、なにかあったりしましたかねぇ？」

「いつものような平穏な日でしたよ。特に問題もありませんでしたね」

問題らしきことは起きておらず、安心したゼロス。

まぁ、面倒事が起きたら解決するだけだが、基本的な報連相はとりあえずやっておく。

シャランラのような厄介者がいつ現れるか分からず、小さな異変でも気に留めておくだけで危険度は幾分か下がる。

何しろ地球とは安全性が全く異なる。スリなどの軽犯罪は日常茶飯事で、稀《まれ》に強盗や殺人事件も起こっている。事件解決より迷宮入りする犯罪の方が多いほどだ。

街道では盗賊被害が頻発し、騎士団の派遣が決まる頃には既に逃げられているのが現実だ。そのため、大抵の場合は犯人が捕まらない。

それ以上に魔物の襲撃被害が多いのも厄介である。

サントールの治安が他に比べ安全なだけで、実際のところ危険度は相当高いのだ。

「平和が何よりですねぇ。最近はこの辺りも人が多くなりましたし、犯罪者が流れてきている可能性もありますから念を入れておかないと」

「そうですね。今日も初めて来る患者さんがいましたし、いつの間にかこの辺りも賑やかになってきていますよね。薬草などの補充も間に合わなくなりそうです」

「ジャーネさん達は温泉でしたっけ？　戻ったら頼んでみるのはどうです？　傭兵なんだし、採取依頼も受けることがあると思いますが」

「最近ジャーネはよく仕事でアーハンの村に行っているようですよ？　なんでも鉱山がダンジョン化して、魔物の数が増えだしたと聞きましたが」

「……アーハンの村？　鉱山？」

以前、ゼロス達が鉱物採取に向かったことのある村。

鉱山がダンジョン化しており、最下層には巨大なサンド・ワームが溢れかえりそうなほど繁殖していた。

広範囲殲滅《せんめつ》魔法で全滅させたが、そうした生物の魂や魔力を吸収してダンジョンは成長する。ダンジョン活性化の原因はおっさんにもあった。

だが、ダンジョンの存在は何も悪いことばかりではなく、魔力を帯びた武器や貴重な魔物の素材も手に入るので、その恩恵で経済活性化にも繋がる。

大国がダンジョンを可能な限り管理しているのも、鉱山など限定的な場所で採掘される鉱物資源よりも容易に資源確保が可能だからだ。

特にミスリルやオリハルコン、ダマスカス鋼などの希少金属がその部類に入る。

ちなみにヒヒイロガネは、ミスリルとオリハルコン、白鉄を一定の割合で配合し錬成した合金である。自然界で生み出されることもあるが、加工が難しかった。

「いつも教会にいるから仕事がないのかと思えば、あそこに出入りしていたんですか。ダンジョンは危険と隣り合わせなんだけどねぇ。強力な魔物が出てくることもあるし、きちんと間引きしておかないと、後でとんでもない事態になりますよ」

「その間引きの仕事をジャーネ達はやっているようですね。武器や防具が強化できるし、素材を売ればお金になると喜んでいました」

ジャーネ達がアーハンの村でダンジョンアタックをしていたのは初耳だった。

他にも農場に現れる魔物討伐や商人の護衛依頼、仕事がないときは採取依頼を受けているらしい。

ジャーネとイリスは現在温泉に行っているが、傭兵というのは毎日仕事をしていないとすぐに資金が底をつくシビアな職業である。レナにいたってはプライベートが謎だ。

幼なじみというツテで教会に住み込みをしているが、裏を返せばそれだけ生活が困窮していることを示していた。

『普通に考えても甘えだよなぁ～。まぁ、傭兵なんてそう簡単に儲《もう》かる仕事じゃないけど……。生活費を入れているだけマシなのかねぇ』

一度社会に出た以上、いつまでも人の好意に甘え続けるわけにはいかず、ジャーネ達もそのあたりのところは申し訳ないと思っているのだろう。

だからこそ食費だけは教会に入れているのだと推測できる。

「おっちゃん、土産はないのか？」

「肉は？　肉肉肉肉、にっくぅ〜〜〜〜〜っ!!　むむぅ、肉の匂いがする!?」

「土産ってほどのものじゃないけど、夕食用に串肉を買ってきましたよ」

「いつもすみません。こら、二人ともゼロスさんにお礼を言って」

「ありがとな、おっちゃん」

ラディは悪びれることなく手を上げお礼を言う。

だが、カイだけは串肉と聞くとその表情は次第に輝かしい笑みに変わり、その場で喜びの舞を踊りだす。

「ありがとぉ、肉教祖様ぁあああぁぁぁぁぁぁっ!!」

「肉の教祖にされただとぉ!?」

おっさんの評価は肉教の教祖にランクアップされた。

カイにとって無料で美味《うま》い肉を恵んでくれる相手は神に等しいようである。

何だか分からない宗教の教祖に格上げされるのは不本意ではあるのだが、喜んでくれるのは嬉しいし、カイにとっては最高の賛辞とお礼のつもりなので文句が言えない。

もし、先ほど抱いた空想が現実となりカイが教祖となったとき、自分が神として祀《まつ》られていないことを切に願うゼロスだった。

色々考えながら自宅の玄関を開ける。

「ほう、随分と遅い帰宅じゃな……。ほれ、さっさと我に供物を捧げるのじゃ！　カツじゃ、我はカツを所望するぞ！　カレーは水っぽいのは嫌じゃぞ？」

「帰ってきてすぐに飯をねだる邪神って……」

かつて世界を崩壊にまで追い込んだ邪神ちゃん――【アルフィア・メーガス】は、両手にフォークとスプーンを持ち、椅子にきちんと座ったままテーブルを叩《たた》いてゼロスを迎えた。

しかもカツカレーを注文してくる始末。神としての威厳はどこへ消えたのか……。

「たった数日留守にしていただけでこれか……。ルーセリスさんに食費を渡して、食事の面倒を見てもらっていたはずなんですがねぇ？」

「食事の時間には帰ってきておったぞ？　我に捧げられる供物を受け取らぬのは失礼千万じゃろ」

「飯だけ食って遊び惚《ほう》けていたんですか？」

「失礼じゃな、ちゃんと世界中を駆け巡って四神共を探しておったぞ！　そんなくだらぬことよりも我に供物を捧げよ！　天罰を与えるぞ！」

「いや、くだらないって、そこが一番重要なんじゃ……」

創世神の後継者にして観測者。

食道楽に堕《お》ちた元邪神の女神様は、今日も元気いっぱいに可愛《かわい》く飯をねだる。

制約の封印が一つ解放されたことを告げぬがままに……。

◇　◇　◇　◇　◇　◇

身重のユイが心配で、急ぎソリステア公爵家別邸へ戻ってきたアド。

だが、彼が帰宅して早々聞いた言葉は――

「おめでとうございます。元気な女の子ですよ」

「ファッ!? ダンティスさん……今、なんて……?」

「じゃから、ユイ殿が出産したのじゃて。よかったのぅ、お主はこれで一児の父親じゃ」

「な、なんですとぉ!?」

――子供が生まれていた。

いや、出産間近なことは知っていたが、まさか数日空けている間に生まれてくるとは思ってもみなかった。

「「アドさん、おめでとぉ!」」

「あっ……あぁ………」

ただ、いきなり出産したことを告げられたので、アドは実感がまるでない。

むしろ出産に立ち会えなかったことに対する罪悪感がいっぱいで、祝いの言葉が虚《むな》しく頭に響き渡っている。突然のことで放心するほどショックを受けたようだった。

彼が復活するのは、業を煮やしたシャクティ達に半ば強引にユイの部屋へ連行され、ベッドで横になるユイと我が子に対面したときだった。

その直後、彼の意味不明な歓喜の叫びが屋敷に響き渡ったという。

第五話　おっさん、アドにイラッと来る

謎の集団ミイラ化事件の調査を終えて三日。

いつもの日課であるコッコ相手およびわんぱくチルドレンズの訓練を済ませ、ついでの畑仕事を一区切りつけたおっさんは暇な時間を製作活動に費やしていた。

ヤバげな魔導銃や魔法動力を組み込んだ乗り物……といったものではなく、原点に立ち戻ったファンタジー定番の魔導具である。

「……う～ん。これなら露店でも売れるだろうか？」

宝石に魔力を込めて変質させた【魔晶石】や【魔石】を利用した装飾品を並べ、その出来映えを一つ一つ丁寧に吟味し、手頃な値段を記したタグを付けていく。

魔導具は単純なモノでも十万ゴル。日本円にして十万円相当で、駆け出しの傭兵《ようへい》では絶対に手が出せない高額アイテムだ。

何しろ魔導具は消耗品であり、特に魔石を流用したものは使用回数が決められている。

その理由は、魔石式魔導具は魔石の魔力を消費し、魔法式に定められた魔法効果を発動させるものなので、魔力を消費すると組み込まれた魔石は小さくなり砕け散るからだ。

強力な魔法ほど魔力消費は大きく、攻撃力を高くするには魔法式を複雑化しなければならず、魔石内に組み込むのが困難になる。また、威力が高くなるほど魔力の消費量が増える。それこそ範囲魔法などは魔石に刻み込む魔法陣に限界があった。

指輪に大魔法を組み込むなどほぼ不可能に近い。作れたとしても一度きりの使い捨て魔導具とな

り、取り付けた魔石が魔力を全て消費して砕け散ってしまう。

対する魔晶石式魔導具だが、魔力を込めることが可能で何度も使える利便性はあるが、込められる魔力に限界がある。

また、魔晶石に加工する宝石が大きいほど魔力を多く込めることが可能だが、複数の同種の宝石に圧力をかけて結合させるので、魔晶石が結合して大きくなってしまい装飾品としては適さなくなる。

これは魔石でも同じことが言える。

多くの魔力が蓄えられる魔石や魔晶石を作るには、【結合】より上位のスキルである【圧縮】のスキルが必要となるのだが、手頃な大きさに加工する壁を乗り越えると今度は魔導術式を刻むことが困難となる。魔導具作りはとにかく面倒な工程が多すぎるのだ。

大抵は魔石などの鉱物や土台となる金属の表面に【魔力転写】と【加工】スキルの同時併用で魔導術式を刻むのだが、強力な魔法ほど魔導術式は複雑化する。

より強力な魔導具は複数のスキルを同時に併用することで、なんとか形にすることができるようになるのだが、商品として世に送り出せるようになるには大量の材料を無駄にすることになる。

『ツヴェイト君達に教えるにしても、材料が足りないか……。いや、この世界で僕達の常識がどこまで通じるか分からないが、もしかしたらスキルを簡単に覚えるかも……』

【ソード・アンド・ソーサリス】では、スキルを覚えるにもアイテム製作を幾度となく繰り返していたが、この世界でもゲーム知識が当てはまるとは限らない。コツさえ掴《つか》めば簡単にスキルを覚えられる可能性も捨てきれず、魔導錬成を教えるべきか大いに悩むおっさん。

「むむ……アド君はどう思う？」

「ん～……ゆかりにするか？　いやいや、愛と書いてメグミ……いや、これだと親父《おやじ》をコケにするような娘になりかねないし、何より俺が浮気者みたいで嫌だ……。きらきらネームはムカつくし、いっそ洋風の名前にするべきだろうか？」

「……まだ娘さんの名前を考えていたのかい？」

「しかたないだろ。ユイのヤツが俺に名前を決めてほしいなんて言うし、こういうのは苦手なんだよ」

「君のアバターネームも単純だからねぇ。苦手なのはよく分かる」

アド君がゾンビ調査中、妻のユイは子供を出産していた。

それ自体はめでたいことなのだが、その後、彼は娘の名を決めるのに必死になり、朝も早くから悩み続けている。

「沙耶《さや》なんてのはどうだい？」

「ダークな世界で刀を振り回し、血塗《ちまみ》れになりそうだから却下」

「咲夜《さくや》は？」

「旦那に浮気しただろうと勘ぐられ、自棄《やけ》を起こして物置に閉じこもり火をつけそうだからなぁ……。将来は時間を止めてナイフで滅多刺しにしそう」

「アリス」

「不思議の国に迷い込んで、帰ってこなくなりそうだから嫌だ……」

朝からこんな調子だ。

何かの意見を求めれば、逆に娘の名前をどうするか意見を求められ、話をずらされる。

畑仕事をしていても、アドはなにかとゼロスに泣きついてくる始末だ。

おっさんからすれば、正直疎《うと》ましく思うが、これもアドが親になった最初の務めとグッと心で耐えた。

「じゃぁ、まどか……」

「魔法少女になった挙げ句、最後に親友を泣かせそうだから……。純粋で優しいのはいいけど、駄目。やはり心に夢というデッかい野心がないと」

「デッかい野心って……それなら、まりさは？」

「ムゥアスタァァァアスパァァァァァァァァァク!!」

「なぜにスーパーロボット調で言った!?」

初めての子供に良い名前をつけてあげたいという気持ちは理解できるが、名前の案を出すとすぐに駄目出ししてくるのはいただけない。

例えば、『神楽《かぐら》なんて名前はどう？』と言えば、『大食いで下ネタをかまし、酢昆布ばかり食べてる子に育ちそうだから』と言い返し、『それじゃ、レイなんてのは？』と聞けば、『代わりが何人もいそうだし……』などと返してくる。

結局、なにを言っても揚げ足を取った返しをしてくるので、ゼロスはいよいよ相手にするのが面倒になってきていた。

「もう、節子《せつこ》でいいじゃん。これで決まり、乙かれぇ〜」

「真面目に考えてくれよぉ〜、あんな悲しい最期を迎える名前は嫌だぁ!!」

「結局のところ、決めるのはアド君なんだけどねぇ。僕が名前をいくら挙げたところで納得はしないんだろ？　なら、なにを言っても無駄じゃないか」

「そんなことを言わずに、少しでも多く案を出してくれよぉ！　俺、もう限界なんだぁ!!」

「……最後、あかり」

「おしい！　いい名前だけど、恥ずかしいセリフを……」

「アド君……そろそろ殴っていいかね？　正直、僕も限界なんだけどねぇ？」

ここまでくると、さすがに殺意が湧いてくるものだ。

そして、結構苛《いら》ついているおっさんは、アドの額にデザートイーグルの銃口を突きつけると、親指で撃鉄を引き下げた。

実にいい笑みを浮かべてはいるが、背後のドス黒い暗黒のオーラが隠しきれていない。

「じょ、冗談……だよな？　それより、それは殴るというより射殺なのでは……？」

「はっはっは、アド君……さすがに温厚なおいちゃんでも、堪忍袋の緒が切れるものだよ？　エンドレスになる問答はここで幕引きにしようや」

「俺の人生も幕引きになる状況なんですけどぉ!?」

「三つ数えるうちに、さっさとどうするか決めろや、一」


――ガァァァァァァァアン!!

一と数えた瞬間に迷わず引き金を引いたおっさん。

アドがどこかの映画のように身を仰《の》け反《ぞ》らせて弾丸を避《よ》けたところに、追い打ちとばかりにもう一発撃ち込む。

容赦のない本気の攻撃だった。

「う、撃ったな……二度も撃った。親父にだって撃たれたことないのに!! しかも三まで数えてねぇ!!」

「男ってぇのは、一さえ覚えておきゃぁいいんだよ。常に一発勝負を魂に刻んでいりゃいいのさ」

「二発撃ったよな？ 一発勝負じゃねぇだろ!! あんた、マジで殺す気だったろぉ!!」

「細かいことは気にすんねぇ。安心しろ、ただのゴム弾だ。股間に当たると死ぬほど痛いが、死にはしない」

確かにゴム弾のようではあるが、そのゴム弾が床にめり込んでいるのをアドはしっかりと確認した。それはつまり、ゴムとは思えないほどの強度を持っていることになるわけで、いくらチートな体のアドでも痛いで済む威力ではないことを示している。

「二発目、マジで俺の股間に当たりそうだったんですけど？ ……あの威力で当たったら不能になると思うが？」

「少なくとも、浮気ができなくなってユイさんが喜ぶと思うけどねぇ」

「笑えねぇ冗談はやめてくれぇ!!」

「冗談か……本気で冗談だと思っているのかい？」

おっさんはマジだった。

苛ついているどころか、洒落《しゃれ》にならないほど怒っていた。

それがどんな結果をもたらすのか、アドは身をもって知っている。正確にはその怒りを向けられた相手の末路だが……。

「…………すみませんでしたぁ!!」

「分かればよろしい」

即座に土下座で謝るアド。

名前の案を考えてくれていたのに、その都度どこかのアニメネタで駄目出しされ続けたのだ。よほど気の長い人物でも苛立《いらだ》ちくらいは覚えるものであろう。

「一生ものの名前だし、なんとか良い名前をつけてあげようとする気持ちは分かる。だが、それで他人に意見を求めておきながら、駄目出しして却下するのはいかがなものかね。それも何度も」

「んなこと言われても、俺に名前を決めさせるのは無茶だとしか言えない。俺のネーミングセンスは最悪だからなぁ～」

「ちなみに、最初はなんて名前をつけようとしたんだ？」

「……貞子《さだこ》。ユイに却下されたが」

「うん、それはユイさんファインプレーだねぇ。なぜその名前に決めようと思った？」

アドのネーミングセンスは人と若干ズレていた。

貞子に決めようと思った理由が、『どんな障害でも、力ずくで強行突破しそうな強い子になりそうだから』ということらしいが、おっさんからしてみれば悪霊化しそうで怖い。

他にもアドがお勧めだと思う名前をいくつか挙げてもらったが、その結果導き出された結論はどれも悲劇的に死んだキャラか、あるいは典型的な悪役として無残に殺された名前ばかりで、なぜにそんな名前を優先して選ぶのかが理解できない。

「君……子供に対してなんか恨みでもあるのかい？　もしかして本当は子供が嫌いだとか」

「馬鹿なことを言わないでくれ。こんな物騒な世界で生まれたのだから、俺としては少しでも験《げん》を担ぎたいんだよ。アニメの悲劇キャラってバックボーンがしっかりしていて、最期の時でも意志が強いじゃないか」

「いや、君が出した名前の中に、何の意味もなく無残な屍《しかばね》になったキャラもいたけど？　ここはいったんアニメから離れたほうがいい」

「まぁ、作品によっては同じ名前でも役割や性格が違うからなぁ～。やっぱ、【華連《かれん》】か【華音《かのん》】にするべきかな。ファンタジー世界でも違和感がねぇし」

「いい名前じゃないか。いつから考えていたんだい？」

「今朝だけど？」

「おい……」

つまり、朝から続いていた今までの問答が無駄であったわけで、最初からこの二つの名のどちらかを選んでいれば、ゼロスもここまで苛つくことはなかった。

名前に願掛けをする気持ちが先行しすぎて泥沼に嵌《は》まり、優柔不断な性格が状況を悪化させた。

結論を言ってしまえば悩む必要はどこにもない。

その回答が出たことで、おっさんはキレた。

「初めてですよ、僕がここまでコケにされたのはねぇ」

「……あぁ…………は、話せば分かる」

「話し合いで全てが解決するのなら戦争は起こらないんだよ。さぁ、始めようか。僕達の戦争をねぇ」

サントールの街の片隅で、ポケットにすら入らないアホな戦争が始まった。

ゴム弾が飛び交い、悲鳴が響き渡り、激しい打撃音が大気を振るわせた。

アドがボコられ尽くすまで、この争いは止まることがなかった。

◇　◇　◇　◇　◇　◇　◇

翌日、ゼロスは出産祝いにと子育てに必要な品を用意し、クレストンの住む別邸へやってきた。

前日にはイリス達も温泉から帰ってきて、今は教会で長旅の疲れを癒《いや》している。

ユイは今もベッドの上で安静にしており、あまり動くことはできない。

父親となったアドもこの異世界で子育ての準備などしておらず、ベビーベッドやおむつなどの買い出しに奔走していたが、残念なことに紙おむつのような使い捨て商品はなかったらしい。

『クレストンさんのところのメイドに、いつまでも世話になり続けるわけにはいかないからなぁ。アド君も大変だぁ～』

どこまでも他人事《ひとごと》なおっさん。

そんなおっさんはダンティスによって、ユイがいる部屋へと案内されていた。

「ユイ様の部屋はこちらになります」

「いやぁ～お忙しい中すみませんね」

「いえいえ。私もツヴェイト様達やお嬢様が生まれたときを思い出して、少し懐かしく思っているところですよ」

「三兄妹はこちらで生まれたんですか？」

「ツヴェイト様達は領主館の方ですね。ここで生まれたのはデルサシス様とお嬢様ですよ。デルサシス様の時は私が執事見習いでこのお屋敷に来た頃でしてね、あの頃は私も若かったものです」

「デルサシス殿の子供の頃なんて、正直想像もつかないんですが……」

ゼロスの問いかけに、ダンティスは「皆さん同じことを言います」と苦笑いをする。

最近ではツヴェイトが同じことを言ったらしい。

「ユイ様、ゼロス様がおこしになられました」

ノックをしてからダンティスが部屋の前で声を掛けたが、なにやら室内はかなり騒がしい。

特にアドの『ユイ、無理はするなぁ！　まだ休んでなければ駄目だろぉ!!』という叫び声が気になった。

ゼロスとダンティスは困惑しながら互いに顔を見合わせる。

「……なんでしょうねぇ？」

「さぁ？」

部屋を覗《のぞ》いてみれば、ユイが軽いストレッチをしており、アドが必死に止めようとしていた。

「アド君……今日から仕事のはずなのは置いておくとして、これはなんの騒ぎだい？」

「ゼロスさん、いいところに！　ユイを止めてくれ、出産して体調が万全じゃないのに運動してんだよ」

「なるほど……。ユイさん、アド君が心労で死にそうな顔をしているから、無理はしないでおとなしく休んでください」

「え〜、出産直後は女性ホルモンが増えているから、運動すればいつまでも綺麗《きれい》なままでいられるんですけど……」

「なるほど……アド君のためだったか」

どこまでも愛されているアド。

正直に言って妬《ねた》ましかった。

「そうそう、これは僕からの出産祝いですよ。粉ミルクと哺乳瓶に紙おむつ……」

「ゼロスさん、ありがとうございます」

素直にお礼を述べるユイ。

「ちょい待ち！　ゼロスさん……なんでこんなものを持ってんだ？」

「ん？　余りものだけど大量にあるから使ってほしいだけ。イベントでレシピを手に入れたから、たくさん作って売りに出したじゃ……あぁ、あの時は確かアド君達はいなかったか。生産職スキルを上げるため、ケモさんの前のパーティーメンバーと一緒に無茶したんだったかな……」

「無茶って、何をしたのか気になるが……こんなレシピあったか？」

「四度目のアップデートの時かな、クリア報酬目当てに乳幼児用品の作成イベントに参加したんだけど、イベント時は店に卸売りすることもできたから資金稼ぎに大量生産に着手してさ、材料を集めるのも苦労したなぁ〜。ちょっとしたミスで、イベントが終了するまで粉ミルクや紙おむつを作り続けることになったけど。アレは地獄だった……」

【ソード・アンド・ソーサリスⅣ】。四度目のアップデートで一般プレイヤーに焦点を当てたイベントが増えた。この乳幼児対象製品製作イベントは、完成品の評価が高いと王侯貴族からの注文が殺到するので高額の資金を稼げたのだ。

デメリットとしては、産業スパイが現れレシピを盗むまで生産作業を続けなくてはならず、他のクエストを受注することができなくなること。

その産業スパイをうっかり倒してしまい、イベントが終了するまで延々と粉ミルクや紙おむつを製作し続け、さながらブラック企業状態であったのは苦い思い出だ。

これが粉ミルクや紙おむつが大量に余っている原因である。

「アド君にこのレシピをあげよう。今度から自分で作ってくれ」

「いや、なんでレシピを持ってんの？　なに、この書類の束……」

書類を見ると、そこには紙おむつや粉ミルクの材料や、その製作工程がこと細かに書かれていた。どう見てもどこかの企業の重要書類だ。

「君もさぁ、アイテム製作レシピが記録された本を持っているはずだよ。僕も偶然インベントリーを漁《あさ》って発見したんだけど、すんごく分厚い本だった……」

「えっ、マジ!?」

【ソード・アンド・ソーサリス】において、一度でも魔法の改造や生産職に携わった者は個人スキル覧に、魔導書やアイテム製作レシピというスキルがつく。

例えばゼロスなら【マーリンの魔導書】、アドの場合は【ＡＤＯの魔導書】といった具合だ。レシピにおいては普通に【アイテム製作レシピ】だけである。

それはこの世界において本という形で存在し、とにかく凄《すご》い分厚さの本が亜空間に数百冊以上保管されていた。アドに渡したのはその写し書きである。

そして、ゼロスに言われるまで、アドはそのことに気付いていなかった。

「……これ、デルサシス公爵との交渉に使っていいか？」

「いいんじゃね。好きに使うといいよ。けど魔導錬成ができる僕らは製作工程を省けるけど、一般に販売を目指すなら一から作り方を学んだほうがいいかな。製品化を目指すなら交渉も早いうちに進めるべきだね」

「ゼロスさん……ありがとう！　俺、これで試作品を作ってみる！　イサラス王国にも売り出せば、子供が死なないで済むぞ」

「作業工程を分割して製作すれば、流れ作業で大量生産ができると思う。乳幼児の子供を持つ奥様方には大人気になるだろうねぇ」

ただし、錬金術が使える人員が大勢必要になるが――。

余談だが、この粉ミルクはゼロスのインベントリー内に大量に保管されていた。

しかし普通なら食料の部類に入る粉ミルクは、なぜか素材欄の片隅にあったので見過ごしたのである。おそらくはお湯で溶かさねば完成ではないので素材扱いなのだろう。

問題は、ファーフラン大深緑地帯でそれに気付かなかったことだ。

非常事態であったにもかかわらず見逃し、一週間ものあいだ過酷な肉だけサバイバル生活を続け、心身共に疲弊した。

まぁ、魔物を倒す度に次が湧いてくるので、素材欄を確かめているような心の余裕があったとは到底思えないが、後で気付いたときおっさんは本気で落ち込んだ。

同時に、いい歳したおっさんが哺乳瓶を咥《くわ》えて歩き回らずに済んだとも言えるが、生死を懸けた過酷な自然界でのサバイバルを考えると些細《ささい》な問題だった。

「ゼロスさん、【ポルタ】で砂糖を作るレシピも教えてくれよ。イサラス王国に送ってやりたいんだ。あの国は甘いお菓子がなくて子供がかわいそうなんだよ」

「砂糖は貴重品扱いだから、国家事業になるんじゃないかな。薪はアルトム皇国からの輸入になると思うけど、砂糖が作れれば充分に元が取れる……と思う」

「思うって、何か問題があるのか？」

「生産が間に合わないと思うんだよね。あと、品質。確かに茎や葉からは糖分がとれるけどさぁ、煮込むときの火加減を間違えると、糖分を抽出するときに植物独特の苦みがね……」

「それは向こうで実験するだろ。いきなり大量生産なんて無茶はしないと思うぜ」

「だといいけどね。後で書き写しておくよ」

ゼロスとしてもアドが自由に動ける立場が望ましい。

国賓待遇でいられても後々面倒になることもあり、イサラス王国とは少しでも距離を置いてもらいたい。そのための協力はできるだけするつもりだった。

「でもよかったぁ、粉ミルクや紙おむつがあって。正直、母乳だけだと不安があって……」

「そうだろうね。僕達みたいな立場だと、この世界での子育ては大変だろうし、衛生面でも不安を感じずにはいられないから」

「これで、【かのん】を育てるのが少し楽になります。ゼロスさん、本当にありがとう」

「名前、かのんちゃんですか」

「はい、平仮名でかのんです。できれば地球の……日本の名前にしたかったので」

「アド君が必死に絞り出してたからねぇ～。ロボットダンスを踊り出したときには、とうとう壊れたのかと思ったが……」

「ゼロスさんも親になってみれば分かる！　子供の名前を考えるのが、どれほど悩ましいのかを!!」

「それよりも僕は、君が仕事をせずにここにいるのが不思議なんだが？　リサさんやシャクティさんもメイドとして真面目に働いているのに。今日は確か、魔力モーターの内部術式を刻む仕事があったよね？」

アドは思いっきり顔を背けた。

どうやら今になって思い出したらしく、心なしか顔色が悪ぃ。

そして、そういうときに限って悪いことは起きるものである。

無論アドにとっては、という意味でだが……。

突然部屋のドアが蹴破られ、ゼロスも見知った人物が乱入してきた。

「いたわよ！　クーティー、さっそく連行!!」

「ほいさぁ～!!」

「な、なんだ、お前ら！　離せぇ!!」

「離すわけがないでしょ、君をいくら待っても来ないから、こっちから迎えに来てあげたわよ。ありがたいと思いなさい」

「嫌だぁ、そんなことより今はユイの無茶な真似を止めないと……グハァッ!!」

言い切る前にクーティーのハンマーがアドの腹に突き刺さった。

普通なら即死レベルなのだが、アドはおっさんと同類。気絶だけで済んだようである。

「ベラドンナさん、なぜにあなたがここへ来るんです？　店はいいんですか？」

「フッ……どっかの馬鹿のせいで収入が少ないのよ。このままだと本当に店は潰《つぶ》れるわ……」

「まだ雇ってたんですか。こんな店員、さっさとクビにすればいいんじゃないですかね？　どう考えても更生は無理でしょ。元からどこかおかしいんですから」

「失礼ですぅ～～っ!!」

「クビにしても一日で忘れて戻ってくるのよ。それに、野に放つと人様に迷惑ばかりかけるから、そろそろ本気で始末することを考えているわ」

毒にしかならない自己中店員は、ベラドンナの店を潰れる寸前にまで追い込んでいたようだ。彼女の表情に哀愁が漂っている。

「毒殺した後に、スライムの餌にすればいいんじゃないですかね？」

「……なるほど。それはいい手ね。どうせ街の嫌われ者だし、いなくなっても誰も困らないわ。クーティーの親もどっかで野垂れ死んでくれればと言ってたし、素敵な完全犯罪だわ」

「酷《ひど》い！　本人の前で、なに殺人の計画を話し合ってるんですかぁ～っ!!　こんなに優秀な店員は他にいませんよ!!」

「優秀………どこがなんですかねぇ？　他人に迷惑をかける能力がって意味ですか？」

「もし本当に優秀なら、とっくの昔に独立してるわよ。いつまでも寄生しかできない役立たずなんて、スライムの餌になったほうが世のためだわ」

アドをロープで縛りながらクーティーは文句を言うが、普段の行いが既に非常識だと世間に認識されているので、誰も擁護するような者はいない。

そして、おっさんもベラドンナも容赦がなかった。

ゼロスから見ても、クーティーは方向性が違うだけでシャランラと同類なのだ。善人か根っからの悪人かの違いだけで、そこに優劣は存在しない。

なにより、たとえ根が善人であっても、相容《あいい》れない人間は存在する。

世話になっている店に迷惑をかけていながら、それが当たり前と自己完結して反省すらせず、同じことを何度も繰り返すクーティーには嫌悪感しか湧かない。

ゼロスとベラドンナの意見が合うのは、かつて同類に追い込まれた者と現在進行形の被害者という事実が、自然と奇妙なシンパシーを生み出していたからだ。

そして、同類同士が揃《そろ》うと、その考え方はより過激なものになる。

「な、なんでこの二人は、こんなに意見が合うんですかぁ～っ！　ラブですか？　ラブラブなんですか!?　そんなに相性がいいなら結婚しちゃえ!!」

「なんとなく、ゼロスさんとは他人って気がしないのよね。自分と似ているっていう予感があるのよ」

「クーティーさんと同類の腐れた身内がいましてねぇ、ヤツを始末するためならどんな犠牲も厭《いと》いませんよ。そう、最悪の魔法をぶちかましても抹殺する覚悟はできてます」

「私と似ているんですかぁ～。それはさぞ優秀な人なんですねぇ～」

「他人に迷惑をかけるという面では、腹立たしいくらいに優秀ですねぇ。殺してやりたいほどに……。楽には殺しませんけど」

「分かるわ～。私もクーティーを始末するときは、どれだけ苦しめてやるべきか考えてしまうもの。やっぱり、楽に殺すのは論外よね。徹底的に地獄を見せて、生まれてきたことを後悔させてあげないとね」

「…………」

クーティー、命の危機だった。

ゼロスとクロイサスのように、ベラドンナとゼロスは出会ってはならない存在であった。

こと復讐《ふくしゅう》という意味でこの二人が揃うと、相乗効果を発揮し過激で悪辣《あくらつ》な計画を練り始めてしまう。趣味と復讐の違いはあれ、混ぜてはならない劇薬同士なのだ。

このままでは本気で自分の命がヤバいと感じ始め、クーティーは蒼《あお》ざめた。

「それはそうと、今はなにをしているんですか？　アド君を迎えに来たということは……」

「魔導式モートルキャリッジの仕事よ。こと魔導術式に関して彼の技術は凄いわ、私もまだまだ未熟だったと思い知らされたわね。特に動力部の魔力モーター。磁力を発生させる術式が細かくて今の私には無理なのよ。あそこまで繊細な術式を刻める者がいるなんて思いもしなかったわ。芸術の域にいると言っても過言ではないもの」

「いやいや、アレくらいはやってもらわないと、この先、魔法の発展はありませんよ」

「無茶言わないでほしいわ。あれだけ高度な術式を限られたスペースに刻むなんて、まさに神業の域なんですけど？　派閥の魔導士達が泣いていたわよ」

「なるほど。しかし魔力モーターでも高度すぎたか……。蒸気機関にすればよかったか？　いや、それだとお湯を沸かすだけで魔石が大量に必要になるし、コスト面からいっても実用的では……いや、けどなぁ～」

この世界の魔法に関する技術レベルが低いことは、ゼロスも理解していたつもりだったが、まさか魔力モーターで苦戦するとは想像すらしていなかった。

言い換えるとそれだけ魔法研究が停滞していたことを示している。

生産職でもないアドですら、どこでも手に入る材料で作れるというのに、心臓部である魔力モーターの部品基盤である魔導術式が刻めないのでは話にならない。

仮に完成品ができたとしても高価になり、一般人が購入することはできないだろう。

人材育成でかなり手間がかかりそうな予感がする。

「あっ、少し長話をしてしまったわね。今日のノルマが間に合いそうもないし、すぐにでも手をつけないと。クーティー、いつまで震えてんのよ！　さっさと連行する!!」

「はぃ～～っ!!」

「離せェぇ～～～っ、やめろぉ、ドワーフとなんか働きたくねぇ～～～～っ……」

アドが引きずられながら連行されていく。

ベラドンナはどこか足取り軽く、ゼロスに手を振りながら上機嫌で部屋を後にした。

おそらくだが、自分の知らない技術を見られることが嬉《うれ》しいのであろう。クロイサスとどこか共通した気質が感じられた。

「俊《とし》――アド君、今日は帰ってこれるのかな？　なにか凄く重要な仕事を任されているって話みたいだったけど……」

「さぁ？　現場を見たことがないので、僕にはなんとも……」

窓の外では、ロープで雁字搦《がんじがら》めになった芋虫姿のアドが、問答無用で馬車に放り込まれる姿を確認できた。扱いが酷い。

窓から飛び出た足が未練がましく無様に藻掻《もが》いていた。

◇　◇　◇　◇　◇　◇

アドをソリステア派の工房に送り届け少し作業に参加したあと、ベラドンナは自分の店に戻ってきた。

ここ数日は忙しい日々が続き、しばらく店を閉めていたので、久しぶりに開店したのだ。

足りない鉱石や魔石などは、ソリステア派の工房から報酬として受け取り、自分の工房でゆっくりと研究に明け暮れるつもりだ。

「て、店長ぉ～……」

「なによ。今、色々と忙しいんだから、手短に言いなさい」

「この壺《つぼ》……スライムがいっぱいいるんだけど」

「それは、新鮮な素材の方が質もいいから生かしてあるのよ。それがどうしたっていうのよ」

「じゃあ、この変な臭《にお》いがする草は？　見た限りだと、これって毒草……」

「媒体に使う溶液を作るのに、その毒草が必要なのよ。いつものことじゃない」

毒にスライム。

クーティーにとって、この二つが揃うことは命の危機が近づいていることに等しかった。

彼女の顔が次第に蒼白《そうはく》になり、全身がこれでもかと言わんばかりに震えだす。マグニチュード7くらいありそうな震え方だ。

「嘘《うそ》だぁ～～っ!!　店長は私を今日始末する気だぁ～～～～っ!!」

「……あっ、暇があったら殺《や》ってもいいわね」

「やぶ蛇っ!?　というか、暇潰《ひまつぶ》しに私を殺すんですかぁ～～っ!?」

「もしかしたら、うっかり殺しちゃうかもしれないけど、私を恨まないでね？」

「うっかり？　うっかりで私は殺されるのぉ!?」

「アンタが馬鹿なことをしなければいいのよ。そう……馬鹿なことを、ね………」

妖艶《ようえん》に笑うベラドンナは、まさに魔女そのものだった。

美人が笑うだけで恐ろしいと感じたのは、クーティーにとってこれが初めてのことである。

いや、正確には何度も見ているがすぐに忘れるだけなのだが――。

しばらくは真面目に店番しようとクーティーは心に誓う。

まぁ、三日も経《た》たずに忘れるであろうが――。

第六話　おっさん、かてきょを再開する

ソリステア公爵家の次男、クロイサス・ヴァン・ソリステア。

自他共に認める研究馬鹿で、魔法に関係するものであれば何にでも手を出す無節操ぶりを発揮し、なんらかの成果を必ず出してしまう天然の天才である。

そんな彼は現在――、

「あぁ……我が理想郷。戻りたい……あの場所へ」

――めっちゃ、意気消沈していた。

イストール魔法学院の成績優秀者達は、遺跡調査の課外授業という名目のもとに、地下都市【イーサ・ランテ】へ送られた。

名目というのも、学院の講師達が『フッ、俺達がお前達に教えられることは、もうねぇよ』と匙《さじ》を投げ、成績優秀な者達を島流しにした経緯がある。

もっとも、国から派遣された考古学や魔導研究の調査チームは人手不足が解消するので、諸手《もろて》を挙げて大いに喜んだ。そして学院生達の地獄が始まった。

一日ごとに増えていく魔導具に、残された文献の解読作業。遅々として進まぬ解析作業に鬱《うつ》になった者もいるほど過酷な現場。

魔導具一つの解析が終わる頃には、新たに百の魔導具が持ち込まれる。

ヒャッハーしているのは国の研究者ばかりで、学院生達にとっては石を積んでは鬼に崩される賽《さい》の河原状態。限りなくブラックな現場だった。

そんな現場に適応できた学院生はクロイサスだけであった。

「素晴らしき旧文明の魔導具達……。魔法文字で書かれた古《いにしえ》の文献……何もかもが懐かしい」

彼にとっては天国だった。

目を閉じれば鮮やかに蘇《よみがえ》る、山積みにされた魔導文明の遺物の姿。発掘品の数々。けして終わらぬ解析作業ですら、彼にとってはアドレナリン出まくりの最高に充実した日々で、新たな事実が判明したときは興奮して夜も眠れなかったほどだ。

この素晴らしい日々の全てが愛《いと》おしかった。

だが、そのような楽しい日々にも終わりは来るものであり、冬休みというか春休みが始まり（ぶっちゃけ学院が世間体を気にしたからだが）、クロイサスは楽園から追放された。

あくまでもこれはクロイサスの感想で、事実、多くの学院生達は地獄から解放され涙を流して喜んでいた。

クロイサスにとってはヘブンでも、多くの学生にとってはヘル。この時点で彼がおかしいことは明白である。

充実した日々であったからこそ、その日常を奪われた彼にとっては絶望に等しかった。

そんな、楽園から追放されたアダム君は現在、ガラクタが散乱するベッドの上で腐っていた。彼は部屋を二つ割り当てられており、一つは研究用の自室で、もう一つが今いる寝室だ。

久々に帰った我が家の自室も学院の寮と同じ腐海状態。今いる寝室もガラクタが散乱しているが、腐海の部屋よりは遥《はる》かに片付いているため寝室で休むようにしている。

近くに魔導士の頂点とも言える化け物がいることすら忘れ、寝室で一人絶望を味わっていた。

彼は本当にどうしようもない研究馬鹿である。

「………それで、このざまか」

息子の様子を見に寝室を訪れたデルサシスは呆《あき》れた。

「おや、父上ではないですか。珍しいですね、私の部屋に来るなんて」

デルサシスの手には何か長細い包みのようなものがあったが、クロイサスはさして興味を持たなかった。自身の研究以外は本当にどうでもいいのだ。

ちなみに、クロイサスは今の自分の想いを無意識に口に出し、デルサシスにしっかりと聞かれていた。普通なら恥ずかしく思うのだろうが、残念なことにクロイサスはそんなデリケートな神経を持ち合わせていない。

「お前は、もう少し体を鍛えたほうがよいのではないか？　研究者を目指しているのは分かるが、最終的に体力がなければ過労死しかねん」

「研究の最中で死ねるなら本望というものですよ。それで、私に何の用ですか？　父上」

「部屋で腐っていると聞いたのでな、私からお前に面白いものをプレゼントしてやろうと思っただけだ。どうするかはクロイサス、お前自身で決めるがいい」

「プレゼント……ですか」

デルサシスは少なくとも子供にプレゼントを贈るような人物ではない。

必要と判断すれば色々と用立ててくれるが、それはあくまでも貴族の義務としてであり、それ以外は全て子供達の自主性に任せている。

放任主義とまではいかないものの、限りなくそれに近い教育方針を持つ人物だ。

必要なときに釘《くぎ》を刺し、あるいは苦言を呈して自主性を促す。要するに『自分の責任で考え、行動しろ』を徹底的に貫かせる性格なのである。

だからこそ父からのプレゼントはあやしい。

その不信感が怪訝《けげん》な表情としてクロイサスの顔に表れていた。

「それで、プレゼントとは父上が手に持っているものですか？　何か、杖《つえ》のようなものだと思うのですがね」

「うむ。極秘に開発したいものなのだが、まずはお前の意見を聞きたくてな」

『極秘……ですか。おそらくは魔導具関連でしょうか』

デルサシスがクロイサスの元に来ることなどまずない。

それこそ一年に三〜四回会えれば多いほうだ。まして意見を求めてくるなど初めてのことである。

「では、父上が持ってきたものを見せてもらいましょうか。少し興味が湧いてきましたよ」

「片方はメーティス聖法神国の新型武器だな。もう一つはイーサ・ランテから発見された遺物の中で、できるだけ状態の良いものを選んだ」

「……ほぅ」

クロイサスの目に、みるみる光が宿る。

古代の遺物と聞いて、彼のやる気の炎は燃え上がった。

そんな彼の目の前で、デルサシスは包みを縛っていた紐《ひも》を解《ほど》き、中身を取り出す。

片方は金属の筒を木製の本体につけただけの簡素な杖で、もう一つの方は所々錆《さ》びついてはいるが、明らかに魔導具であると判別できる特徴を残している杖だ。

「……これは、学会でも武器と思われていた」

「武器だ。これと似た武器をゼロス殿も持っている。いや、おそらくは作ったのであろうな」

「ゼロス殿も、ですか？　なるほど……」

クロイサスは両方を手に取って軽く調べた。

持ち手が後方か、中央部分から少し離れた箇所に取り付けられているかの違いがあるが、どちらも同じコンセプトで作られていることが分かる。

筒状のパーツを見る限り、付け根の金具を引くことでおそらくは何かを撃ち出す道具であると判断した。引き金を引く武器にはボウガンなどが挙げられ、これは引き絞った弦を固定する金具を外し、矢を射出する機構だ。

だからこそ、この杖が射出武器であると結論づけられる。

「メーティス聖法神国の武器は、発掘されたものに比べ原始的な形状ですね。魔法を拒絶する国が魔導具を作るとは……」

「これは勇者達の知識から再現されたものなのだろう。ゼロス殿が作った武器は、どちらかというと遺跡から発掘されたものに近い」

「ふむ……バラしてもいいですか？」

「かまわん。こちらでも分解して調べたが、どのような原理で作動するのかが不明でな。お前にはこの武器を再現してもらいたい」

デルサシスは、クロイサスに武器の解析と製作を依頼してきた。

魔導具の再現は興味深い研究課題なだけに喜んで引き受けるが、その程度であればソリステア派の工房で事足りる。研究者として未熟なクロイサスに話を持ってくる必要性は感じられない。

それでも話を持ってきたということは、これはおそらく極秘の公務であり、その先に何らかの思惑があるとクロイサスは漠然とだが感じ取った。

もっともすぐに忘れるであろうが……。

「また、無茶なことを……。それで、メーティス聖法神国の武器は、どう使うのか判明しているのですか？」

「これは火縄銃と呼ばれているらしく、先端の口から火薬と金属の弾を入れ、筒の下にある棒で押し込む。右横の留め金に火を灯《とも》した縄を固定し、少し前にある火皿に火薬を少量のせ、引き金を引けば火薬に引火し金属の弾を撃ち出す仕組みだ」

「随分と工程が多いですね。では、旧時代のこちらの魔導具は、その工程を省いたものであると推測できますね……なるほど」

クロイサスの頭がフル回転を始める。

両方の武器はどちらも弾を撃ち出すということは一致している。

重要なのは火薬であり、工程を省くことを考えると、火薬の代わりに魔法を利用するとしか考えられない。だが魔導具である以上はどこかに魔力を溜《た》めておく必要がある。

使い手の魔力を利用すると効率が落ちるため、とても実用的ではないからだ。

「ふむ、ふむ……なるほど……」

魔導具の方を手に取って調べてみると、引き金の前方部分にある箱が外れ、覗《のぞ》き込むと中に何かを入れるような仕組みになっている。

内部にはバネが仕込まれているのか、下から押し出す構造が設けられている。

更に分解してみたが、実に興味深い構造をしていた。

グリップの部分も底に蓋《ふた》らしきものがあり、内部に細長い筒が入っているのを確認して取り出してみると、複雑な魔法文字がびっしりと刻まれている。

「イーサ・ランテでも見ましたが、この筒が魔力を溜めておく部品のようですね。聖法神国の武器をかなり強化したものと見るべきでしょうか。こちらの箱状のものは弾を入れて連射できる機構のようです。連射が可能……そうなると、撃ち出すための機構は本体内部に仕込まれている？　面白い武器ですが……解せませんね」

「なにがだ？」

「これと似た武器をゼロス殿が所持しているというなら、直接ゼロス殿に聞けばいいではありませんか。なぜ、私なのですか？」

「ゼロス殿は国に仕えるつもりはない。趣味の範疇《はんちゅう》であるならともかく、製造や量産には、けして手を出すことはあるまい。魔法スクロール程度なら協力してくれるだろうが、この手の武器は間違いなく忌避するであろうな」

「なるほど……。個人的に製作するのはよくて、量産が目的では駄目ということですか」

同じ趣味人だからこそ分かることがある。

クロイサスも魔導具に使う魔石や魔晶石の加工を手がけることはあるが、そこに製品としての価値を見てはいない。あくまで実験の延長だからだ。

利便性や生産性など他人が考えるものであり、重要なものは結果から得られる情報なのだ。

そう、理論の検証と結果として示された情報の考察をしているときこそ、クロイサスにとって最も充実しているひとときなのだ。

「人員は用意する。我が派閥の工房も使ってかまわん。余っている人員を活用しよう」

「父上……余っている人員って、職人ができでしょうか？」

「うむ……魔導式モートルキャリッジの動力部が、生産の追いつかない状況でな。暇を持て余しているのだ。そこから人員を引き抜いてチームを作ってもかまわん」

「私は一応、学院の生徒なんですが？　休暇が終われば学院に戻ることになりますよ？」

「お前がいない間は、こちらでなんとか計画を進める。なに、多少生産の目途が立つだけでいい」

目の前に置かれた武器を眺めるクロイサス。

デルサシスは明らかにこの武器を意識しているように思える。

しかしクロイサスとしては、ただ金属を撃ち出すだけの武器がそれほど重要には思えなかった。

この程度の攻撃なら魔法障壁で防げると考えていたからだ。

彼はあくまでも研究者で、魔法という技術に絶大な信仰のようなものを持っており、目の前の武器がどれほど危険なものかまるで理解していなかった。

「まぁ、面白そうですから引き受けますが、それほど急ぐものとは思えませんね」

「お前は魔法を絶対視しているようだが、基本的な物理ほど恐ろしいものはない。それを示す武器が目の前にある。これは戦争の有様を根本から変えてしまうものだ」

「そんなものですかね……。では、工房に行って協力者を揃《そろ》えましょう。まずは金属加工が得意なドワーフからでしょうか、部品のサンプルは多いほどいいでしょうし」

こうして、ソリステア派の工房にて銃の研究が開始された。

やがてそれが銃士隊の創設へと繋《つな》がっていくのだが、それはもう少し先の話である。

何にしても、クロイサスが国の重要な位置に立つきっかけとなる計画であることは確かであった。

◇　◇　◇　◇　◇　◇　◇

クロイサスが銃の量産計画に携わり始めていた頃、同じく帰郷していたツヴェイトとセレスティーナもまた、祖父であるクレストン元公爵の住む別邸で魔法に関する授業を受けていた。

二人を指導するのは、当然だが毎日が日曜日のゼロスである。

本日の課題は魔導錬成であり、【錬成台】と呼ばれるテーブルを使って行われる。

【錬成台】とは、錬金術で行われる工程を実験器具なしで行うことのできる特殊な台で、テーブルに刻まれた複雑な魔法陣が術者の意思と連動し、面倒な作業工程を結果という形で省いてくれる優れものだ。

例えば、水を生成するとき水素と酸素を結合させる必要があるが、錬成台は術者が大気中の元素を結合するというイメージを示すことができれば、実験器具なしで簡単に水を生成できてしまう。

ポーションなどを製作するときも、材料を揃え薬草の成分や製作中の薬物反応や作業工程などをイメージするだけで、工程を省いてポーションが作れる。

問題は、実験器具での工程が一定数省けてしまうので、素材となったものの状態を確認できず、結果として品質が落ちてしまうことだが、そこは何度も繰り返してイメージ通りに材料が変質する状態を見極めるしかない。

鉄から剣を作る作業工程を知らねば剣が作れないように、ポーションも素材となった薬草などの化学変化を知り尽くしていなければ、上品質の製品の完全再現など不可能なのだ。

「さて、今日の授業は魔石と宝石の結合。魔晶石の製作だ」

「いや、いきなりだな、師匠……。魔晶石って確か、宝石などに魔力を流し込み、時間を掛けて変質させるんだよな？」

「錬成台……先生は持っていたんですね。初めて見ました」

「残り二つはこの屋敷の物置で埃《ほこり》を被《かぶ》ってましたよ？　さて、錬成台は材料を揃えてイメージするだけで、お手軽に欲しいものが作れると言えば聞こえはいいが、ぶっちゃけ品質自体はたいしたことはないんだよねぇ。良品質なものを作るには相応の技量が必要だけど」

ゼロスとしてもいきなり最良の品質を作らせるつもりはない。

これは今まで学院で学んできた講義内容や家庭教師をしていたときに教えた授業内容を、錬成台でどれだけイメージとして形にできるか、それを試す授業である。

攻撃魔法も魔導術式によってその発動工程や威力、形状などが全て定義されている。

だが、術者が明確にイメージできれば、発動した魔法の威力の大小を自在に変えることができるようになる。魔力操作の延長にある技術だ。

知識として知る物理現象を想像力だけで現象として発現させるのが、この錬成台を用いた授業と言えるだろう。魔導士にとって明確なイメージはとても重要なのだ。

そして、最も簡単なのが【結合】という作業である。

「宝石は鉱物が地下で結合し圧縮されたものだが、魔石も魔力が圧縮されたものだから工程が似ていると言えるね。イメージとしては宝石の結合粒子の隙間《すきま》に、魔力を組み込み圧縮するわけだ」

「これ、失敗したらどうなるんだ？」

「手元の宝石が分解され、粒子だけになる。ダイヤなら炭素に変わるかな。翡翠《ひすい》だとケイ素、ルビーやサファイアだと酸化アルミニウムにクロム、鉄にチタンだったっけ……」

「あの……これって凄《すご》くお金の掛かる授業なのでは？　小指の先くらいの宝石でも、普通に高いですよね？」

「まぁ、一般人が数ヶ月は働かずに暮らせるかな。どうせ元はタダだし、気にしなくていいよ」

『『いや、気にするだろ（します）……』』

いくら元手がタダでも、宝石を無駄にするなど気が引ける。

しかも錬成台では失敗する確率が高く、今のツヴェイト達では荷が重いかもしれない。

「魔石は魔物の血中の鉄分と酸素、魔力……。魔力ってどんな粒子なんだ？　元素だと何番にあたるんだろうか？」

「いや、師匠が知らねぇんだったら、俺達が知るわけねぇだろ」

「そもそも、魔力ってエネルギーですよね？」

「ダイヤだと放射性物質で色が変わるが、魔晶石も色が変わる現象が起きるし、魔力の正体がまさか放射線ということはないだろうが……」

「魔力が放射線だとマズいのか？」

「人間――生物が生きていけない。百歩譲って放射線に対して耐性があると仮定して、生まれながらに被曝していることになってしまう。魔力ってマジでなんなんだ？」

魔力――実に摩訶《まか》不思議なエネルギー。

そこに存在していながら、誰もその存在に疑問を持つことがない。

ありとあらゆる現象を引き起こし、絶えず変質しながらも、そのエネルギーは減ることがない。

世界を構成する謎の力だ。

そのうちに金属を生物のように進化させるかもしれない。

「改めて考えてみると、魔力って不気味だねぇ」

「仮にも魔導士なのに、それを言っちまうのかよ」

「確かに漠然と魔力って認識しているだけで、その力の根源は謎ですよね」

魔力によって生み出された物質や現象は、魔力拡散とともに分解され魔力は自然界に戻るわけで、世界の魔力含有量に変化がないことになる。エネルギーの観点で見るのであれば消費されることなく一定量を保ち続け、常に自然界の中で循環するということだ。

この自然界のサイクルは、ちょっとした永久機関ともとれる。

勇者召喚魔法陣で自然界魔力が大量消費されたのは、空間歪曲《わいきょく》という物理現象を発生させたことと、異世界間で魔力が一方向へ流出したことによるものなので、必ずしも自然界魔力が一定量を保っているわけでないように見えるが、これは人災によるものなので例外と考えるべきだろう。

また、魔力を生成し放出する植物も存在するので、自然界魔力が増えすぎて飽和状態になる可能性も考えられるのだが、食物連鎖のサイクルで適度な濃度を維持していると推測できる。

仮に自然界魔力が飽和状態となったと仮定した場合、自然界が魔力濃度を一定に保つのであれば、増えた魔力はどこへ行くのかが謎となる。

こうなると仮説どころか妄想の域なので考察は諦めた。

「まぁ、魔力が何であるかなんて考えても仕方がないか。とりあえず実験しよう」

「そうだな。なんか、考えすぎてドツボにはまりそうな気がする」

「知識を追い求める魔導士としては失格ですが……」

その知識で理解できないのだから仕方がない。

いや、正確には理解できる知識を誰も持ち合わせていないのだ。

「さて、これから宝石に魔石を結合させるけど、魔石は属性によって色が異なる。四大属性に光と闇……。漠然とした概念的力だけど、実際にそうした性質を持っているわけだ。宝石に魔石を結合させると、その属性の色に変化する。宝石を構成している物質の色を無視してね。不思議だよねぇ～」

「魔導具を作るにも、四大属性に合った魔法を組み込むことが多いよな。主に攻撃用の魔導具だけど。俺が不思議に思うのが、大きめの風属性の魔石に炎の魔法を組み込んでも、威力が上がることがないところだな」

「なぜか逆に低下しますよね」

「光と闇の魔石を結合させると無属性に変わるけど、逆に四大属性は組み込めなくなる。重力や空間魔法は組み込めるんだけどねぇ……。まぁ、それだけでもアイテムバッグに必要な材料が作れるから、需要はあると思うんだが……」

無属性の魔石――もしくは魔晶石だが、実はアイテムバッグを製作するのに必要な素材であった。

最低でも八つの魔晶石で、バッグの内側に空間魔法による亜空間を構築する。障壁と結界、空間魔法の応用技術だ。常に発動状態にある魔導具なだけに、自然界魔力を供給する魔法式を組み込むことで、魔晶石の魔力を絶えず充填《じゅうてん》する必要がある。

それでも魔力不足になるので、持ち主が定期的に魔力をチャージしなくてはならないが、傭兵《ようへい》や遠征に向かう騎士達には重宝される道具だ。

ただし製作することが難しく、その技術を受け継ぐ魔導士は数が少ない。そのほとんどが国家機密レベルの貴族という立場にあった。

「そういえば以前、そんなことも言ってたような……。マジで作れるのか？　師匠」

「作れるよぉ？　何個か自作したヤツを持っているけど、見た目がいまいちでね。専門職じゃないからデザインが悪いんだなぁ～……」

「いやいや、作れるだけでも一財産稼げるぞ。量産できれば需要が高い道具だからな」

「私でも作れるようになるんでしょうか？」

「熟練者でも失敗作を大量に出すからねぇ、あまりお勧めはしないかな。普通にあやしい道具を作ったほうが儲《もう》かるし」

アイテムバッグはとにかく失敗する確率が高い。

無理して製作するよりも、普通に強化アイテムなどを作ったほうが稼げる。材料を揃えるだけでも大変手間のかかるアイテムなのだ。

「それよりも、魔晶石加工だ。簡単な魔法を発動させる魔導具は需要があるからねぇ。特に【身体強化】魔法なんて騎士や土木作業員には重宝されるだろう」

「そうかもしれねぇが……。ん？　今、あやしい道具って言わなかったか？」

「……アイテムバッグ」

セレスティーナとツヴェイトは、アイテムバッグが喉から手が出るほど欲しかった。

ツヴェイトは主に軍事面での有用性に着目しており、小さな倉庫程度の収納能力でも回復薬などの運搬には充分に使える。戦場では補給物資の運搬が容易ではないからだ。

セレスティーナとしては、アイテムバッグに薬草や調剤加工した魔法媒体を保存できるので、必要なときに取り出せることが魅力だった。

「ハイハイ、物欲しそうに僕を見ててもあげないよ。それよりも授業が大事でしょ」

「そうだな。小さなことからコツコツ積み重ねねぇと……」

「……アイテムバッグは高価ですからね」

色々と後ろ髪を引かれながらも、二人は錬成台に向き合う。

目の前に置かれた色とりどりの宝石と魔石。その中から適当な宝石と魔石を手に取ると、錬成台に魔力を流し機能を発動させる。

錬成台の魔法陣が輝き、魔晶石の加工準備が整った。

「あらゆる物質は、細かい粒子の結合によって形成されている。宝石を形成している粒子の間に魔力の結晶を組み込むイメージだ」

「宝石と魔石を重ね合わせる感じでいいのか？」

「重ね合わせると、互いに反発して粉々になるかな。魔石を魔力に分解して、宝石の方に結合させる感じだ。こう、小さな粒の間を、魔力の粒で埋め尽くすように……」

黒板に宝石を表す大きな丸を複数描き、その間を、別の色にした魔力の小さな丸で取り囲んで繋ぐ図式を描く。そのうえで四方から矢印で圧力を加える表記も付け足す。

要は分解と癒着の同時進行と、凝結の三工程だ。

「なんとなく、イメージは分かりますが……。圧力も同時にかけるというのは……」

「そこは錬成台が補ってくれるよ。プロはこの程度の作業に錬成台なんて使わない」

「いや、師匠……魔力だけで錬成するなんて無茶だろ。イメージだけでそんなことが可能なのか？」

「できますよ。ほら……」

掌《てのひら》にのせた小さな宝石と魔石を、おっさんは強く握りしめ魔力を流し、次に掌を開いたときには魔晶石が完成していた。

一瞬の早業にセレスティーナとツヴェイトは絶句する。

「ほらほら、魔力を無駄にしちゃ～いけねぇよ。錬成台は既に動いているんだからねぇ」

「あぁ……（なんか、納得いかないものが……）」

「アレが匠《たくみ》の技なんでしょうか？」

魔導術式は魔法を円滑に行使するために作り出されたものだが、それ以前の時代はどうであっただろうか？　答えはイメージと魔力制御によるゴリ押しで行われていたと考えられる。

何度か実験を繰り返して出したおっさんの結論だ。

物理現象を理解し、強いイメージを魔力で強引に現象として変化させる。

だが、それは容易なことではない。科学的な知識と魔力の性質変化を充分に理解していなければできないことである。

卓越した魔力制御力と深い科学的な知識を求められ、触媒となる素材の性質変化を的確に行い、製作工程を無視して結果として変質させる。当然だが失敗する確率は高い。

それを補うために長い〝呪文〟が作り出された。作業工程を呪文という形で確かめながら、同時に精神を集中させて成功率を高める。これが原始的な魔導錬成である。

錬成台はその手間を省き、魔導術式で可能な限り成功という結果に近づける道具で、呪文を必要としない代わりに物理現象への深い理解力と想像力が求められる。

もしかしたら呪文を加えることで成功率も上がるかもしれないが、そもそもおっさんは長ったらしい呪文を知らない。知らないのだから教えようがない。

だが無詠唱で錬成を行うということは、ツヴェイト達が物理現象を知識としてどれだけ理解し、把握しているのか知ることができるので、抜き打ちテストには最適でもあった。

「クッ……結構難しいな……」

「宝石に……分解した魔石を結合……。理解はしているのですが……」

「苦戦しているねぇ～」

そもそも二人は物質の結合状態を見たことなどない。

例えば金属の結合状態など電子顕微鏡でもあれば見ることが可能だが、この世界にそんなものが存在しているはずもなく、異なる結晶体を結合させるというイメージが湧かない。

本来、魔晶石を作り出すには宝石に魔力を流し込み変質させるわけで、例えるなら《ルビー》＝《火》のイメージで属性に合った魔晶石が作られる。

これは、宝石の色合いで属性の性質を無意識に定着させるので、《ブルーサファイア》＝《水》とか、《トパーズ》＝《土》といった先入観が生まれてしまった。

まぁ、属性別の魔石が加われば、宝石もその属性に合わせた色に変化するのだから、あながち間違ってはいない。だが絶対というわけでもない。

二人が使っている宝石は、ツヴェイトがルビーでセレスティーナがアメジストだが、魔石の色は緑、つまり風の属性となる。

成功すればどちらの宝石も緑色に変化するはずだ。だが――。

「あっ、砕けやがった……。失敗か」

「あぁ!? 失敗したら砂みたいに……」

「ツヴェイト君は強引に結合させて砕け、セレスティーナさんは結合のイメージができたけど、凝結で失敗。硬度を保てずに圧壊したようだねぇ」

「でも、細かく砕けた宝石の色は緑色になってます」

「マジか!? 俺の方は細かく砕けただけで色の変化はない……」

つまるところ、細かい魔力制御はセレスティーナの方が得意ということになる。

ツヴェイトは魔力を力押しで動かそうとする傾向があるのだろう。魔石を魔力に分解したまではいいが、結合時に強引にねじ込む無茶な制御を行っていた。

だから異なる性質の物質が反発し合い、宝石も魔石共々砕けたのである。

「繊細な制御はセレスティーナさんが向いているようだねぇ。ツヴェイト君は強引に事を運ぼうとして失敗、これは性格によるものかな？」

「いや、たぶんイメージが中途半端だったんだろう。既存の粒子に別の粒子を組み込むってイメージが、理解しづらくてな」

「なら、試しに僕がやってみよう。見える形でゆっくりやるから、よく観察するように」

ゼロスはひときわ大きな宝石と魔石を取り出し、錬成台の上にのせた。

「せ、先生!?」

「し、師匠……その魔石と宝石、売れば一財産だぞ？　一般市民が数年遊んで暮らせるほどの……」

「これくらい大きなものでないと、とてもじゃないが分かりやすく手本なんて見せられないからね。加工して杖にでも組み込もうかねぇ」

掌サイズの宝石と魔石。もしこれが魔晶石化できれば、それこそ国宝級に相当するだろう。ある意味で二人は世紀の瞬間を目撃しようとしていた。

「んじゃ、始めるよ」

ゼロスが出した宝石はただの水晶で、魔石は深い群青色をしていた。

どんな魔物の魔石なのかは不明である。

錬成台の上で宝石が宙に浮き、大きめの魔石が溶けるかのように細かく分解されていく。

魔力へと還元された魔石は宝石の周りに漂い、浸透していくかのように宝石内部へと吸い込まれていく。同時に外部からの圧力によって結合を促進させる。

かなりの硬度があるはずの水晶が、まるでスライムのように蠢《うごめ》いていた。

「凄い……無色の水晶が青く変色していきます」

「水晶って、ダイヤほどではないがかなり硬いよな？　なんでこんな動きを……」

「そりゃ、粒子と粒子の隙間に魔力が加えられたことで、硬度を保てなくなっているからだよ。そんでこれを圧縮凝結！」

ブルースライム状態だった水晶が、四方からの圧力によって固められる。

大きさも掌サイズから、卓球ボールくらいのサイズに圧縮された。

「ま、こんなもんかな」

「こんな深い青色……水属性ですか」

「……なぁ、最初からこの手本を見せられていたら、俺らは失敗しなかったんじゃねぇか？」

「ゆっくりと見せると、時間経過した分だけ魔力を無駄に消費するんだよねぇ。短時間で一気に作れるのが理想かな」

「「それ、俺（私）達でできるのか？（んですか？）」」

ここでゼロスの間違いを正しておく。

今ゼロスが行った方法が、初心者が行うべき正しい魔晶石の作り方である。

おっさんが初め二人にやらせたことは、『ぎゅっと』して『どか～ん』をいきなりやらせる暴挙だ。あやうく宝石と魔石が大量にゴミとなるところだった。

要は失敗することを前提に一気に魔晶石を作るか、魔力がすぐに消費される覚悟で確実に魔晶石を作るかである。いきなり上級者の技を見せたところで、成功することなどまずない。

おっさんは少し先走っていたことに気付いていなかった。

手本を見せられ少しは理解したのか、ツヴェイト達は確実に魔晶石を作るべく、ゼロスの示した工程を参考に再び錬成を始める。

何度かの失敗はあったが、二人は辛うじて魔晶石を作り出すことに成功した。

形はかなり歪《いびつ》であったが――。

第七話　アド、取引をする

サントールの街の北区画の一角に、ソリステア派の工房が存在している。

赤煉瓦《あかれんが》で建てられたその工房の内部は複数の部署に分かれており、主に魔法薬や魔導具の研究と量産が行われている。

管理はその名の示しているとおり、ソリステア王家の名の下に親戚であるソリステア公爵家が行っており、そこにデルサシスが経営する商会が参入することで莫大《ばくだい》な利益を上げていた。

言ってしまうと、半ばデルサシスが私物化しているようなものだ。

だが、ソリステア派の工房の立ち上げ時の管理者であるクレストンから、息子であるデルサシスに代わったことで収入が増え、王家の方にも結構な金額が入りウハウハなので何も言われることがない。

こと経営においてのデルサシスの能力は高く、魔導士や錬金術師を発酵食品や酒造り、果ては化粧品などの製造に充てるなどして結果を出しており、魔導士の就職率も上がっている。

派閥としては小さなものだが、販売においての収益はどの派閥よりも多かった。品質も良くお値段もリーズナブルなことが成功の理由であろう。

そんな製品を生み出す工房の一室にて、デルサシスとクロイサスはドワーフの職人達と顔を合わせ、魔導銃の打ち合わせを行っていた。

研究に対するクロイサスの情熱は、予想外どころかクレイジーと言わざるをえず、預かった貴重な旧時代の遺物である魔導銃をさっそく分解し構造を調べ尽くした。

更に火縄銃も参考にし、内部の魔力で稼働する部品を抜きにした、基本形の設計図を描き上げたのである。それは地球上の銃火器と構造がほぼ一致していた。

「――と、これが魔導銃の基本構造になります。まぁ、旧時代のものは他にも色々と機能がありそうですが、正体不明の機構や部品が多いので試すことができません。この図面はメーティス聖法神国製の火縄銃を参考に、私なりに構造を考察しただけですがね」

「諸君らにはこの魔導銃の試作品を作ってもらいたい。無論、金属の強度や構造の簡略化など、様々な実験を試みることになるだろう」

旧時代の武器を分解し、魔導機器部品以外の機構を図面に描き記したクロイサスは、本日デルサシスと共に職人達の前で魔導銃について公表した。

徹夜で旧時代の遺物を調べたため、クロイサスの目元には凄《すご》い隈《くま》ができていた。本当に残念なほどの魔法オタクである。

そんな彼の元に集められた職人達は、全員デルサシスが信用している者達であり、新たな武器の製作と聞きギラついた目で図面を凝視している。

そんな彼等の後ろでは――――アドが必死に魔導式モーターの部品製作の作業をしていた。

ちなみに、このミーティング前にクロイサスはアドに詰め寄り、彼が分かる範囲で銃の部品名を訊《き》きだし、設計図に描き足していたりする。

『ちょっと、なんでそんな重要な話を俺のそばでするわけ!? これ、『聞いたからには逃さないからね』って、俺にプレッシャーをかけているわけじゃないよな!?』

アドがそう思うのも無理はない。

デルサシスにとって、アドはゼロス同様手放すには惜しい危険な切り札になりえる魔導士で、多少強引な方法を取ってでも手元に置いておきたい逸材だ。

また、最高の技術を見ることができるので、他の魔導士にとっても技術力を高めるには良い教師となりえる。ついでにイサラス王国との外交でもアドの名は便利に使えるという利点もあった。

そんなデルサシスの思惑など知る由もないアド。

内心でビビる彼をよそに打ち合わせは続けられた。

「会長、ちょいといいか?」

「ふむ、なにかね」

「見た感じだと、この薬室《チャンバー》の強度が重要になるようだが、その前に……なんでパーツ名が既に決まっているんだ？　気になって仕方がねぇ」

「それは、似たような武器をそこにいるアド殿が知っていたからだ。もっとも、その武器は火薬式らしく、魔法着火式でないから弾数もそんなに弾倉《マガジン》に入れられないという話だ。この図面はアド殿の意見を参考にして描いてある」

『昨日、次男坊がいきなり押しかけてきて、深夜まで部品名を聞いてきたからなぁ～……。デルサシス公爵、俺のことをなんて伝えたんだ?』

アドも研究馬鹿《クロイサス》のおかげでお疲れのようである。

「ほぅ……見た目は若ぇのに、なかなか博識のようだな」

『な、なんか……めっちゃ背中に視線を感じるぅ!?』

この場にいる職人達全員の視線が、未知なる武器を知るアドの背中に集中していた。

もちろんアドも銃の構造に関して素人より少しは詳しいが、実物を作れるほどの技術者ではない。強度計算や内部機構の改造など、趣味人で工科大学を卒業しているゼロスでなければ分からないことの方が多かった。

おっさんは大学時代にロボット製作を手伝ったことがあり、使用される金属の強度計算や重心バランスのシミュレートなど、色々と手を出した経験がある。

普通の大学を中退したアドとは下地が違った。

「えぇ〜と、話を続けます。この銃は魔法の火力で小さな金属弾を射出する武器ですが、その際にある程度反動が出ることも分かっています。構造がこの衝撃に耐えられないのであれば使い道がありませんね」

「なるほど。まぁ、ボウガンも似たような反動があるが、それよりも大きいのか？」

「薬室から火力で前方方向に弾丸を押し出すわけですが、その際に小さな火力でも内部の狭い空間の一方向に威力として集中します。火力と反動は魔導術式次第で変わると見るべきでしょう」

「つまり、弾丸の大きさや重さによって、魔導術式を調整する必要があるわけじゃな？　これは儂《わし》ら職人には難しいぞい」

「それは、魔導士や錬金術師の仕事になりますね。彼等の技術力の向上に期待したいところですよ」

『『『『ひぃ〜〜〜〜〜〜〜〜っ!?』』』』

作業中のアドや他の魔導士達に職人達の視線が注がれる。

その視線には、『本体は俺達がきっちり仕上げてやるからよぉ、てめぇらはヘマするんじゃねぇぞ』という凄い圧力が感じられた。

魔導術式による発火装置は魔導士の分野であり、いくら本体が頑丈でも肝心のパーツがヘボかったら意味がない。なによりドワーフ達は中途半端な仕事を嫌う傾向が強く、失敗しようものなら鉄拳が飛んでくる。

現在ドワーフ職人が十名と、二十六名の魔導士がこの部屋にいるが、その半数が魔導式モートルキャリッジの作業に従事しており、彼らは魔導銃製作班の魔導士達に同情の目を向けていた。

そう、班の異なる魔導士達もこの時までは他人事《ひとごと》だった。

「心臓部と言うべき薬室ですが、これは魔導術式を後部に組み込むことが前提となります。引き金を引いて魔力が流れ、発火する。使うのは初級魔法である【ファイアー】の術式がいいですかね？」

「いや、もう少し落として【灯火《トーチ》】でいいんじゃねぇか？」

「まてまて、それでは火力が心許《こころもと》ない。第一、あの魔法は爆発力がないであろう？」

「なら、爆発を促す術式を組めばいい。まぁ、何度か実験する必要があるだろう」

「「「「魔導士共の仕事だな！」」」」

『『『『やめてぇ～、プレッシャーをかけないでぇ!!　それに、こっちは担当部署じゃないんですけどぉ!?』』』』

魔導士全員を睨《にら》みつけるドワーフの職人達。何やら雲行きがあやしくなってきていた。

アド達がいる部署は、魔導式モーターの部品製作を担当している。

現在、必死になって磁力を発生させるための術式をプレートに刻んでいるのに、横でストレスになるようなことを言うのはやめてほしかった。

失敗すれば、プレートを作っている職人達に殴られかねない。

ドワーフの職人達は、担当部署が異なろうが仕事で失敗したら殴る。魔導士が口にする理論や実証実験すらドワーフは自分達の価値観で考えていた。

ドワーフは確かに職人気質だが大雑把《おおざっぱ》であり、気合いでなんとかなるといった精神論を重んじる種族性なのだ。

実際は何度も繰り返して行う魔導術式の実験も、死ぬ気でやれば一発で成功すると捉えていた。

「ミスリルでは強度が足りんな」

「それ以前に、これほど小さな部品に魔導術式が刻めるかのぅ？」

「他の金属と混ぜて使うのは前提としても、強度を確かめる必要がある。しかし、ここにいる魔導士にこれほど小さな魔導術式を刻めるとは思えん。できるまで地獄を見せるか？」

「ふむ……死なない程度に酷使――もとい訓練させるべきだろ」

「知り合いの土建会社の奴から、いい精力剤があると聞いたな。一飲みすれば馬車馬のごとく働き続けられるとか。少し貰《もら》ってこようか？」

『『『ひぃいいいいいいいいいいいいっ!?』』』

そして、ドワーフ達は融通が利かない。

新しい武器を作るという魅力に取り憑《つ》かれ、職人としての迸《ほとばし》るほどの激しく熱いパトスは留《とど》まることを知らず、目的のものを完成させるためとあらば仕事の修羅と化す。

他人の言うことになど耳を傾けず、どんな犠牲を払ってでも職務を全うするのだ。

ここでの犠牲とは魔導士達のことであり、担当部署が違うなど言い訳にすらならない。

無茶を天元突破して、道理を力ずくで破壊または粉砕する。それがドワーフという種族なのだ。

ブラック企業も裸で逃げ出す、別の意味で危険で過酷な修羅場となることだろう。

ドワーフの辞書に人権の文字は存在すらしていないのだから。

「ふむ、やる気があって結構。これは期待できるな」

「「「「会長ぉおおおおぉぉぉっ!!　なぜか俺達が酷死される前提なんですけどぉ!?」」」」

「なぁ〜に、一仕事始めたら、そんな気分はぶっ飛ぶぜぇ〜？」

「やがて、仕事のことしか考えられぬようになるからのぅ。技術も向上すればお主等も万々歳じゃろ？」

「俺達のそばにいたことを不運に思え。これからお前らは、精密な作業をするだけの人形になるんだからよぉ〜」

「一緒にいい汗かこうぜぇ〜。なぁ？」

「「「「嫌だよぉおおおおおおおおおおおおおぉぉぉっ!!」」」」

それはまるで、どこぞの土建会社を彷彿《ほうふつ》させる。

地獄の扉が開いたことに、魔導士達は本能的に危機を察知し恐怖した。『ここにいたらヤバい、今すぐにでも逃げろ!!』との警鐘が全力で鳴っている。

「会長、助けてください!!　こっちも、いっぱいいっぱいなんですよぉ!!」

「デルサシス公爵、魔導術式を刻む作業は繊細で精密なんだぞ！　魔導士達の技量が追いついていないのに、ドワーフのペースで進められるわけないぞ！　俺に両方担当しろとぉ!?」

「別の部署の暇そうな連中を生贄《いけにえ》――もとい、助っ人として呼んでください!!」

「このままじゃ、俺達は殺されます!!　だいいち、部署が違うじゃないですかぁ!!」

「魔導式モーターが間に合わなくなりますよぉ!!」

必死の嘆願。

ドワーフ達が彼等にこだわるのにも理由がある。

魔導式モーターを担当する魔導士達は、ソリステア派の中でも比較的に技量が高い者達が集められており、彼等の代わりはいない。

他の魔導士達は、彼等よりも技術力が一歩どころか三歩以上劣っており、技術に厳しいドワーフ達が彼等を放っておくわけがないのだ。

この部屋に居合わせていた時点で、既に失敗だったのである。

「……私にも不可能なことがある。諦めてくれ」

「「「会長ぉおおおおおぉぉぉぉっ!?」」」

『マジか～、デルサシス公爵!』

デルサシスは冷たかった。

何しろ彼は忙しい人間である。公爵の肩書きだけでなく他にも様々な役職を持っており、その働きぶりはクレイジーと言わざるをえないレベルだ。

そのため些末《さまつ》なことは悩むことなくバッサリ切り捨てる。

もしかしたら、単にドワーフを相手にするのが面倒だったからかもしれないが。

「逃げろ!　この場に留まれば過労死させられるぞぉ!!」

「総員、退避!!」

「酷使されてたまるかぁ!!」

「おっと、逃がさねぇよ？」

「俺達を前にして、逃げられると思ってんのか？」

「へへへ……たのちぃ～お仕事の時間だぜぇ？　今から始めるんだから逃げんじゃねぇ～よぉ～」

逃げる魔導士、立ち塞《ふさ》がるドワーフ職人。

同じ職場なら堕《お》ちなきゃ損、損。

「てめぇら、止まったら殺されるぞ!!　絶対に止まるんじゃねぇぞぉおおおぉぉぉぉ!!」

「「「うおぉおおおおおおおおっ、無理でも押し通せぇ!!」」」

「生贄――もとい、魔導士共を一匹たりとも逃がすんじゃねぇぞ!!」

「「「ウへへへへ……どこへ行こうというのかなぁ？　これから最っ高ぉ～にヘブンな時間が待っているんだぜぇ～？」」」

そして始まる大乱闘。

殴り合い、物が飛び交い、人が宙を舞う。

その混沌《こんとん》の中、こっそりと気配を消し移動していたアドが入り口付近まで辿《たど》り着いた。

「どこに行こうというのかね、アド殿」

「えっ？　デルサシス公爵……なんでそこに？」

そこには当然のようにデルサシスが待ち構えていた。

「私としては、君もこのプロジェクトに参加してもらいたいのだがね」

「いや、そういうことならゼロスさんにでも……」

「残念だが、ゼロス殿はこうした国家に関わる話に乗ることはない。現在、この国で売買されている魔法の術式を効率化させる仕事をしてもらっているし、充分に我が国に貢献してくれた。たしか魔導式モートルキャリッジも彼の発案なのだろう？」

「うっ……」

「おそらくは夫婦で暮らせるよう君に配慮して、できる限り改良の余地を残して君達の世界にある車よりも性能を落とし、我等に作りやすい条件での試作品を作ったはずだ。今までの情報から、君はあまり機械関連の技術に詳しいとは思えないのでね」

「いや、俺も車は作ったけど？」

デルサシスの言っていることは当たっている。

アドの製作した【軽ワゴン】は形状だけを見れば立派なのだが、基本的な構造以外は全ておざなりであり、走れば充分というコンセプトだった。

先日、簡単なエアコンがゼロスの手で搭載され快適さも向上したものの、あくまで地球の軽ワゴンが拡張性の高い構造をしていたからに過ぎず、それよりも昔の車の構造などアドは知らない。

魔導式モートルキャリッジは魔導士や錬金術師の技術レベルの向上が目的とされ、国家間を跨《また》いだ量産計画はあくまでも副次的なものだ。ここから応用技術を発展させる最初の一歩なのだ。

積み重ねられた技術の歴史を知らねば、意図的にこのような骨董品《こっとうひん》を作らせようとは思わないだろう。

それこそ、よほどの趣味人でない限りは――。

「基本的な構造は知っているのだろうが、細やかな部品は作れないのであろう？」

「な、なんでそこまで見抜けるんだ……」

「ふむ、君は少し腹芸を覚えたほうがよいな。こうも誘導に引っかかるようでは、やり手の商人などにすぐ騙《だま》されてしまうぞ？」

「うっ、誘導尋問……ゼロスさんみたいなことをする」

「ふふふ……ゼロス殿との対話は実に楽しい。飄々《ひょうひょう》としているように見えて、こちらの言葉の裏側を読もうとしてくる。手強《てごわ》いと言うほどのものではないが、なかなかに隙《すき》を見せてくれんよ。あのように見えて、権力者に対し警戒しておるのだろう」

「……うっわ」

ゼロスもデルサシスも自身の利益を優先する。

駆け引きも多少は行うが、利害が一致することが多く対立することが少ない。妥協点がすぐに見いだせるので、そういった意味では互いにベストパートナーとも言える。

だが、アドはどちらかというとカモである。腹芸に対しての耐性が低かった。

こうしたことに対して経験が少ないからなのだが、それを責めることはできまい。

「なに。別に魔導銃を作れと言っているわけではない。必要なときにアドバイスをしてくれるだけでいいのだ」

「相談役のようなものか？」

「うむ。魔導式モーターの製造も遅れている。これ以上仕事を増やすわけにもいくまい？　なにより、ゼロス殿を敵に廻《まわ》すような真似はしたくないのが本音だ」

「魔導士の数が少ないのが問題じゃないですかね？」

「これでも使える者を探しているのだが、なかなかに条件に見合う者が現れてくれん。実に悩ましいところなのだよ。強引にでも育成するほかあるまい」

魔法が使えるだけの魔導士と、魔法を理解している魔導士とでは優位性が異なる。

開発に必要な魔導士は、魔法というものを充分に理解していなければならず、そのうえで技術者としての能力も求められる。

そのような条件の魔導士など簡単には見つからない。

「俺、イサラス王国側にも関わっているんですけどね」

「そこは私の方でなんとかしよう。なに、悪いようにはせん。今の仕事を続けて、必要なときに意見を出してくれればいいのだよ」

「まぁ、そのくらいなら……。俺も国に使われるのは勘弁してほしいんでね」

「任せたまえ、それは私の領分だ。なによりも君達には成すべきことがあるのであろう？　私としてもそれを邪魔するつもりはない」

「……信じていいのか？」

「言ったであろう？　私はゼロス殿を敵に廻したくはない。彼の友人である君を利用するつもりはない……とははっきり言えんがね」

つまりは、互いの利益になることで利用し合うということだ。

ここまでヒントを出されればアドでも気付く。

しかも本人を前に『利用する』と言い切れるだけ、デルサシスのビジネスマンとしての手腕が分かる。いや、器と言い換えるべきだろう。

「ハァ～、俺はどちらにしてもあんたを頼るしかない。ゼロスさんも信用はしているようだし、その話には乗らせてもらうことにする」

「理解してくれたようだね」

「ただ、俺達は国同士の戦争には参加しねぇぞ？　イサラス王国にも義理はあるしな」

「ふむ、ならばイサラス王国にもう少し支援の手を増やすとしよう。場合によっては君の名を使わせてもらうがね。食料支援に人材派遣……他に裏取引も視野に入れておくべきかな？」

「まぁ、不用意に国家に関わっちまったのが俺の落ち度だ。手を切るにも何かしらの恩を売っておきたいところだが、今の俺にはそれが用意できねぇし……」

「そのあたりは私がなんとかしよう。たしか、ザザといったかな？　イサラス王国の連絡要員は。彼に接触して上手《うま》くあの国を動かしてやろう」

「………何する気だよ」

「なに、メーティス聖法神国は現時点で大軍を動かすほどの余力はない。イサラス王国の欲しいものを与えるだけだ」

「……やっぱ、怖い人だな。ゼロスさんも、よくアンタと付き合えるもんだ」

アドからしてみれば、デルサシスは底が知れない奈落のような存在だ。

正直、味方と思っていいのか悩むほどに悪どいことを平然とやってのける人物に見えた。その予感はあながち間違いではない。

彼は現公爵なのだから。

「私としては君達の方がよほど危険なのだがね。だが、危険という理由だけで消そうなどとは思わんよ。私はそこまで愚かではないつもりだ」

「つまり、普通に利用するだけでも充分に旨《うま》みがあるということか？」

「その通り。有能な人材を無駄に使うなど、世の損失でしかない。強力な魔法が使えるという理由だけで始末など、まさに愚の骨頂。世の中は適材適所で動かすべきじゃないかね？」

「まぁ、俺達の世界はそうだったけどな。全て上手くいくわけじゃないが……」

「全てにおいて成功を収めるなどありえん。半分ほどだけでも世の中は充分に廻るものだ。人は神ではないのだよ」

「アンタなら、やりそうな気もするけど？」

「ふふふ……それができれば私も苦労はせんよ。それをやってのけた人物は、私は一人しか知らんな」

アドには、デルサシスの言葉の意味は分からなかった。

彼の言った人物とは、セレスティーナの母親であるミレーナのことだ。

正確には彼女とその一族と言うべきで、【未来予知】という呪われた運命に翻弄《ほんろう》され、一族が命を懸けてその力を抹消しようと動き、最後の一人であるミレーナの代で成就させた。

慟哭《どうこく》と絶望に苛《さいな》まれながらも、執念で未来予知という血統魔法をこの世から消し去ったのだ。

デルサシスはミレーナとその血族に尊敬以上の想いを抱いていた。

「信用しろとは言わん。だが、多少は信じてもらいたいな」

「分かった。あんたを信じよう……。ただ、ユイと娘に手を出しやがったら……」

「そんな愚かなカードは、私は切らんよ。任せておきたまえ。ふむ……向こうも話し合いが済んだようだな」

部屋を覗《のぞ》けば、ドワーフ達によって簀《す》巻《ま》きにされた魔導士達の姿があった。

簀巻きの彼等がアド以上の地獄を見るのは間違いないだろう。

「別の意味で、奴等の方が危険じゃないのか？　俺はドワーフという種族が怖い」

「アレは、私でもどうすることもできん。人間は諦めることも重要だ」

「さいですか……」

デルサシスでも匙《さじ》を投げるドワーフの職人気質。

別の意味でこの世界は危険だと知ったアドであった。

この世界で労働基準法の制定は、まだない――。

◇　◇　◇　◇　◇　◇

四神の一柱であるウィンディアから管理権限を取り戻したアルフィア・メーガス。

弱肉強食の激しいファーフラン大深緑地帯の大樹の前で、ゴスロリ少女の元邪神は困惑していた。

「こやつ……なんでこんなところで寝ておるのだ？」

アルフィアの視線の先には、自分が探していた諸悪の根源の女神である一柱が、だらしなく涎《よだれ》を垂らしながら凄い寝相で寝ていた。

異常変質した魔物にいつ襲われてもおかしくない危険地帯でだ。

その一柱とは、大地の女神でもあるガイラネス。

本来であれば強制的に管理権限を奪いたいところなのだが、四神の中でこの女神だけは別なのだ。

その理由は――。

「こやつは、我と率先して戦おうとはしてなかったな。火と水に尻を蹴られながら渋々戦っておったし、何より阿呆《あほう》じゃからのぅ……」

もちろん、恨みはある。

だが、管理権限を一つ取り戻したことで心に余裕ができたのか、過去を思い返してガイラネスが自らの意思で敵対行動を取ったことがない事実に気付いた。

アカシックレコードにもアクセスして過去の映像を調べた限りでは、大地の女神は寝ていることの方が多いようだ。

追いかけても三柱だけは必死に逃げようとしたが、ガイラネスは引きずられていただけだ。

そもそも逃げる意思がなかったように思える。

何しろこの大地の女神は、病気レベルなまでに重度の怠け者だ。世界の管理権限など、どうでもいいと思っている可能性が高い。

「ぬぅ……情状酌量の余地があるか、起こして話をしてみるかのぅ」

アルフィアはガイラネスを足で軽く突《つっ》いてみる。

「んぅぅ……誰？」

「久しいのぅ、大地の」

「………お休み」

「寝直すでないわ！」

アルフィアの蹴りで高々と舞い上がったガイラネスは、そのまま大樹の枝に布団のように引っかかった。

ただでさえパジャマ姿で緊張感のない服装なのに、今の彼女の姿はギャグそのものだった。

「むぅ……眠いのに……。なんの用？」

「決まっておろう？　お主の持つ管理権限を返してもらう。風からはもう返してもらったがのぅ」

「……邪神？　ウィンディアも返したの？　じゃぁ………勝手に持っていけば？　要《い》らないし」

「そうしてもよいが……。なんというか、お主は神の座に未練はないのか？」

「………ない。世界の管理なんて面倒。私は毎日寝ていたい」

「どうしようもない奴じゃな」

筋金入りの怠け者であった。多少戦闘することも考慮していたが、拍子抜けもいいところである。

ガイラネスは寝ることこそが至福であり、仕事などをやる気は全くない。

働いたら負けの引きこもりより怠惰であった。

「……そもそも私がここにいるのも、聖域に五月蠅《うるさ》い二人がいて騒がしいから。寝心地の良さそうな場所を探していたら、途中で面倒になってそのまま寝た」

「……なんだかのぅ。封印されて以来、長く恨み続けておったのだが、お主を見ていると我が馬鹿みたいに思えてくる……」

「封印……静かでよく眠れそう。未来永劫《えいごう》寝ていたい……」

封印されることを望む者を見たのは、アルフィアにとってこれが初めてのことだった。

怠惰にも程がある。

「まぁ、よい。管理権限を取り戻せば、我の枷《かせ》も外れるというものじゃ。どこまで権限が解除されるか不明だがのぅ」

「……何ができるの？」

「物質変換が容易になるかのぅ。今の我では枕を作っただけでも世界の半分が消える」

「…………枕。管理権限を返すから、最高の枕と羽毛布団を所望する」

「要求できる立場だと思っておるのか？　まぁ、試してみないことにはなんとも言えぬが……」

「駄目な場合は、フレイレスとアクイラータを差し出す。枕、プリーズ。ギブ・ミー、羽毛布団！」

『…………こんな奴に我は悩まされておったのか？　なんか、泣けてくるのぉ～』

四神の仲間意識は希薄のようだ。

基本的に自己中なので、自分さえよければ同じ四神でさえ見捨てる。

しかし、少なくともガイラネスとは平和的な交渉が可能なようだった。それを思うと今までの苦労が何であったのか、実にやるせない。

「では、返してもらうぞ……」

アルフィアはガイラネスの胸元に手をかざし、内にあるマテリアルに干渉を始めた。

状態はウィンディアの時と同じで、その機能のほとんどが眠ったままである。

内包された情報を読み取り、自身にインストールしていくことで、眠っていたマテリアルの機能が覚醒する。

そこから更に機能を掌握し、やがてガイラネスの豊満な胸元から金色に輝く球体が現れ、アルフィアに吸収されていった。

「核を吸収……現時点で必要な制限を解除、高次元からのエネルギー供給を制御開始、『三次元世界の環境に対応……。アバターを作成、同時に本体は宇宙空間に移送構築開始……』」

制限が解除されたことで本体は惑星上での活動が困難になり、咄嗟《とっさ》に自身の疑似体を作成すると同時に核を宇宙空間へと転送させた。さすがに高エネルギー体の核を惑星上に留めておくことはできず、情報処理能力で演算した苦肉の策だった。

残り二つの制限が解除されれば次元移動も可能となるのだが、今のままでは【神域】に入ることはできても管理世界の全てを統括することは不可能であった。

疑似体とリンクしながらも思考はフルに回転する。

『ぬぅ……予想以上に制限が解除されたか。高次元から流入するエネルギーが膨大じゃのぅ。事象管理能力はいまだ解除されず、情報管理能力だけが拡大されたか……。まぁ、疑似体で力の加減ができるようになったことだけが、唯一の救いじゃな。魔力や神力を暴発させずに済むのぅ』

本体の情報処理能力はアカシックレコードとリンクさせることにより、今いる惑星以外にも数千光年離れた惑星の環境まで確認できるほどになった。惑星の管理くらいなら今の状態でも充分に事足りる。これにより疑似体を使い龍脈の干渉操作や気象制御が容易となり、眼下の惑星を再生することが可能となった。

『火と水を捜し当てるまで、しばらくはこの星の再生活動でもするかのぅ……。創造主も、もっと融通の利くシステムにしてくれればよかったものを……』

管理者が管理権限から外れていることが、そもそも異常なことだ。

それを行った創造主である高位次元生命体の考えが、アルフィアにはいまだ理解できない。

正確には、理解したくないのかもしれないが……。

「……枕、羽毛布団。くれくれたこらぁ～」

「……お主、見た目はナイスバディの美女なのに、なぜにそんな残念なのじゃ？」

「高級枕に高級羽毛布団………。それは至高の存在！　ふあぁ～～～」

「待て、何気に品質を上げておらぬか？　まぁ、その程度なら用意できそうじゃが……」

物質変換は事象管理システムとはあまり関係がないので、疑似体のアルフィアには楽勝になっていた。以前のホムンクルスベースの身体では力の制御が及ばず、無から有を作り出した段階で大陸一つが消し飛ばせるほど制御が難しかったが、【観測者】自らが作り出した疑似体なら容易に可能だ。惑星で活動するには充分すぎる。

その疑似体もホムンクルスベースの肉体をコピーしたもので、見た目は以前と変わらない。

「しかし、まさか枕と羽毛布団で管理権限を売るとは、な……」

一つの世界を管理する力が枕と羽毛布団に負けたことが、少しショックなアルフィアだった。

「ほれ、これでよかろう？」

「おぉ～……この羽毛布団の感触、枕の弾力もほどよい感じで……これぞ至高！　これぞ究極？」

「なんなのだ……こやつは」

「枕のフィット感！　羽毛布団の心地よき暖かさ！　素晴らしい仕事ぶり……。惰眠のパジャマ神よ、私、一生ついていく」

「誰が、惰眠のパジャマ神だぁ!!」

色々と複雑なものを抱きながらも、制御可能となった魔力を駆使して物質変換を行い、ふっかふかの羽毛布団と安眠枕を無から生み出した。

モノが完成したと見るや凄《すさ》まじい速度で布団と枕に抱きつくと、上機嫌にその感触を堪能し、さっそく寝ようとする元女神のガイラネス。

こと寝具にいたってはもの凄《すご》く現金なようだ。元邪神が呆《あき》れ返るほどに……。


アルフィア・メーガス。彼女はこの日、観測者の雛型《ひながた》や邪神に次ぐ新たな称号を得た。

その称号は惰眠のパジャマ神。ぐーたらな配下を手に入れてしまった彼女は、この日以降ガイラネスに安眠グッズをねだられるようになる。

大地の女神もまた、この日から怠惰の女神にジョブチェンジを果たした。

怠惰なだけに、本当になんの役にも立たない神なのである。

第八話　おっさん、教え子の一面を知る

地下都市イーサ・ランテから帰宅して以降、セレスティーナとツヴェイトの二人はクレストンの住む別邸で、ゼロスから、午前は戦闘訓練を受け、午後は魔導錬成の手ほどきを受けていた。

ゼロスが聖法神国から帰宅して七日目、時間は既に夕暮れ時。

既に授業の終了時刻が過ぎているというのに、二人は魔導錬成のあまりの難解さに四苦八苦して

いた。

「くそ、複数の工程をやろうとすると、途端に操作が難しくなりやがる」

「金属の形を変えるだけなのに、かなり集中力が必要になります。消費する魔力にも気をつけないと……」

【錬成台】やゼロスの【錬成シート】は術者の魔導錬成を容易に行いやすくするための道具なのだが、更に効率よく行うためには物質変化や化学反応のイメージだけでは足りない。

職業スキルの【錬金術師】の中には、【結合】、【分解】、【溶解】、【抽出】、【焼成】、【圧縮】、【凝縮】、【形成】など様々な【技術スキル】があり、それを併用することにより、魔導錬成の品質を高めることが可能だ。

しかしながら、そこまでいくには何度も魔導錬成を繰り返し行わなくてはならない。

錬成台やスキルの使用には魔力が消費されるので、魔力向上と魔力制御のレベルを上げるにはちょうどよい訓練道具なのだが、魔力枯渇によって術者が倒れるというデメリットがあった。

もちろん、技術スキルの訓練にもなるが、言うは易《やす》し、行うは難《かた》しである。

この職業スキルと錬成台を使いこなすことができれば、錬金術師として一流と言えるだろう。

ゼロスが家庭教師を始めた頃は、ツヴェイトやセレスティーナは魔力制御が拙《つたな》く、魔力保有量も少なかったので錬成台を使用できなかった。

【魔力制御】スキルも覚えたてであったため、少し稼働させただけでも魔力切れを引き起こしてしまい、とてもではないが訓練には使えなかった。

今は二人もレベルや保有魔力が上がり、錬成台を使用できるほど魔力を持つに至ったのは、魔力を高める訓練を休むことなく続けていたからだろう。

それでもギリギリ及第点だが――。

ちなみにその訓練とは、魔法を使用し続け意図的に魔力枯渇させ、自然回復させるという荒行だ。

魔力枯渇と魔力回復を日々繰り返すことで、わずかながらではあるが魔力量が増えていく。

二人の地道な努力が実を結んだというわけである。

「ふむ……こんなものか」

「兄様……それ、凄《すご》く可愛《かわい》いです」

意外に器用なツヴェイトは、ゼロスから提供されたミスリルと宝石を使い、花を模《かたど》ったブローチを製作した。

対してセレスティーナは不器用で、何だかよく分からない金属の塊が錬成台の上に転がっている。

この時点でツヴェイトは魔力制御能力が人より高いことが示された。

「意外だねぇ。ツヴェイト君にこんな才能があるとは」

「いや、実は小遣い稼ぎに彫金加工でこうした小物を作って売っているからな。イメージするのは楽なんだ。まぁ、半分は趣味だが」

「趣味が彫金なのか。なるほど、ドワーフの職人が見たら弟子に欲しがるかな」

「やめてくれよ。奴等にバレたら、拉致されたうえに延々と何かを作らされるだろ……」

「確かに……。ドワーフの種族特性をよく知ってたか」

ドワーフを例に出したら、凄く嫌な顔をされた。

もしかしたらドワーフ達との間でなにかあったのかもしれない。

「凄く綺麗《きれい》にできています。それに比べて……」

「お前のは酷《ひで》ぇな……」

「うぅ……」

「イメージはあっても、それを形にすることができていない。魔力制御はできているはずなのに、不思議だねぇ」

魔力制御はできているのに、金属をイメージ通りに形成することができていない。

能力的には充分に可能なレベルであるはずのセレスティーナは、予想以上に不器用なようで、これはゼロスにも意外だった。

「ツヴェイト君のような経験がなかったからか、それとも単に不器用なのか……。何度か試してみないと判別がつかないかな」

「いや、形を変える程度なら簡単だろ。こんなの……ほら」

セレスティーナの使う錬成台に手を当て、転がっている金属塊を加工するツヴェイト。

金属は生き物のように蠢《うごめ》き、やがて百合《ゆり》のような花を模《かたど》ったブローチが完成した。

一度コツを掴《つか》んだツヴェイトは、加工する速度が驚くほど速い。

「彫金加工の経験が生かされているねぇ。金属の特性を熟知しているから、加工速度に表れているとみた。これなら、近いうちに魔導術式を魔石や加工した製品に刻めるようになるだろう」

「魔導術式か……かなり細かくて面倒だぞ？　彫金でもかなり手間がかかる。作ったことがあるから分かるが、【ファイアー】の魔法を組み込むだけでも一ヶ月は掛かったな」

「手作りで魔導具を作っているのかい？　それは凄いな」

「簡単なものだけど、以前から手がけていた。ルーペで覗《のぞ》きながら魔導術式を刻む作業には骨が折れる。地味にキツイ作業なんだ」

意外な才能だった。

これで中級魔法の術式を魔石に刻めれば、自力で魔導具を大量に保有できる。

アイテムバッグがあれば、攻撃魔法を使わず魔導具を代用し攻撃を繰り返すことで、自身の魔力消費が抑えられ長時間の戦闘継続が可能となる。無論、魔法薬の回復もだ。

敵対する側には厄介な魔導士になるだろう。

「魔石の圧縮加工は昨日試しただろ？　魔石内の魔力含有量が増えれば、それだけ強力な魔導術式が刻み込める。一回限りの使い捨てだけど複数所持していれば、戦場での魔力消費はある程度抑えられるだろうね」

「師匠……言うのは簡単だが、魔導具一つ作るだけでも相当の手間だぞ？　魔導術式が転写できない俺だと、数を揃《そろ》えるだけでもかなりの時間が必要になる」

「まぁ、クロイサス君の得意分野になるよねぇ～。そういえば真っ先に僕のところに来ると思ったんだけど、全然姿を見せないなぁ～」

「工房の方に顔を出しているようだな。もしかしたら親父《おやじ》に面倒事を押しつけられたかもしれない。今朝方に聞いたが、あのクロイサスが一言も口にしないところを見ると、この予想は当たっているだろう」

魔法や錬金術に関する知識に対して、どうしようもないほど執着するクロイサスが顔を見せないことに対して、ゼロスは疑問に思っていた。

その疑問に答えたのは、同じ屋敷に住むツヴェイトだった。

「いくら優秀でも、そこまでさせるかね……。公爵家の次男坊とはいえ、学院生にやらせるような仕事なんてないでしょ」

「あの親父だぞ？　常識なんて蹴り飛ばして無茶を言い出すのはいつものことだ。極秘の研究をやらせていたとしても俺は驚かないな」

「なるほど……」

必要なら常識を簡単に無視するような、ぶっ飛んだ公爵だ。ゼロスもツヴェイトの予測は当たっているように思えてきた。

ここ数日、アドの姿も確認していないことから、かなりハードな仕事をさせられている可能性も否定できない。何しろ、ソリステア派の工房にはドワーフもいるのだ。

仕事に情熱どころか命まで燃やす彼等に、アドが巻き込まれている可能性も充分に考えられた。

「ところで、セレスティーナさんは何を作っているんです？」

「つーか、でかいスライムの内側に取り込まれた被害者のような、その不気味なオブジェはなんなんだ？」

「えっ？　その……金属を別の形に形成するのが難しくて……。イメージはあるのですけど、その形に上手《うま》く変形しないんです。兄様の作品を真似ているんですけど……」

「マジかよ!?　何をどうやったら、そんな奇っ怪な形状になるんだ……」

『僕はてっきり、ホラー系のスプラッタフィギュアを金属で製作しているのかと思ってた。不器用にしたって、なぜこんな形に？』

錬成台の上で蠢く金属、その形が実に酷《ひど》い。

まるで超強酸性の液体を浴びせられた被害者か、あるいは地獄を描いた宗教画の中の業火に焼かれ苦しむ罪人か、はたまた焼身自殺最中の自殺者か。

狙ってやったわけではないのに、その形状はあまりにおぞましい。動く金属が実に生々しかった。

ツヴェイトが作ったブローチを手本にしたはずなのに、彼女の作品に共通点がどこにも見受けられず、眺めているだけでSAN値がガリガリと削られるほど酷い。

セレスティーナはマイナス方面で才能があったようである。

『『……偶然にしても、これは酷すぎるだろ』』

気のせいか、名状しがたい不気味なオーラが湧き出しているように感じる。

思わず、「「これ、もしかしたら邪神を生贄《いけにえ》なしで召喚できんじゃやね？」」と思えるほどだった。

「先生、兄様!?　ひ、酷い……」

「「あっ……口に出してた？」」

「確かに、見た目的には多少歪《いびつ》ですけど、そこまで酷くはありません！　それに、よく見ると少し可愛い気も……」

「……多少どころじゃねぇだろ。どんなイメージをしたら、こんな不気味なものが作れんだよ」

『可愛いって……これが？　セレスティーナさんの感性が分からん。一発で暗黒系の万魔殿が復活できそうな、暗黒のフォースを感じるんですが……ねぇ』

錬成台の上でのたうちまわる金属。

蠢く金属が妙に人型に近い形状をしているため、『もうやめてあげてぇ!!』と言いたくなるほどの責め苦を受けているように見えてしまう。

ゼロスが実戦訓練で使っていた【マッドゴーレム】よりも動きが気持ち悪い。

「……あっ、魔力が」

「なんで錬成台を作動させたままなんだ。話すときぐらい魔力流すのを止めろ」

「も、もっと……精密な操作ができるようになりたいんです。ハァハァ……」

「とりあえず、マナ・ポーションで回復を。今日はもうやめたほうがいい」

一般人よりは多くなったセレスティーナの魔力は、錬成台の操作でほとんど消費されてしまったようだ。夢中になるのはいいがペース配分を考えてほしいとおっさんは思う。

マナ・ポーションを飲んだことで、魔力枯渇の症状が少し楽になったセレスティーナ。

「思ったより、魔力を消費する時間が早かったです……」

「錬成台は術者の錬成イメージをダイレクトに素材に伝えるけど、錬成台の術式を稼働させるのと、素材加工で魔力をかなり消耗する。技術スキルを使用して複雑な工程を行っていればなおさら。使いこなせるまで効率が悪いんだよねぇ。数をこなさないと技量は上がらないし、失敗で大量に素材を使い潰《つぶ》し、素材を購入するだけでも大赤字だから錬金術師でも使いたがらないんだよ」

「ついでに持ち運びに不便だしな。小型のものでも重量がかなりある。しかも値段が馬鹿みたいに高《たけ》ぇ……」

「過去の遺物をそのままコピーしたものだし、術式を刻んだプレートの層も二重や三重にはなってしまう。製作するのにもコストがねぇ……。積層型魔法陣の応用だけど、金属だから重量はかなりのものになるのは当然だねぇ。魔力伝導率の高い素材をふんだんに使用しているから、値が張るのも理由の一つだ」

需要が低く値段が高い錬成台。多くの魔導士達が無用の長物というこの魔導具は、実は魔導士としての技量を上げるのに格好の道具だと知る者は少ない。

そして、旧時代の遺跡や廃嫡した貴族の館《やかた》などに必ず残されている不遇のアイテムだった。現在はアンティーク家具程度の価値しかないのである。

「あの、素朴な疑問なのですが、常にマナ・ポーションを飲みながら作業をすればいいのではないですか？」

「自然回復するならともかく、魔法薬で回復し続けるのは健康に悪いよ。一応は薬物だしねぇ、副作用で体にどんな影響が出るか分からない。危険な行為だね。依存症にでもなったら大変だよぉ～？」

「まぁ、魔法薬はあくまでも緊急時に使うものだしな。服用し続けるにも限度があるか」

「お腹がタプンタプンになっちゃいますね」

よく勘違いされているが、マナ・ポーションは魔力枯渇状態を防ぐための常備薬だ。

傭兵《ようへい》の武技や魔導士の魔法使用で魔力を消費したとき、多くの者達が気軽にマナ・ポーションを服用するが、現実的に見るとかなり危険な行為だ。

あくまでも魔力枯渇の倦怠感《けんたいかん》を取り除くための薬であり、魔力を供給するためのものではない。

元は戦場で魔力を枯渇し倒れた者を、他の兵が回収する手間を省くため考案された薬なのだ。

また、製作する魔導士によって素材や品質に差があり、場合によっては成分そのものが根幹から異なることもある。成分によっては多量に摂取すると毒物になることもあるので、過剰な服用は問題視されるべきなのだが、これを理解している者が少なかった。

「魔法薬に頼る前に、まずは自身を鍛えることが重要だと僕は思うねぇ。保有魔力を多くしたいなら魔法を使い続ければいいし、近接戦闘で有利になりたければ素振りなどの鍛錬をやればいいんだ。安易に薬物を頼るなど愚行だよ」

「格を上げるだけじゃ駄目か。地道な努力は裏切らないってことなんだな」

「下級のマナ・ポーションは、訓練の時の一次的な応急処置用と思ったほうがいいですね。魔力が枯渇した状態だと授業になりませんし」

「ガバガバと飲むのはお勧めしないけど、こればかりは個人の判断に任せるしかない。君達が気をつけてくれればいいよ」

魔法薬という薬物に関して、使用者に注意勧告ができるような権限はゼロスにない。

他人がどうなろうが知ったことではないが、少なくとも弟子二人がその危険性を知って注意してくれればよかった。

規制という概念が薄いこの世界で、安全性を規定するような法律を作るのは権力者の仕事である。

面倒事はどこまでも他人任せだった。

『大変です！　玄関でアド殿が倒れてぇ!?』

『誰か、医者を……あっ、まだ意識があるぞ!!』

さすがに延長しすぎだと思い、そろそろ授業を終わらせようとゼロスが思ったその時、部屋の外が突然に騒がしくなった。

「……なんだ？　騒がしいぞ」

「なんでしょうね？」

「話を聞く限りだと、アド君が倒れたということみたいだが。かなりハードな仕事をしているようだねぇ」

「誰だ？　それ……」

「最近、この屋敷で雇った魔導士の方です。お父様の仕事を手伝っているという話でしたが……。先生のお弟子さんと聞きましたよ？」

「師匠の弟子？　そんなヤツがここにいたのか⁉」

この別邸に住んでいるセレスティーナはアドのことを知っていたが、ツヴェイトは初耳であった。

それよりもゼロスに自分達以外の弟子がいたことの方が驚きだった。

「弟子というか、遊び仲間でもあるかな。色々とやらかしましたよ、二人でね」

「なるほど、ヤバイ方の弟子だったか……」

「奥さんもこの屋敷にいますよ？　ただ、子育てが忙しいみたいで、あまり話す機会はありませんが」

「メイドとしてアド君の仲間も働いているかな。イサラス王国側の国賓でもあるから、客として受け入れてくれたんだよねぇ。現在は工房で色々と協力しているらしい」

「つまり、魔導士として優秀ってことだな。工房ってクロイサスと同じソリステア派のだろ？　あの親父がその辺にいる部外者を引き入れるとは思えねぇし」

「ツヴェイト君も鋭いねぇ。さて、時間も時間だし、今日の授業はこの辺で終わりにしておこう。明日は早朝から実戦訓練をするから、体をしっかり休めておくように」

資料として見ていた本を閉じ、三人は使用していた道具類を片付け始めた。

その間にも、騒がしい声は響き渡っている。

荷物をインベントリーに放り込んで部屋を出ようと思ったとき、ノックと共にリサが「失礼します」と言って部屋に入ってきた。

「おや、リサさん。どうしたんですか？」

「ゼロスさん、すみませんが精力剤なんて持っていませんか？　その、アドさんが重度の疲労で倒れてしまって……」

「あるよ。ちょっと待って……チャラララァ～ン、超強力精力剤【ドクトル・ムッハー・マキシマムボンバーⅧ《エイト》】ぉ～!!」

どこかの青いロボットのようなノリでインベントリーから取り出した精力剤。

気のせいか、その小瓶からは異様な気配が漂っていた。

「な、なんですか、そのネーミング……。凄く、あやしいですよ！」

「へっ、コイツは効くぜぇ～。一回飲むだけで、すぐにハイになれるグゥ～レイトォ～なヤツさぁ」

「それ、本当に精力剤なんですよね!?　なんか、違法な薬ではないですよねぇ!?」

「……………大丈夫だ。問題ない」

「その間《ま》はなんですか!?」

おっさんの持ち出したアイテムは、凄く胡散臭《うさんくさ》かった。

「疲労も理性も一発でぶっ飛ぶ、サイケでヒップな凄《すげ》ぇ精力剤さぁ～。カノンのレシピを僕なりにアレンジしたもので、二十四時間もあれば事件を解決できるほどのやる気を引き出せる。アド君もかなり疲労しているって話だし、とびっきり強力なヤツを使ったほうがいいでしょ」

「本当に大丈夫なのか疑わしいけど、背に腹は代えられないですし……。とりあえず使ってみます」

「早く持っていったほうがいいよ。大の男を部屋に運ぶなんて労力の無駄でしょ？　アド君には自力で部屋に戻ってもらおう。迷惑だしねぇ」

「ゼロスさん、酷い!?　でも、ありがとうございます。では……」

リサはパタパタと走りながら急いで部屋を後にした。

そんな彼女を見送ったゼロスは、『ニヤリ』と不気味な笑みを浮かべる。

「ククク……アレはまだ、誰にも試したことがないんだよねぇ～。どんな効果が出るのか楽しみだ」

「「……酷い」」

弟子二人の視線が冷たい。

程なくして、『ユイィ!!　俺は、もう辛抱たまらん!!　二人目をつくるぞぉ!!』とか、『俊《しし》君、どうし……きゃぁ～～っ♡』とか言っているのが聞こえた。

ゼロスの精力剤はそっち方面での効果は絶大のようで、ある意味、【恋愛症候群《ラブ・シンドローム》】並みの暴走状態を引き起こしたようである。

ドワーフ達のせいでユイの元に帰れなかったアドは、精力剤の効果でかなり頑張ったようで、翌朝はイチャイチャとストロベリーな空気を放出していたとか――。

何にしても夫婦円満で仲のよろしいことである。

◇　◇　◇　◇　◇　◇　◇

ゼロスが家庭教師を終えて帰宅してみれば、アルフィアとイリス、そしてジャーネの姿があった。

基本的にゼロスは家の鍵は開けてあり、知り合いはいつも勝手に家に入ってはお茶や食事をしていたりする。

ただ、そこにもう一人、見慣れない人物の姿があった。

いや、正確にはクマ柄のパジャマ姿で床に寝そべり、ふかふかの枕に顔を埋《うず》めたまま爆睡している女性だ。

「………ジャーネさん。一つ聞きたいんだけど」

「アタシに答えられることならな」

「この人、誰です？」

「アルフィアに聞いてくれ。アタシも知らん」

ゼロスがアルフィアに視線を向けると、ホットドッグを暢気《のんき》にパクついていたゴスロリ女神は視線に気付いたのか、食べることを中断し『ふぅ～』と溜息《ためいき》を吐《つ》く。

「そやつはガイラネス。まぁ、四神の一柱だった者と言うべきかのぅ」

「「「はぁっ、四神!?」」」

突然の爆弾発言に三人もビックリ。

ゼロスとイリスには憎い相手だが、この世界の住民であるジャーネには至高の存在と言える女神を、まさか邪神が連れてくるとは思わなかった。

「ちょ、なんでそんなヤツが家にいるんです？　僕は聞いていませんよぉ!?」

「昨日拾ったからのぅ。事象を調べたところ、年がら年中何も食わず寝ている奴じゃし、害もないから放置でよかろう？」

「いやいや、なんでここに連れてくるかねぇ!?　元いたところに捨ててきなさいよ！」

「そうしたいのじゃが、枕と布団をくれてやったら懐《なつ》かれて、我も正直困っておる」

「いやいやいや、だからって僕のところに連れてこられても困るんですけどぉ!?」

「基本は馬鹿じゃし、寝ること以外は何もしない穀潰《ごくつぶ》しじゃから、別に無視してもかまわんぞ？　帰ってくるときもほとんど寝ておったからな」

【大地の女神】で四神教の中核の一柱であるガイラネス。

豊穣《ほうじょう》の女神と言われているが、その姿を確認できたことは歴史的になく、謎の存在だった。

聖女がいても神託を下すこともなく、大地に加護を与えて豊作にすると言われているが飢饉《ききん》は起こる。慈愛の女神とも言われているが実際はただの怠け者。

教義では見守る存在などとも言われ、中庸な存在という位置づけの神だが、まさか民家の床で暢気に寝ているなどとは誰も思わないだろう。

しかもパジャマ姿で――――。

「アルフィアさん？　君、コレをどうするの？　僕は面倒見ませんよ、責任もってポイしなさい」

「部屋が余っておるのだから、適当なところに放り込んでおけばよいじゃろ。怠惰な奴じゃからのぅ。餌も要《い》らぬぞ？」

「だからって、なんでウチに連れてくるんですかねぇ!?」

「一応、教会にも連れていったのじゃが……礼拝堂で寝て邪魔だと言われたのだ。こやつ、凄く寝相が悪くて……」

「どうしようもなく役立たずなわけですね？」

「……うむ」

困ったことになった。

そもそもアルフィアこと邪神の復活自体が秘密なのに、当の本人が危ないネタをぶっ込んできた。

しかも、四神の一柱。

世間にバレたら大騒ぎになることは確定であり、気を使って秘密にしていたゼロスの配慮は全て無駄となっていた。特にこの場にジャーネがいることが問題だ。

イリスはゼロスと同類なので、話せば協力してくれる可能性の方が高い。しかしジャーネがアルフィアに関する真実を知った場合、どう考えてもパニックを起こすだろう。

何しろ天上の存在が目の前に二人も存在するのだ。

『……更に困ったことに、ジャーネさんが混乱するところを僕は見てみたい。というか、この状況ではもう、話すしか手がないんだよねぇ』

ジャーネは驚愕《きょうがく》のまま硬直しており、イリスはおそらく全てを察したのか、ゼロスに冷ややかな視線を送っていた。

コレはもう完全にバレている。

「……おじさん。前々からあやしいとは思ってたけど、アルフィアって邪神でしょ」

「やっぱ、バレちゃうよねぇ～。そう、かつて世界を滅ぼしかけ、勇者に封印された邪神と呼ばれる存在……。それが、このゴスロリ暴食神です！」

「誰がゴスロリ暴食神じゃぁ!!」

「まったく……しかもどこで拾ってきたのか、四神の一柱ですとぉ！　大事なことなのでもう一度言いますが、邪魔だから元の場所に捨てて念入りに封印してきなさい。ウチには面倒を見られるような余裕なんてありませんよ」

「いや、犬や猫じゃないんだから、捨ててこいというのは……。まぁ、おじさんの気持ちも分かるけど」

なまじ人型をした女神なので、何度も『捨ててこい』というゼロスの言葉に少し抵抗があったイリス。だが誰にも聞こえてなどいない。

アルフィアはイリスのツッコミを無視して話を続ける。

「捨ててもなぜか我のすぐそばにいるのじゃ！　我も辟易《へきえき》しておる……。何度もまいたのに無駄であった。いったいどうなっておるのだ。こやつは……」

「僕が知るわけないでしょ。テイムでもしたんじゃないんですかねぇ？」

「取引はしたが、契約をしたわけではないぞ！　その場での口約束じゃったわ!!　そのあと我を惰眠のパジャマ神などと崇《あが》め始めおって、鬱陶《うっとう》しかったので原生林のど真ん中に念入りに縛りつけ放置してきたのに、気がつけば我の背後で寝ておるのじゃ～～っ!!　【風】は簡単に封印できたのに……」

「「「えっ!?」」」

更なる爆弾が投下された。

アルフィアはガイラネスの前にもウィンディアに接触し、既に倒していた。

ゼロスも初耳である。

「なぁ、おっさん……。このアルフィアは、マジで邪神なのか？」

「まぁ、ここまで来たら隠しても仕方がないねぇ……。そう、世界を崩壊寸前にまで破壊し尽くした邪神が彼女ですよ。まあ、その原因を作ったのは創世神とその四神だけどねぇ」

「いや、本当にマジだったのか!?　アタシにはそんな化け物には見えないんだが……」

「ふっふっふ、プリチーじゃろ？」

ニッコリ微笑《ほほえ》んでその場でくるりと回るアルフィア。

回転でスカートが翻り、あざとく年相応の可愛らしさをアピール。

「おじさん……アルフィアちゃんがとってもあざといよ。どんな教育をしたの？」

「教育する必要があると思いますか……って、おや？」

話の最中に玄関のドアが開き、何やら深刻そうな表情のレナが挨拶もなく家の中へと入ってくると無言で椅子に座り、テーブルの上で手を組み重苦しい溜息を深く吐いた。

そして――。

「ハァ……。私、もしかしたらデキちゃったかもしれないわ」

――本日最後にして最大の爆弾を投下した。

「「「なぁあぁぁぁぁにぃぃぃぃぃぃぃいっ!?」」」

レナのカミングアウトは、アルフィアが邪神であるという話や四神の一柱を連れてきたことよりもインパクトがあり、場を思いっきり混乱させた。

仮に事実であれば相手は成人して間もないような少年。しかも何人に手を出したか不明だ。

「う～む、僕は薄々そんなことになる気はしていたが……。いや、今までそんな状況にならなかったほうがおかしいのか？」

「誰だ！　誰の子なんだ、レナぁあああああああぁぁぁぁっ!?」

「心当たりが多すぎて、誰の子かだなんて分からないわ。まぁ、確定じゃないけど……」

「なんで!?　レナさん、嘘《うそ》だよね!?　私達のパーティー、解散の危機!?」

「もしかしたら、月に一度のものが遅れているだけかもね。でも、万が一の時は相手にも覚悟を決めてほしいわ。ハァ～……いったい誰が父親なのかしら？」

「「「避妊、してねぇーのかよ!!」」」

「するわけないでしょ。それは、私のダーリン達に対して失礼よ。だいたい、避妊用のアレが牛や豚の腸なのよ？　そんなものを使う気にはなれないわ」

さも当然のように断言するレナ。

妊娠したかどうかはともかく、ジャーネとイリスには刺激の強すぎるネタであった。

百歩譲って少年達と情事に及ぶのはよしとして、妊娠してしまう可能性もあるのに避妊対策をしない彼女は、ある意味において大物である。

「どうでもいいけど、なんでウチに集まるのかねぇ。そういった問題事の相談は、女性同士の方がいいでしょうに……」

「ルーセリスさんのところにも行ったわよ？　でも、子供達の前で言えるような話じゃ……そういえばジョニー君達って、もうすぐ成人するのよね……ジュルリ」

「「「逃げてぇぇぇぇぇぇぇぇぇぇっ!!　獰猛《どうもう》な肉食獣に狙われてるぅ!!」」」

どうやらレナは教会の子供達を性的な意味で捕食対象と見ていた。

最初の倫理的な配慮はどこへやら、彼女の偏った性欲はどこまでもブレることがない。自身の欲望に恐ろしく忠実であった。

「んなことより、仮に子供ができていたら、お前はどうやって育てる気だ？」

「そんなことって……私達には切実な問題だよ。ジャーネさん……」

「別にお金に困っていないから、子供一人くらい余裕で育てられるわよ。でも、可愛いダーリン達と遊べなくなるのも困るわ……ハァ～」

「「レナ（さん）の悩みって、そこなんだ……」」

レナの悩みは妊娠したかもしれないことではなく、少年達といいことができなくなることだったようだ。要するに彼女は、普段から手をつけた少年達との間に子供ができてもかまわないと思っているのだろう。

覚悟を持った変人だと改めて理解した。したくもないのに理解できてしまった。

「……覚悟のうえで遊んでいたようだのぅ。度しがたいほど好色じゃな。恐るべき淫獣じゃ」

「これを趣味とみるべきか、母性と捉えるかは微妙だねぇ」

「母性ではなかろう。聞いておる限り、少年達相手なら手当たり次第のようではないか」

「子供を育てる覚悟はあるようですが？」

「女の子なら普通に育てるつもりよ？　でも、男の子だったら……将来が楽しみね」

「「「この女……どうしようもない好き者だぁ!?」」」

今さらである。

しかも、さらりととんでも発言を追加してきた。

「それで、話がずれてしまったが、この怠惰の権化はどうするべきかのぅ」

「……二階奥の使っていない物置に放り込んでおくよ。念入りに封印しますか」

ロープで布団ごと雁字搦《がんじがら》めにし、荷物を運ぶようにガイラネスを担ぐと、ゼロスは二階へと上がっていった。その後、魔力が動く気配を感じ、ゼロスがガイラネス用に結界を張ったのだと理解するアルフィア。

『ここは、いつも騒がしい限りじゃ。それよりも腹が減ったのぅ～』

いまだ目の前で揉《も》める女性陣を眺めつつ、アルフィアは今日の食事を期待する。

二階から下りてきたゼロスもまた、騒がしい三人をよそに夕食の準備を始めるのであった。

余談だが、結局レナの妊娠は間違いで、三日後に月に一度の現象が来たと喜び、再び少年達を毒牙にかけるべく街へ繰り出したという。

彼女を止められる者は誰もいない。

第九話　おっさん、エロムラを犠牲にする

イサラス王国軍諜報《ちょうほう》部所属のエージェントであるザザは、その日サントールの裏街の酒場にて、

ある人物を待っていた。

というのも、仕事である諜報活動を終えて宿に戻ると、いつの間にかテーブルの上に手紙が置かれていたことに気付いたからだ。

宿の従業員に聞いたが誰も心当たりがなく、従業員に気付かれることなく部屋のテーブルに置いていったと思われ、その手口からかなり訓練された者の仕事だと結論づける。

手紙には『有益な情報がある。指定の酒場まで来てほしい』といった内容の文と、酒場までの地図が記されていた。

あやしい誘いだが、自分を始末するための小細工には思えなかった。

複数の従業員が働いている宿に潜入し、誰にも悟られずに手紙を置いたのだ。そもそも暗殺をするつもりならこんな手を使うことはないだろう。

無論、罠《わな》の可能性も捨てきれないが、指定された酒場は夕暮れにはかなり賑《にぎ》わう穴場であり、ザザもよく行く見知った店だった。

『参ったな。これは……俺の行動が見透かされてるぞ』

諜報員に接触を図ろうとする理由といえば、情報の取引ぐらいしか考えられない。

となると自分の同類と思われるが、問題はどこの国の諜報員かだ。

『考えたところで答えは出ないか。さて……』

適当な席に座り店員に料理と酒を注文すると、気付かれないように周囲を探りながら接触してくる者を捜す。

すると、いかにも酔っ払いらしき風体の男が、千鳥足でこちらに寄ってくる。

「へへ、兄ちゃん。相席してもいいか？」

「あぁ……」

見た限りでは五十代の職人のようだが、酔っているように見えて目が正気だった。

「お前ら……随分と俺達の国《シマ》で動いているようだな」

男の〝国《シマ》〟という隠語で、彼がソリステア魔法王国の者だということを理解した。

だが、この男は諜報員とは異なる裏社会の人間に思える。

ここでザザは、この男の背後にいる人物の予想をつける。もちろん確証はないのだが、その方向で話を進めることにした。

「……アンタが誰の配下かは見当がつく。いや、ついた。だが、俺に接触しようとした理由はなんだ？　お互いにそんな仲のいい関係じゃねぇだろ」

「せっかちだな。まぁ、互いに信頼できる間柄じゃねぇのは分かるが、そう警戒しなさんな。取引だよ、兄ちゃんも分かってんだろ？」

「こんな手を使ってきたんだ。それ以外にはないだろうとは思っていたが、俺の国は取引できる材料なんてないぞ。何が目的だ？」

「なぁ～に、そう心配するほどのもんじゃねぇ。むしろおたくらにとってはありがたい話だ。こいつを読んでみな」

「また手紙か……ほぅ…………って!?」

それは手紙に見せかけた隣国の調査報告書であった。

隣国――つまりメーティス聖法神国の内情で、政治情勢や軍事情報が事細かに書かれている。

イサラス王国側でも調べている案件がいくつも含まれており、その内容は彼等が調査したものよりも遥《はる》かに詳細なものであった。

問題は最後に書かれた数行の文面だ。

「おい…………こ、これは……」

「おっと、ここでそれを口に出すなよ？　どこで誰が聞いているか分からねぇ」

「しかし、これは……本気か？」

「俺達のボスは大マジだ」

それは、イサラス王国に対しての武器や補給物資の支援を、ソリステア魔法王国側が受け持つという内容だった。

ソリステア魔法王国にとって、イサラス王国をここまで優遇する必要性はない。

「おたくらのところは、血の気の多いヤツらが五月蠅《うるさ》いんだろ？　ここで多少なりとも発散させる必要があるんじゃねぇのか？　今は穏健な連中が有利だが、いつまでも抑えておけるわけじゃねぇよ」

「確かにそうだが、それでアンタらになんのメリットがあるんだ？　普通に考えて損するだけとしか思えん」

「兄ちゃん、頭がちょいと固すぎるぜ？　利益ならあるさ」

ソリステア魔法王国にとって、イサラス王国に貸しを作れるだけでもメリットはある。

何しろ豊富な鉱物資源を採掘できるのだ。ソリステア魔法王国の商人を優遇してくれるだけでも経済的に多大な効果があり、先行投資する価値が充分にあった。

ソリステア魔法王国にも鉱山はいくつかあるが、採掘量は無限というわけではないのだから。

現在メーティス聖法神国は弱体化している。北はルーダ・イルルゥ平原から獣人族が現在も攻め込んでおり、その対応に騎士団を派遣したいが、先の戦いと災害の影響で対応は後手になっていた。

最大戦力の勇者もまともに戦える者は二人しかおらず、それ以外の戦闘可能な勇者は現在ソリステア魔法王国とアルトム皇国にいる。残された勇者達は戦闘職に向かない者達だ。

国内情勢も不安定であり防衛に廻《まわ》せる戦力がいないとなると、攻め入る絶好のチャンスであり、この機を逃すのは愚かというもの。

メーティス聖法神国に隣接するソリステア魔法王国、アルトム皇国、イサラス王国の三国の中で、イサラス王国が最も国力が低いのだ。

ソリステア魔法王国としては、宗教国家であるメーティス聖法神国は肥大しすぎたため、今のうちに同盟国の国力が増強されていることが望ましいのである。

「いや、しかし……これは俺の一存で決められねぇぞ」

「まだ時間的に余裕はある。その間、親方に繋《つな》いでくれればいいさ。こっちはいつでも資材を送れるように整えておく、おたくらが動けねぇ理由は資金不足だからだろ？」

「痛いところを突いてくる。だが……これを信じていいのか？　何か裏があると思われてもおかしくないだろ。なにしろ、アンタのところのボスはあの人だ」

「必要なら、会長より上のお偉いさんと商談する段取りもつけてやるとさ。契約書があれば安心できるだろ？」

今のところソリステア魔法王国とイサラス王国との間では、同盟関係も経済のみに絞られている。

それが軍事面でも本格的に関係を結ぶということだ。

しかも国王同士の調印を行うことすら計画している。

イサラス王国の血の気の多い連中――戦争推進派は、この盟約を受けるだろう。

肥沃《ひよく》な土地を取り戻すのは長年の悲願であるからだ。

「……デカい貸しになりそうだな」

「おっと、購入する土地はほどほどにしておけよ？　ウチもおたくらも動ける職人が少ねぇんだ。資材を運搬する経路が長くなると、運搬係が疲れちまうわ」

隠語を訳すと、『メーティス聖法神国に攻め込んでも領土を拡大しすぎるな、兵員には限りがあるし、補給物資を運ぶにも距離が延びると護衛が足りなくなるぞ』ということらしい。

『軍事力ではお互い弱小だから、欲をかくなということか……。確かに、補給線が延びるのはマズいな。物資が間に合わなくなるのは痛い』

ザザは最近、イサラス王国とアルトム皇国が軍事同盟を締結したという知らせを聞いた。

どちらもメーティス聖法神国に向け、今から攻め込むことを計画しており、食料不足から補給物資となる保存食の生産や買い付けなどを始めていたが、いまだ充分な数が確保できていない。

しかし、ここにきてソリステア魔法王国の支援が受けられるのであれば、外周の領土だけでも奪い返すことができる。それ以上は戦力が足りず、深く攻め込めばこちらが不利となるだろう。

今の戦力でギリギリ領土拡大できる範囲だ。

問題は功名心に駆られる味方だ。戦争は名声を高める好機であり、侵攻計画を無視して勝手に動く可能性も視野に入れなくてはならない。

失敗が許されぬ状況で、限られた兵力を失うのだけは避けねばならないのだ。だからこそ念入りに忠告してきたのだろう。

「了解した。まぁ、うちの社長にも報告はしておく。近いうちにお偉いさんから連絡が来ると思う」

「おう。その辺は充分に期待させてもらうさ。俺の話はこれだけだ。じゃ〜な、いい交渉ができたぜ」

現れたときと同じように、諜報員の男は千鳥足で酒場を出ていった。

それを確認したザザは、程なく運ばれてきた料理と酒で腹を満たしたあと、同胞と繋ぎをとるために動き出す。

『しばらくは美味《うま》い飯ともおさらば、か……』と呟《つぶや》きながら。

◇　◇　◇　◇　◇　◇

ツヴェイトとセレスティーナは、ゆっくりとだが着実に実力を上げてきていた。

レベルが上がっていることもあり、実戦訓練でも泥でできたゴーレム程度ではもはや相手にならず、こうなるともう一段難易度を上げる必要がある。

だが、そこはさすが趣味に生きるおっさんというべきか、今まで行っていた訓練に追加するゴーレムをしっかり用意していた。

「フッフッフッ、ついに……ついにコイツの出番がきたようだねぇ」

「……師匠。なんでそんなに嬉《うれ》しそうなんだ？」

「私、なんだか凄《すご》く嫌な予感がします。先生、いったい何を考えているんですか？」

「君達に相手してもらうゴーレムを試行錯誤し、設計段階から見直してようやく形になったんだ。さっそくお披露目しよう。ＣＯＭＥ　ＯＮ　ゴ〜〜レ〜〜〜ム!!」

ゼロスの背後に円形の黒い空間が広がり、そこから巨大な金属の球体が姿を現す。

膨大な魔力が込められた球体を見て、教え子二人は思わず後ずさった。

「……な、なんだよ。その球体は」

「ゴ、ゴーレムって言いましたよね？　見た限りだと金属の球体にしか見えませんけど」

「ククク……ここからがお楽しみの時間さ。変形！」

どこかの機動兵器で格闘するファイターのように指を鳴らすと、金属の球体に亀裂が無数に走り、各パーツに分かれその形状を変化させていた。

ある部分はプレート状のパーツが折りたたれ、ある部分はジョイントパーツを伸ばし、あるいは装甲の内側に収納され武器に変化していく。

二人の目の前で、巨大な鋼《はがね》の球体は前傾姿勢の異形の騎士へと姿を変えたのである。

「「ア、アイアン……ゴーレムっ!?」」

「ノンノン、これはアイゼンリッターさ。昔、趣味仲間と設計はしていたんだけど、コストの悪さから封印していたヤツが……ついに！　ついに完成したのだよ!!　フハハハハハッ!!」

【アイゼンリッター】――同名【ナイトゴーレム】。

本来であれば鋼の稼働人形に騎士鎧《よろい》を着せ、魔力で強引に動かすゴーレムなのだが、このゴーレムは完全金属製の自律型だ。

しかも全長四メートルクラスの巨体で、球状形態でも二メートルほどある。

重さにして約二・七トン。骨格や装甲はハニカム構造であり、部位によっては肉抜きをして重量を軽減していた。

両腕と一体化した大型の円形盾の裏には木剣が仕込まれており、あやしげな補助腕もついている。

ズングリした形状であるが、内部に込められた魔力から決して油断できない存在であることが分かる。はっきり言おう。これは魔力で動くロボであると――。

「やりたい放題だな！」

「これと……本気で戦うんですか？」

「当然だとも。ロックゴーレムも、中にはとんでもなく強いヤツがいるからねぇ。アイゼンリッターに勝てないようでは実戦ですぐに死んじゃうよ」

「いや、だからってなぁ……」

「ロックゴーレムよりもハードな気が……」

完全武装の異形の鋼の騎士。

巨体であることもさることながら、圧倒的な迫力があった。

「さぁ、かかってきなさい」

「「いやいや、無理でしょ!?　明らかに手に負えないゴーレムだから!!」」

「問答無用。マシ～ン、ＧＯ!!」

ゼロスの命令を受け、アイゼンリッターの頭部のフルフェイスヘルムを模したスリットに、二つの光が灯《とも》る。

そして、重量に見合わない軽快な運動性能を発揮し、二人に向けて勢いよく走り出した。

「いきなりすぎるだろぉ!?」

「き、来ます！」

木剣をツヴェイトに向けて振り下ろす。

「うおっ!?　速い……」

一瞬剣で受け止めようと思ったが相手はゴーレム。

咄嗟《とっさ》にその場から跳び離れると、地面に向けて木剣が突き刺さる。

「こいつ、思った以上に軽快だぞ！　セレスティーナ、気をつけろ!!」

「ハイ！」

このゴーレムを動かすだけで余裕がないのか、ゼロスは【マッドゴーレム】を参入させておらず、ここに攻略の糸口があるとツヴェイトは当たりをつけた。

二人はアイゼンリッターを囲むように分かれ、まずは一撃を加えるべく行動する。

「てぇい!!」

「やぁっ!!」

左右からの挟撃。

しかし、アイゼンリッターはメイスと大剣の攻撃を両腕の盾で受け止め、力の方向を殺さずに受け流す。

「嘘《うそ》!?」

「受け流しただとぉ、ゴーレムにこんな繊細な動きができるのか!?」

【マッドゴーレム】ほどトリッキーではないが、ゴーレムとは思えない器用な動きで二人を翻弄する。

強固な装甲に高い汎用性《はんようせい》。鈍重な見た目にそぐわない機動力と、重量全てを支え動かす圧倒的な魔力。攻撃自体は単調だが、人間と同等の機敏な動きで稼働するだけに、戦う側からすればかなり厄介な存在となっていた。

何しろ疲れを知らないのだ。倒すことを前提に入れるのであれば、数人がかりでパーティーを組み相手をしなくては無理だろう。

「たく……師匠はアレを動かすのに、どれほどの魔石を使ったんだ！」

「普通の魔石じゃ足りな……きゃぁ!?」

上半身を反転させ、アイゼンリッターはセレスティーナを弾《はじ》き飛ばした。

盾で防いでいなければ気絶していたかもしれない衝撃が全身に走る。

だが、幸いにも地面を転がることはなく、なんとか重心を落として倒れるのを防いだ。

「まだまだぁ！　ブレードシュ――――――ット!!」

『マッ……』

おっさんの掛け声とともに木剣が射出され、二人を襲う。

木剣はチェーンによって盾と繋がれており、巻き取ることで再び装着することが可能な仕様だった。

命令を下したおっさんはノリノリである。

「嘘だろ!?」

「危ない！　って、さっきこのゴーレム、喋《しゃべ》りませんでしたか!?」

必死で避《よ》ける二人は、中距離から迫り来る木剣を避けたことでアイゼンリッターの直線上に並んだ。左右から二本のチェーンで挟まれた形だ。逃げ場がない。

アイゼンリッターは伸びきったチェーンを補助腕で掴《つか》み、腕を交差させることで動きを伝え、鞭《むち》のように操り左右から木剣で挟撃させる。

木製の剣が二人に迫る。

「なんだそりゃぁ!!　こなくそぉ!!」

「打ち落とします！」

ブロードソードとメイスで木剣を叩《たた》き落とし、二人はアイゼンリッターとの距離を詰めるように走り出す。

しかし、高速でチェーンが巻き取られ、木剣は一瞬で元の位置に戻る。

「「はぁっ!?」」

『マッ……』

距離を詰めようとしていた二人は、アイゼンリッターが瞬時に武器を取り戻し迎撃態勢を整えたことに気付いたが、既にこの時点で後手に回っていた。

鈍重な音を響かせ迫るアイゼンリッターに距離を詰められ、二人はあっさりと弾き飛ばされる。

どうでもいいことだが、アイゼンリッターは確かに喋っていた。

「きゃぁ～～～～っ!?」

「うおぁ～～～～～～っ!!」

教え子二人が宙を舞う。

咄嗟に防御魔法を発動させたようで、二人には大してダメージはないようだ。

もっとも、これは訓練なのでアイゼンリッターの攻撃時における出力は最低に抑えてある。本気で攻撃を加えれば防御魔法など簡単に粉砕できるからだ。

いや、正確には関節部などの負荷に耐えることができず、自身のパワーによって自壊する可能性が高いため、最低出力に抑えてあると言ったほうが正解だろう。

人型機械というのは汎用性が高いと同時に、最もバランスが難しい形態なのだ。生物のような柔軟性がある筋肉でないため、負荷が溜《た》まりやすいという欠点がある。

腕を振るうだけでもかなりの負荷がかかるものなのだ。

「……おっさん。なに人型兵器なんて作ってんだ？　ありゃ、どう見てもロボだろ」

「おや、エロムラ君。いつ来たんだい？」

「今だ。さっき、窓から様子が見えたから心配になってきたんだ。同志に怪我でもされたら、俺の責任になりかねねぇし……」

「そういえば君、ツヴェイト君の護衛だったたっけ。よく見たら、いつの間にかアンズさんもいるし……」

「あっ、ほんとだ……。おっさん、よく気付いたな？」

芝生の上で無表情のまま、もの凄《すご》い勢いで女性用下着を縫っているアンズ。

精密機械も真っ青の超高速な裁縫技術だった。

「まさかとは思うが、世界征服でも企《たくら》んでんのか？」

「ハァ〜イ、ジョォ〜ジィ。君は、いつから夢を忘れたつまらない人間になっちまったんだい？」

「誰がジョージだ！」

「Ｏｈ〜、ジョ〜ジィ〜。人はロマンを求めて生きる生き物さ。女体の神秘を求めて女湯を覗《のぞ》いた君の熱い魂は、いったいどこへ捨ててきちまったんだい？　僕は悲しいよ」

「だから、誰がジョージだよ！　あと、どっかの殺人ピエロのような言い回しはやめてくれ。俺、殺されんの!?」

「ロマンを求める心があり、更に叶《かな》えられる技術もある。なら試してみてもいいじゃないか。男にはいくつも夢見たロマンがあるもんさ。例えばロボの搭乗者、あるいは戦艦の艦長。戦闘機のパイロットやパワードスーツ、剣に人生を捧《ささ》げたサムライや忠義に生きる騎士。子供の頃から変わることのない永遠の夢じゃないか。君だって異性の裸体を求めて覗きをしたんだろぉ〜？　それが犯罪であると分かっていても、止められないのが情熱ってもんさ」

「うっ……て、今気付いたけど、なんで女湯を覗いたこと知ってんだよ！」

覗きのことはツヴェイトから聞いた。

それはともかく、おっさんの語りは止まることがない。

「名刀に魅入られ辻斬《つじぎ》りをする旗本のように、僕もロマンを追い求めることが止められなかったんだよ。ゴーレムが兵器？　だから何だっていうんだ！　【ソード・アンド・ソーサリス】では規制がかかって作れなかったものが、今じゃ思うがまま作れるんだ。何より、時代は創作する者達によって絶えず変化している。影響が大きいか小さいかだけの問題で、作ること自体は間違いではない！　それに僕は量産する気はないさ。そっちはやりたい奴がやればいい」

「確かに……自己満足のためだけならいい、のか？」

「第一、人型兵器が何の役に立つ。汎用性の高さだけで、せいぜい荷物運びか災害救助しか使いようがないと思うね。二足歩行の鈍重なロボなんて、戦場ではいい的だろ？」

「いや、あれを見ていると、そうは思えないけど……」

「穴を掘って泥水でも流し込んでおけば、重さで勝手に沈んでいくよ。それに、兵器として使えるのは最初だけだねぇ。コストが悪いし整備にも大勢の人手がいる。専門職がいないこの世界で、絶えず戦闘可能状態を維持するのにどれだけのお金が掛かると思っているんだい？　それなら銃でも作ったほうがマシさ」

「まぁ、普通に考えても巨大ロボなんて簡単に整備はできないよな。フレームや武器、電子装備の専門職など限りがないし」

おっさんはかなり無茶な論理を言っているのだが、エロムラも迫力に押され気味で深く考えることができなくなっていた。

総合すると、『作れるんだから、別に作ったっていいじゃないか。もう作っちゃったけどね』と、自己中心的な考えだということに気付いていない。

後先考えていないことが分かるはずである。

「なぁ～、ジョ～ジィ～。君は動かしてみたいと思わないのかい？　巨大ロボは無理でも、パワードスーツ的なものならかまわないじゃないか。君は憧れないかい？　鋼の機体を操り、戦場を駆け抜ける戦士というものにさぁ～？」

「ま、まぁ、俺も男だし、あるなら一度くらい乗ってみたいな……」

「じゃぁ乗ろうぜ！　僕は、ロマンのためなら龍王すら素材にする覚悟がある！」

「龍王って、レイドボスじゃねぇか!?」

『バァ〜〜ン!!』という擬音が出てきそうなポーズを取りながら、おっさんはとんでもないことを言った。言葉通りならパワードスーツがあるのだ。

そしてちょうどこの時、ツヴェイト達教え子二人は打つ手がなくアイゼンリッターに追い回されていた。

「君が乗るのは、コレだぁ!!」

再び響く鈍重な音と共に、虚空から骨組みだけの作業ロボットらしきものが姿を現す。

体を固定するシートとわずかな装甲がついているだけで、とても戦場で使えそうな装備には見えない。使用者を固定する輪が人型に合わせて並び、そこに腕や足を通すことで四肢に動きを伝える。モーショントレースをダイレクトで行うパワードスーツである。

しいて挙げるなら、宇宙船内で暴れまわる地球外生命体にタイマンを張る作業機械が近いだろう。

パワーアシスト専用のいかにも武骨な機械であった。

「コレ……未完成だろ。それに、乗るというより装着すると言ったほうが正しい気がする」

「完成しているとは言ってない。姿勢制御システムなんてないから、搭乗者のバランス感覚で動かすしかないね。アイゼンリッターとは違って外骨格だから、装甲がないとただの骨組みでしかないさ。けど、一応は動くよ？」

「土木作業とかでなら使えそうだな……。まぁ、せっかくだし使ってみるか」

「あっ、始動キーは左手のグリップの上に付いているから」

エロムラは腕部と足部に手足を通し、シートに背を固定すると動力を始動させる。

マニピュレーターは人型のような五本指でなく二本のクローで、ハンドグリップのスイッチを指二本で操作する仕様だ。掴むというより挟むという表現が正しい。

「魔力発電機は正常に動いたねぇ」

「見る者の視覚的効果すら考慮してねぇ……。汎用作業機械にしても、これじゃ不器用だと思うなぁ～」

「まぁ、試作機だし～、歩かせるだけで精いっぱいだねぇ～」

「おっさん、やりたい放題だな……。んじゃ、その一歩を踏み出してみますか」

エロムラは自分の足を動かすように、ゆっくりと最初の一歩を踏み出したつもりだった。

しかし、魔力発電機の出力が予想外に高かったのか、あるいはエロムラの想定よりも試作機の操作がシビアだったのかは分からないが、パワードスーツは勢いよく走り出した。

「のぉおおおおおおおおおおおおおおおおおおおおっ!?」

人のわずかな動きが増幅され、軽く右足を踏み出したつもりの一歩で勢いがつき、操縦者の意思を無視して跳ね回るかのように暴走していた。

止めようとして踏ん張れば跳ね上がり、着地しても足が止まらずそのまま加速。エロムラはもはやパニック状態だった。

「きゃぁ!?」

「なっ、なんだぁ!?」

『マッ!?』

実戦訓練中のツヴェイト達の元へと乱入した。

「こここ、こなくそっ！」

再び高く飛び跳ねた試作機。

ここでエロムラは、自身の足を動かすことをやめ、自然落下による着地を試みた。

だが、着地の衝撃でわずかに上半身を捻《ひね》ったことが仇《あだ》となる。

「ぽぎゃぁあああああああああああっ!!」

搭乗者の動きをダイレクトに機体へ伝えるモーショントレースは、増幅されたパワーによって過敏に反応し、搭乗者であるエロムラに負荷となって返ってきた。

結果、エロムラのわずかな動きが機体の上半身を勢いよく捻らせ、『ゴキン』と鳴ってはならない音が響く。

痛みで反り返れば試作機がまたも過剰に反応し、哀れな生贄《いけにえ》――もとい被害者であるエロムラの体を容赦なく痛めつける。

それは、まるで激しいダンスを踊っているかのようであった。

「……オタ芸。エロムラ君は余裕があるなぁ～」

「いや……アレはヤバいだろ。止められないのか？　師匠……」

さすがに訓練は中断になった。

「無理。あの状態で近づくのは危険だよ」

「あの……先生。ゴーレムもなぜかそばで踊っていますが？」

「対抗心でも燃やしたのかな？　アイゼンリッターに感情があるのか分からんけど……」

アイドルや人気声優の追っかけのように、鋼の人型機械は並んでダンシング。

その間も『ポキン、コキャ！』という音が響いてくる。

やがて、エロムラが気絶したことで試作機の動きが止まり、ゼロスが駆け寄って彼の様子を見る。

「エロムラ君は……あっ、生きてる」

「変な音が響いていたが、大丈夫か？」

「骨折すらしてないようだ。さすが高レベル者、頑丈だねぇ～」

「先生……酷《ひど》い」

普段使われていない筋肉や体の硬さを無理やり矯正させられ、不憫《ふびん》な被害者は泡を吹いて気絶中。

常人であれば全身骨折で死んでいたことだろう。

そんなエロムラの元へ、先ほどまで女性用下着の製作に明け暮れていたアンズが近寄ると、無言のまま彼の頭部――顔面にパンティーを被《かぶ》せ両手を合わせて祈った。

安らかに成仏してくれと言わんばかりに――。

「……エロムラは死んだ。男のロマンに殉じて……。だが、そこには一片の悔いもないであろう。なぜなら、彼の溢《あふ》れる情熱《エロ》の根源であるパンティーを被ることができたのだから。下ネタの神の慈悲があらんことを……メンマ～」

「もしもし、アンズさん？　君は、誰に向けてナレーションしてるんですかねぇ？　それと、メンマでなくアーメンね。今、ラーメンが食べたいんですかい？」

「エロムラさんは……これで無事に昇天するのでしょうか？」

「彼ならあるいは……」

「いや、死んでねぇからな!?　まぁ、満足するかもしれんが……。いやいや、それよりも救護してやれよ!」

誰もがエロムラは昇天すると思う中で、常識人はツヴェイトだけだった。

その後、なんとか介抱されて復活するエロムラであったが、暴走ダンシングの最中に頭部でもぶつけたのか、この時の記憶をなくしていた。

ただ、ゴーレムを見ると訳もなく震えだすようになったという——。

第十話　イリス、現在お仕事中

イリス——ゼロスと同じ転生者である。

いや、転移者である可能性もあるが、どちらにしても【ソード・アンド・ソーサリス】のプレイヤーであったことは確かだ。

そんな彼女は現在——。

「ファイアー・アロー!!」

——傭兵《ようへい》ギルドの依頼の真っ最中である。

最近、魔法の威力が上がったのか、見事に一撃でオークを倒した。

「う〜ん……なんか、グッとこないんだよね〜」

「いや、盛大に魔法を使っておきながら、なんでそんなに不満そうなんだよ。アタシから見たら充分な威力だったぞ？」

「そうね。可愛《かわい》い坊や達が熱い視線を向けてくるほど、かなり高い威力だったわ。嫉妬《しっと》しちゃうほどに……」

「レナさんの嫉妬は別の意味だと思う」

イリスを含めたいつもの女性三人パーティーは、アーハンの村にある鉱山跡地で、モンスターの種類を調べる依頼を受けていた。

この鉱山はかつて鉱石を採掘していたが、生息する魔物が増えたことで鉱山労働者が先に進めず閉鎖され、今や傭兵達の訓練か武器の素材を集めるくらいしか価値のない場所となっていた。

以前にゼロスと共に来たとき、この鉱山がダンジョン化していることに気付き、傭兵ギルドに報告したのが彼女達である。その功績のおかげか、たまにこうして調査依頼が回ってくるようになった。

ギルドの信頼を得たと言えば聞こえはいいが、実際のところは人手不足からくる頭数要員《あたまかず》で、広い鉱山の面倒な場所に調査員として送り込まれる雑務だ。

それでも報酬は良いので、三人は文句を言わず引き受けていた。

「あいつら……なんでアタシらの後を付いてくるんだ？」

「それは、レナさんが目当てだからじゃないの？　知っている子もいるんでしょ？　まさか全員とか……」

「そうね。一人いるけど、あとは知らない子達ばかりだわ。たぶん、私達を尾行してマップ作りをしているのね。あと、私が手当たり次第だと思われているみたいだけど、同じ子と三回以上はしない主義なの」

「「なにを？」」

もちろん、ナニである。

それはともかくとして、六人の少年達が尾行してくるのはかまわないが、正直に言って三人にとっては邪魔である。ダンジョンは突然に高レベルのモンスターが出現することもあり、経験の少ない駆け出しの少年達には危険な場所だ。

不用意に危険地帯に踏み込んで死んだとしても、傭兵は自己責任が当たり前であり、常に一定数の新人が命を落としている過酷な職業でもある。

ましてここはダンジョン。どこに危険が潜んでいるか分からない。

【トラップサーチ】……。あっ、右端にシューターがあるね。左壁際に沿って行こう」

「イリスがいると楽でいいわね。でも、魔力残量には注意して」

「大丈夫だろ。イリスもあのコッコ達に鍛えられているし、生半可なモンスターに後れを取らないだろうさ」

「あのコッコに比べたら、ダンジョン上層階のモンスターなんて雑魚だよ。……コッコ達、普通におかしいよね？　どう考えても別の種族に進化してるよね？　おじさんが留守にしてたとき、でっかいトカゲの首を持って歩き回ってたよ」

「「なにそれ、初耳なんだけど。それよりどこで狩ってきたの!?」」

教会のハングリーな家なき子達と共に訓練をしているイリスは、ウーケイ達がどこからかモンスターを倒し、戦利品を持ってくるところを何度か見ている。

一日見かけなくとも次の日にはいるので、近場で狩りをしていると思われるのだが、頭部だけで一メートル以上もあるトカゲが生息している場所などイリス達は知らない。

行動範囲が謎であった。

「ま、まぁ、あの謎の生物のことは保留にするとして……。この先はまだ、どんな魔物がいるか分からん。二人とも充分に注意しろ」

「分かっているわよ。ジャーネは心配性ね」

「大まかな構造は以前の坑道と変わりないけど、この先は拡張された場所みたいだから油断なんてしないよ」

「それより、あいつらはどうするんだ？　レナの近くにいるだけでも危険なのに……」

「失礼ね。私でもエッチする場所を選ぶわ。でも、ダンジョンはスリリングだし一度ぐらいは……」

「レナさん!?　野外は駄目だよ、衛兵に捕まっちゃう！」

本気で野外にて行為に及ぼうと考えるレナが、イリスには危険に思えて仕方がない。

癖にでもなったら完全に痴女《ちじょ》だ。

だが、これでもレナは節度というものを持っている。性癖の面では信用できないが、仲間としては信じたいと思うイリスであった。

「慎重に行くぞ」

こうした探索ではジャーネがリーダー役となる。

女性だけのパーティーは戦力不足なことが多いのだが、ジャーネ達は上層階で苦戦するほど弱くはない。

ジャーネは前衛の壁役と遊撃を担当、レナは前衛と中衛をこなす万能型で記録係を兼ねており、イリスは魔法による援護攻撃や罠《わな》の発見などの索敵担当と、パーティーとしてバランスが取れている。

無論、人手が多ければそれだけ探索は楽になるだろうが、ダンジョンなどは狭い空間も多く、メンバーの数が多すぎてもデメリットとなる場合もある。

そもそも男性をメンバーに入れる気はないので、新たな仲間も必然的に女性になるのだろうが、この三人に近い実力の女性など簡単には見つからないであろう。

イリス達は身軽であることを重視していた。

「あれ？　なんか……草が生えてきたね」

「ここは坑道だろ。なんかおかしいな」

「空間型のフィールドダンジョンかしら？　大きなダンジョンには広大な森が地下に広がっているって話だし、この廃鉱山ダンジョンがその手のものに変化したとしても不思議ではないわ」

ダンジョンは広大なフィールド全てが一体の魔物であり、体内に餌を用意して獲物がかかるのを待つ。主に二種類のタイプが存在し、先に草原などを生み出し草食獣を呼び寄せ、やがて肉食獣が加わることで生態系を構築させるタイプと、魔物を召喚して増やし、変質させた武器や素材で人間を釣り上げるタイプだ。

どちらにしても生物の命を喰《く》らうという面では同じだが、亜空間の中に広大なフィールドを作り出しているとなると、このダンジョンはかなりの規模になっている可能性が高い。

「薬草の採取もできるようになるね」

「でも、それ以上に危険なダンジョンになりそうよ。現時点でこのダンジョンがどこまで拡張されたのか、全く分からないのだから」

「今も変化中だと考えると、今まで作ったマップの意味がなくなる可能性もあるな。さて、この先はどうなっていることやら」

三人が進んだ先には、地下世界に草原が広がっていた。

まるで昼間のように天井が明るく、所々には森が生まれている場所もある。

モンスターが既に生息しており、その魔物を狙って鋭い牙を生やした肉食系の魔物が走り回っていた。【サーベロイ】と呼ばれている虎型の魔物だ。

牙や毛皮などが重宝されるがとにかく獰猛《どうもう》で、駆け出しの傭兵が運悪く出くわし未帰還となることがあり、草原や森では注意しなければならない魔物である。

「うわ……どう考えてもこの広さはおかしいよ。ダンジョンってどうなってるの？」

「話じゃ、わずかな空間に特殊な領域を作るってことらしいぞ？　詳しくは知らないけどな」

「どれくらいの広さがあるのかしら？　それよりも、これ以上はあの子達が危険ね」

レナは出てきた空洞の奥を見て呟《つぶや》く。

少し曲がった岩場の陰に、いまだに自分達が見つかっていないと思っている少年傭兵達の姿があった。

これ以上進むとなると危険なので、彼女達の立場では忠告をしておかなければならない。これはランクが上の傭兵にとって義務である。

それでも引かないのであれば自己責任だ。

「お前等、後を付けてきているのは分かっているんだぞ！　隠れてないで出てこい！」

ジャーネが叫ぶと、『ゲッ、見つかっていた!?』とか、『だからやめようって言ったんだ』などの声が聞こえ、やがて観念したのか不満げに岩場の陰から姿を現す。

「他人を利用しようとか、楽をしてマップを作ろうとか、そんな話は後にしておく。お前等はこれ以上先に進むな。ここから先は命の保証はしない」

「別にいいじゃねぇか。ケチくせぇな」

「人数が多ければ戦力が増えるってことだろ？　女三人で進むより安全だと思うけど」

「レナさん、僕達も一緒に……」

若いゆえの暴挙というか、駆け出しの少年達は手柄を立てることしか頭になく、生きて帰るということに対してかなりおざなりだった。

確かにジャーネ達は女性三人だが、それなりに実力はある。

困ったことに、少年達は自分達が足手まといだということを理解していないようである。

ジャーネ達からすれば、この少年達の存在は迷惑以外の何物でもないのだが、かといって見捨てるという選択肢も選びづらかった。

「あのなぁ～……。アタシ達はギルドの調査依頼でここに来てんだぞ。勝手に付いてくるのは別にかまわないが、強い魔物に襲われても助けないからな？　傭兵は誰もが自己責任で行動する。忠告を受け入れずに死ぬのはお前達の勝手だし、好きにすればいい。ただ、もう一度だけ言う。楽をしたいだけならさっさと帰れ。忠告を聞かずに死んでも自己責任だ」

「なんでだよ！　そっちにだって俺達と同じくらいの子がいるじゃねぇか」

「私は鍛えてるし、ランクは君達よりも上のランクCだよ？　初心者だとFかEだよね？　実力が違うんだけど？」

「なんだ。近い年齢でランクCなら、俺達もすぐにいけるな」

少年達はイリスを甘く見ていた。

それどころか傭兵の仕事すら舐《な》めているとしか思えない。

「ねぇ……。なんか、大きな角を持った牛がこっちに来るわよ？」

「「えっ？」」

土煙を立てながら全力疾走してくる大牛。

草原のデストロイヤー、【グレートホーン・バッファロー】だった。

「やった！　しばらくお肉が食べられそう」

「ルーのヤツにいい土産ができたな」

「ゼロスさんが作ったことのある牛丼だったかしら？　また食べられそうよね」

おっさん宅にちょくちょく顔を出す三人は、割とゼロスの手料理を食している。

まぁ、ゼロスが料理でどんな食材を使っているかは不明な点も多いが、牛丼は普通に美味《おい》しかったのでレナは覚えていた。

「よし、先手必勝！　紅《あか》い稲妻!!」

イリスが先手を取った。

正確には【ライトニング・フレイム】と呼ばれる魔法だが、イリスは某アニメの主人公のように、半ばプラズマ化した炎を放つ。

それはグレートホーン・バッファローに直撃し、爆音と衝撃で発生した土煙が舞った。

「うん、こんな感じ？　これこそグッとくる魔法発動のやり方だよね」

「ねぇ、イリス……あの牛、生きてるわよ？　しかも速度が落ちただけで、こっちに突っ込んでくるんだけど？」

「えっ、マジ？　結構、本気で放ったんだけど……」

「こっからはアタシの出番だな。てやぁあああああああっ!!」

止まらないグレートホーン・バッファローに向かって、ジャーネが剣を抜きながら走り出す。巨大な角は掠《かす》めただけでも怪我では済まないだろう。

だが、ジャーネは猛然と迎え撃つ構えで、愛用の大剣に魔力を纏《まと》わせ、角をめがけて振るった。

普通に考えれば自殺行為なのだが、魔物の武器である角や甲殻などを破壊するのは常套《じょうとう》手段であり、彼女もそれに倣ったに過ぎない。

ジャーネの大剣はゼロス製で、その強度は名工の作に匹敵する。

いや、もしかしたらそれ以上かもしれない。

巨大な角と大剣がぶつかり合う。

「おりゃあああああああああっ!!」

衝撃を必死に耐えながらも、気合いを入れてジャーネは大剣を全力で振り抜き、見事にグレートホーン・バッファローの角を叩《たた》き斬った。

頭部の片方の角がなくなり重心が取れなくなったのか、グレートホーン・バッファローはよろめき、同時に突進力が一気に落ちる。

「ブモォオオオオオオォォォッ!!」

「逃がすかぁ!!」

「任せて！」

ジャーネの後を追ってきたレナが、態勢を整えようとするグレートホーン・バッファローに迫り、短剣を突き刺す。

この短剣には即効性の痺《しび》れ毒《どく》が塗られており、大型の魔物の動きを封じるためによく使われる定番の攻撃だ。裏の顔がギャンブラーなだけになかなか手堅く確実に攻める。

「逃がさないよ。【ガイア・ランス】」

更に真下からイリスの魔法ガイア・ランスが発動し、グレートホーン・バッファローの腹部に深く突き刺さる。

巨牛の魔物が悲鳴の鳴き声を上げた。

「これでトドメ!!」

ジャーネが大きく振りかぶり、グレートホーン・バッファローの頭部を大剣で斬り落とす。

「ふぅ、終わったな。さっさと解体するか」

「ダンジョンに吸収される前に、手早く処理しないと……。こういうとき、ダンジョンって面倒だよね。ゆっくり解体もできない」

「時間制限があるしね。それにしても、私達も強くなったものね。以前だったら倒せなかったわよ？」

「そうだな。大物だから魔石も期待できる。売ったらいくらになるか楽しみだ」

嬉々《きき》として大牛を解体し始める女性パーティー。

異世界育ちのイリスも、今ではすっかり解体作業に慣れたようだ。

「頭はどうするの？　確か、皮を鞣《なめ》すのに脳みそを使うんじゃなかったかしら……」

「えっ、食べてもいいんじゃない？　牛の脳みそって美味しいって聞いた気がするよ」

「おっさんが前にそんなことを言っていたような……」

魔物によっては素材を余すことなく使い切れる種も存在する。

特にウシ型の魔物は、角は武器に、皮は様々な防具や革製品に利用され、肉は食用として食べられる。骨などもスープの出汁《だし》取りや肥料、防具にも使えた。

まぁ、骨で構成された防具を使うような傭兵は少ないが――。

この三人はすっかり逞しくなっていた。

「さて……。そこで見ているお前等、さっきのを見てもまだ先に行く気か？」

「「「「……………」」」」

解体を続けながら、ジャーネは先ほどの少年達に声を掛ける。

一度逃げた後に再び戻ってきたようだが、彼等はジャーネの質問に答えることができなかった。

どう考えてもこの先は自殺行為にしかならないと分かってしまったからだ。

「……やめておく。俺達じゃこっから先は無理だし」

「賢明ね。傭兵という職業は、勇ましい人から死んでいくのよ？　臆病なくらいに慎重で要領の良い人達が高ランクに上がれるの。いい勉強になったでしょ？」

「……ハイ」

「あぁ……レナさん。やっぱり女神だ。俺、俺ぇ……」

「レベルが……鍛え方も足りないね」

「このままだと死ぬな」

「だから言ったじゃないか、無理だって」

草原のデストロイヤーをあっさり倒した実力を目の当たりにして、少年達の甘い考えは見事に吹き飛んだ。

これ以上進めばグレートホーン・バッファローと同等の魔物が出現するかもしれず、ジャーネ達の後を付いていったところで足手まといは確実で、無理をして進んでも強い魔物が現れでもすれば逃げ切る自信もない。

小狡《こずる》い手を使ってマップを作成しようとしたが、危険地帯に踏み込んでいたことにようやく気付き、少年達は蒼《あお》ざめた。

ジャーネ達が自分達に気付かなければ忠告もされず、この広大な異空間に踏み込んで死んでいたかもしれないのだ。

「私達はまだ調査があるから先に進むけど、君達はちゃんと戻りなよ？　この商売は若手の死亡率が高いんだからね？」

「分かった……。悪かったな、君がそこまで強いとは思えなかったんだ」

「まぁ、近い歳みたいだし、自分の基準で考えちゃうのも仕方がないよね。でも、何事にも例外があると覚えておいたほうがいいよ」

「今度からは注意する。じゃ、俺達は戻るよ。邪魔して悪かったな」

少年達は来た道を戻っていった。

「根は素直だったな」

「小狡いのと賢いのは別だからね。事故が起きなくて幸いだったよ」

「それよりイリス、お肉をインベントリーに仕舞ってちょうだい。ダンジョンに消化されたら大損よ？」

「おっと、そうでした」

本日の収穫をさっさと回収し、三人は再び調査のため探索を始めた。

できるだけ魔物との戦闘を避け、手堅くマッピングを行いつつ、以前のダンジョンでは見かけなかった魔物を記録していく。

完全に生態系も変わっており、様々な魔物の姿が確認できた。

例を挙げれば、定番のオークやゴブリンや巨大な蛇のヴェノムバイパー、ビッグコボルトなどの森に棲《す》む種が増えている。

蜘蛛《くも》や蟻《あり》などの昆虫型もいるが、コールドワームやアイスローパーなどの寒冷地に生息する魔物までいたのは意外だった。

「こりゃ、階層型に変わるんじゃないか？　ダンジョンが変化する話は聞いたことがあるが、ここまで大規模だと少し不安になるぞ。変化が終わったあとが怖いな」

「あら？　ジャーネでも怖いと思うのね。手頃な狩り場が出来て喜ぶかと思っていたわ」

「スタンピードの危険性もあるだろ。ダンジョンが大きくなるほど管理が難しくなる」

「そんなことになれば、真っ先に被害に遭うのは周辺の村やサントールの街よね。ゼロスさんがいるから大丈夫だと思うけど」

「なんであのおっさんの名前がここで出るんだ？」

もちろん、以前のアーハンの鉱山を最下層まで進み、見事に生還したからだ。

話では大規模な魔法を使用したということだから、仮に魔物の暴走が起こったとしてもなんとかなるとレナは思っていた。

もっとも、そんな事態が起これば街以外の被害が凄《すご》いことになりそうだが……。

「う～ん……ここまで調査してきたけど、鉱床が見当たらないね」

「それも調査の中に入っていたんだが、見つからないのだから仕方がないだろ。他の調査隊の連中が見つけるかもしれないから、今日はこのあたりで引き揚げよう」

「ホント、どこまで広くなったのかしらね～。まだ変化し続けているらしいし、私達が調査しても無駄になるんじゃないかしら？」

「おじさんに頼んだほうが早い気もするけど？」

傭兵は儲《もう》からない職業だ。

特に武器や防具の損耗が激しく、修理だけで稼ぎの大半が飛んでいく。

たとえ念入りに手入れをしていようとも、何度も使用していれば目に見えないところで老朽化していき、いずれは破損してしまうものだ。

命に関わるものなので良い武器を求めるのは当たり前だが、肝心の鉱床が以前に存在していたエリアから完全に消えていたので、今では少量の鉄しか採掘できないでいる。

できればミスリルなどの希少金属の鉱床を探すことも依頼の中に含まれていた。

「確かに、おっさんが調査したほうが早いと思うが、やると思うか？」

「そうよねぇ～。基本的にやりたいことしかやらない人だから、よほど気が向かないとギルドの依頼なんて受けないわ」

「あぁ～……。でも、もしかしたら引き受けてくれるかもよ？　だって、武器とか改造するの好きそうだし。なんで武器屋をやらないのかな？」

「おっさんの作った武器は高性能だからな、手癖の悪い奴等から格好の標的にされるぞ」

「見た目を普通にしてもらったら、誤魔化せるんじゃないかな？　仕込み杖《づえ》みたいな武器ってちょっと憧れるよね」

既存の武器を極限まで魔改造してしまうゼロス。鉱石がなければ自ら出向くほどフットワークが軽いので、鉱床くらい簡単に探し当てる可能性が高い。

そんなゼロスの手がけた武器――ジャーネの大剣も破格の性能だが、特にイリスの装備は桁外れな性能であり、これらの装備は質《たち》の悪い者達が狙うのに充分な魅力があった。

「イリス……それは楽観しすぎだぞ。使っているところを目撃でもされれば狙われる」

「傭兵って、結構目ざといのよ？　イリスの装備はちょっとアレだから、誰も狙ったりしないだけ」

「うっ……。確かに見た目がファンシーで目立つけど、これは元のデザインに問題があるだけで私の趣味じゃ……」

「ゼロスさんが改造して、ちょっとかわいいデザインになったわよね？　あの歳でファンシーに手を加えられるって、まさか趣味なのかしら？」

「あのおっさんもよく分からないよな」

話をしながらも、三人は奥へと進んでいく。

そして、とうとう草原フィールドを抜けて突き当たりの谷にまで辿《たど》り着いた。

「……谷。これは、下りていくことになるのか？」

「地下世界とは思えないわね。これだけの渓谷があるなんて……頭がおかしくなりそう」

「まぁ、それがダンジョンだから。いちいち気にしていたら身がもたないよ」

「「……イリスが逞しい」」

【ソード・アンド・ソーサリス】のダンジョンに慣れたイリスにとって、今さら驚くようなことではなかった。

だが、ジャーネとレナはこれが初の本格的なダンジョン探索であり、理解不能な現象そのものの異空間に対して免疫がない。

どうしても地上世界と比べてしまうため、頭では理解していても受け入れられないことがあるようだ。特に地下であるはずなのに天井が明るく、ついでに夜も来るのだ。

どんな原理が働いているのか分からず、どうしても不安になり精神が消耗しやすい。

異質な存在に対して抵抗感があるようである。

「うんうん、これぞ冒険！　これがやりたかったんだよね」

「なんでハイテンションなんだ？」

「イリスのこんなところが分からないのよね。ゼロスさんも似たようなところがあるし、時々どこか壊れてるんじゃないかって思うときがあるわ」

「酷《ひど》っ!?」

渓谷には岩肌にも植物が生えており、対岸に伸びた根が橋のように繋《つな》がっている場所もある。飛行する魔物が獲物を求め飛び交っていた。

鳥型の魔物が巨大な昆虫を捕食し、その鳥型や他の魔物を求めて稀《まれ》にワイヴァーンの姿すら見られる。完璧なまでに生態系が構築されていた。

「ここから向こうへ渡れそう」

「なんの魔物か分からないが、鳥型は厄介だな」

「向こうに渡っている途中で襲われたら、対抗のしようがないわ」

崖から反対の岩棚に蔦《つた》や根を伝って渡るのだが、飛行できる魔物に襲われたらひとたまりもない。

三人は警戒しつつも蔦を掴《つか》み、揺れる足場を慎重に渡っていった。

足場になりそうな岩棚を下り続けると偶然に洞窟を見つけ、たいまつを灯《とも》しながら奥へと進むこと二十分、奥から甲高い音が響いてくることに気付いた。

「この音……誰かが採掘をしている？」

「こんな場所でか？　ここは未踏エリアだぞ。まさか、ギルドに報告せず侵入しているのか？」

「もしかしたら、他の調査チームかもしれないわよ？　別のルートからここまで辿り着いた可能性も捨てきれないと思うけど……」

ここがダンジョンであると確認されてから、調査を終えたエリア以外は傭兵ギルドの職員によって道が封鎖されている。他の調査チームならいいが、無許可で侵入しているようなら少々厄介かもしれない。

傭兵がギルドに登録されている以上、危険と判断されている場所への侵入は規約違反となる。それでも侵入した未踏エリアの探査情報を報告するならマシだが、元より規約違反を犯すような碌《ろく》でなしの傭兵が報告の義務を果たすわけがない。

厳罰を恐れこちらに攻撃を仕掛けてくる可能性が高かった。

「どっちだと思う？」

「調査チームか、あるいは無許可侵入か……。まぁ、後者なら初犯の場合、厳重注意されるだけだけどな」

「様子を見て対処を決めましょう。相手が何人いるか分からない状況で踏み込むのは危険よ？　ここは慎重に……」

足音に気を配り、三人は慎重に奥へと進んでいく。

洞窟の先は開けており、鉱山であったときの名残のトロッコやレールがそのまま放置されていた。

採掘の音はその先から聞こえてくる。

三人は隠れながら近づいていき、横転しているトロッコの陰からゆっくり顔を出す。

そこで三人が見た者は――。

「わはははははははっ♪」

――上機嫌に馬鹿みたいな速度でツルハシを振るい採掘している、どこかで見たことのあるおっさんの姿であった。

「「「なんでいるの!?」」」

ツルハシが一回鉱床に打ちつけられ音が出る瞬間に、間髪いれずに数回ツルハシが叩き込まれていた。岩壁が粉砕されていないのが不思議なほどだ。

「ちょ、おっさん！　ここは封鎖されているんだぞ。なんでいるんだ!!」

「おんや？　ジャーネさんじゃないですか。お勤めご苦労さん」

「ご苦労さんじゃねぇ！　ギルドで立ち入り禁止にされている場所に、素知らぬ顔で無断侵入してんじゃねぇよ。迷惑だろ」

「立入禁止？　封鎖……されてたかねぇ？　簡単にここまで来れたんだが……」

「「簡単？　どうやって……」」

「以前と同じようにピット・シューターで最下層まで下りて、下から上がってきただけだけど？　鉄が目的だったが、遠回りしてしまいましたよ」

ジャーネ達は頭を抱えた。以前、クリスティン救出にゼロスが利用した落とし穴。その罠が今も残されており、浅い階層から最下層まで下りられるとは盲点だった。これでは傭兵ギルドの職員が見張っていても、容易に下層まで侵入できてしまう。

「たまに行方不明者が出る原因がそれだったのね。私達もすっかり忘れていたわ」

「……ギルドに報告だな」

「鉄を採掘に来たって言ってたけど、おじさん、また何か作るの？」

「作った後だよ。銃と変形機構を組み込んだゴーレムを作ったら、鉄を全部使い尽くしちゃってねぇ。イサラス王国まで行くのもめんどいし、近場で確保しようとここまで来たわけさ。数も揃《そろ》ったし、そろそろ僕は帰ろうかねぇ」

イリスは『変形機構付きゴーレム？　おじさん、それってロボだよね？　それよりも銃って……』と内心で思ったが、それ以上聞くことはしなかった。

直感でヤバいと感じたのだ。

このおっさんは趣味の人であり、気分次第で物騒なものを勢いで製作したとしてもおかしくはない。なにしろ【殲滅者《せんめつしゃ》】の一人なのだから。

実際にその手の逸話には事欠かない。

「この先はどんなエリアがあるのか、よかったら詳しく教えてくれ」

「ん～……詳しくと言われてもねぇ、適当に進んできたからあまり印象にはないよ。灼熱の溶岩地帯だったかな？　なんか、蛇みたいな長い胴体の魔物が地中と溶岩の中を泳いでいたっけ。デカかったよ。フレイムブレスが強力だったなぁ～」

「他には？　今のダンジョンの様子を探るのが私達の仕事なのよ」

「水晶だらけのエリアと、南国風のジャングルエリアしか見てないなぁ～。無駄に寒かったのと、これまたデカい蚊が飛んできて鬱陶《うっとう》しかったねぇ。ピンクのゴリラみたいな魔物が糞《ふん》を投げてきたっけ……。屁《へ》で昆虫型が撃ち落とされていたなぁ～」

「それ、どこのハンターゲーム？」

予想以上に廃鉱山ダンジョンは広大になり、これ以上の探索は自分達では荷が重いとイリス達は悟った。依頼達成のためとはいえ、ゼロスのように最下層まで落ちて再び戻ってくるような真似などできない。レベルがどうこういう前に、おっさんとの実力差があまりにもかけ離れすぎていた。

仮に同じことをしろと言われたら真っ先に断るだろう。無駄に命を捨てに行くようなものだ。

「帰るか……。これ以上先に進むのは、アタシらには無理そうだ」

「そうね。私も命が惜しいし」

「おじさんは？　まだ採掘を続けるの？」

「そうだねぇ～……。キリもいいところだし、この辺にしておくか。だいぶインゴットが溜《た》まったし、しばらくはもつでしょ」

「「「また日帰りかよ」」」

その後、イリス達は傭兵ギルドの出張所に報告をしたあと、アーハンの村で一泊してからサントールの街へと戻った。

教会に戻ったあと、おっさんが何を作っているのか気になった三人が興味本位でゼロス宅を覗《のぞ》けば、豚骨スープの研究をしていたという。

本当に何を考えているか分からない人である。

第十一話　ツヴェイト、無駄なことだがクロイサスに忠告する

ソリステア公爵家の領主館。

クレストンやセレスティーナを除く公爵家の家族がここで生活しているが、現在のところこの屋敷を利用しているのは現当主であるデルサシスと、ツヴェイトとクロイサスの兄弟のみ。

本来は公爵夫人が二人いるはずなのだが――。

「……最近、母上達の姿が見えないが、どこに行ったんだ？」

「お二人は貴族としてのお勤めで、王都の方に出向いております」

ツヴェイトの問いに答えたのは、年配のメイド長だった。

「あ〜……いつもの婦人会の集まりか。なら、しばらく帰ってくることはないな」

「ツヴェイト様……。クロイサス様もですが、お母上に冷たくありませんか？」

「そうは言うが、母上達は俺達と話が合わないしなぁ〜。正直、俺もクロイサスのヤツもあまり関わり合いになりたくねぇんだよ」

ツヴェイトやクロイサスの母親である公爵夫人達は、言ってしまえば典型的な貴族夫人だった。夫であるデルサシスに今でも恋をし、世間知らずを地で行く女性達だった。夢の中で生きているのではないかと思いたくなるほどだ。

そのくせ、民の前では高圧的に貴族風を吹かせる。

仮にも公爵家なので威圧的なのはかまわないのであろうが、政治に対してあまりに無頓着であり、世事の流れに対して関心を持とうとしない。

悪い言い方をすればお飾りである。

「政略結婚のために、政《まつりごと》に対して口出ししないように育てられたんだろうが、アレが母親だと思うと何とも複雑だな」

「ツヴェイト様、血の繋《つな》がったお母上なのですよ！　それを蔑《さげす》むような言い方をするなど……」

「実際に愚かだろ。俺やクロイサスは、あの二人から母親らしいところを見せてもらった記憶はないぞ？　いつまでも親父《おやじ》にべったりで、親という印象が薄すぎる」

「それでもお母上には違いありません。もっと敬うべきではないですか！」

ツヴェイトとクロイサスは、生まれてすぐに乳母に預けられた。

育児自体が他人任せであったため、母親に対しては血が繋がっている程度という認識が強く、敬えるかと問われれば無理と答えるだろう。

家族としての絆などないに等しかった。

「ただでさえ継承問題があるというのに、せめてお母上とはお心を通わせなさいませ。このままではクロイサス様に家督を奪われてしまいますよ」

「大丈夫だろ。クロイサスは研究馬鹿だし、家督を継ぐなんて面倒な立場になろうとはしない。それに、継承問題がどうこうなんて、母上達の実家が勝手に騒いでいるだけだろ？　親父のことだから、そのうちに潰《つぶ》すと思うぞ」

「…………」

このメイド長はツヴェイトの母親であるイザベラの実家、侯爵家に古くから仕えてきた年配の女性で、母親が公爵家に嫁いだときに世話係として付いてきた。

同時に後継者争いを意図的に広げている人物でもあり、イストール魔法学院でツヴェイトがブレマイトの血統魔法で洗脳されていたときも、彼女に色々と吹き込まれて状態が酷《ひど》くなった。『俺様ツヴェイト』への変貌に一役買ったと言えば分かりやすい。

今は洗脳が解けているので問題ないのだが、どうもこのメイド長は以前の洗脳状態にあったツヴェイトに戻ってほしそうであった。おそらくは侯爵家から何らかの指令を受けているのであろう。

ツヴェイトとしては二度とあのような愚かな人間に戻りたくはない。

「なぁ、マサリ……。長生きをしたければ母上の実家から手を切れ。とばっちりで消されたくはねぇだろ？」

「ま、まさか……旦那様がそのような」

「親父ならやるだろ。才能重視の人間だし、公爵家を乗っ取ろうとか考える奴等は地獄を見ると思うぜ？　敵には容赦しない人だからな」

メイド長のマサリは顔を蒼《あお》ざめさせ震えていた。

デルサシスの噂《うわさ》は昔から聞いており、若い頃は天才と呼ばれた男は今現在それ以上の傑物と化し、どこの貴族も警戒するほどであった。

恐ろしいのは公爵家を継いですぐに頭角を現し、利用しようと近づいてきた貴族のほとんどが何らかの理由で御取潰《おとりつぶ》しとなったことだ。

噂ではデルサシスが何かしたと囁《ささや》かれたが、証拠が何も見つからなかった。

仮にその噂が事実であった場合、たとえ縁戚となった雇い主の侯爵家でも、デルサシス公爵が手心を加えることはないように思えた。

彼女は今、かなり危険な立場にいるのだと改めて自覚する。

「親父のことだから、今まで見逃してやっていたんだと思うぞ。いや、どこまで増長するのか、楽しんで見ているのかもしれねぇな……。ところで、クロイサスは部屋にいるのか？」

「えっ？　えぇ……昨日まで商会所有の工房に通い詰めておりましたが、今日は珍しく部屋から出てきていません……」

「……死んでるんじゃねぇよな？」

商会所有の工房というのは表向きで、実際はソリステア派の工房というのが正しい。

そこに毎日のように出向いているということは、デルサシスの命《めい》で何らかの仕事を受けたと考えられるが、正式な研究者でもないクロイサスに何ができるのか疑問が残る。

そんな立場の彼が数日間通っているとなると、工房ではよほど興味深い研究が行われているのだろう。

とすれば、研究のためなら数日の徹夜も厭《いと》わない筋金入りの研究馬鹿は、消耗しすぎて部屋で突っ伏しているに違いない。

「仕方がない。様子を見に行くとするか……。ゴミの中で死んでいたら恥だ」

そう言うと、ツヴェイトはクロイサスの部屋へと向かった。

どうでもいいが、クロイサスに対しての評価が酷い。

まぁ、正しい評価でもあるが――。

◇　◇　◇　◇　◇　◇

ソリステア公爵家においても、クロイサスの部屋は半ば開かずの間となっている。

回廊の窓から太陽の光が差し込んでいるはずなのに、彼の部屋の前だけがやけに暗いとツヴェイトは改めて思った。

何というべきか……部屋の前に立ち塞《ふさ》がる扉から異様な気配が立ち昇っているのだ。

『あれ……あいつの部屋って、こんなに暗かったか？』

物理法則がねじ曲がっているとしか思えない現象に、ツヴェイトは首を傾《かし》げる。

その雰囲気はどこかで感じたことのあるものであった。

「クロイサス、いるか？」

とりあえず考えるのを後回しにして、ツヴェイトは部屋の中にいるであろうクロイサスに声を掛けるが、返事がない。

何度か声を掛けるも、部屋からクロイサスの声が聞こえることはなかった。

『いよいよもって死んだか？　アイツ……研究のことになれば馬鹿になるからなぁ～』

酷い兄である。

部屋から返答の声が聞こえない以上、いよいよ突入するしかなかった。

だが、ここで彼は学院にあるクロイサスの部屋の惨状を思い出す。

「……クロイサス、勝手に入るぞ」

勇気を振り絞り部屋の中に入ってみれば、そこはガラクタが積まれた腐海の森。まるで学生寮の彼の部屋を彷彿《ほうふつ》させる。いや、実家なだけにそれ以上に酷い。

クロイサスは部屋を二つ割り当てられ、今いる場所は腐海の自室の方だ。

寝室はガラクタが多少散乱する程度だが、自室はイストール魔法学院の寮と変わりない。

多くのメイド達が掃除に挑み、あまりの過酷さから絶望して辞めていった魔窟で、あのデルサシスですら近寄ろうともしない。彼《クロイサス》は研究するときだけこちらの部屋をよく使用していた。

「思った通りだった……」

一歩でも踏み込めば埃《ほこり》が舞う。

暗い闇の中を進むツヴェイト。何か得体の知れないものを何度か踏んだが、それが何であるかなど確かめず進んだ。確かめる気もない。

暗闇に目が慣れ、部屋の中が少し見渡せるようになると、ようやくクロイサスの姿を発見する。彼は書類の束を手に、ガラクタに埋もれたまま眠っていた。

「……なんで、この惨状で眠れる」

とても貴族の子息とは思えない無様な姿。

研究者だからと言われればそれまでだが、それにしても度が過ぎている。

「こんなガラクタを、いつもどこから手に入れてくるんだ。それよりも、この書類は……図面？　設計図か。こっちはレポート……」

ツヴェイトはクロイサスが手にしていた書類を取ると、カーテンを開けてその内容を確認した。

見たことのない杖《つえ》のような形状のものと、それ以外にも発掘されたものと思《おぼ》しき似た形状の杖の分解図もあった。

その他にも無造作に散乱した書類の数々にツヴェイトは顔を顰《しか》める。

秘密裏に動いていることから軍事関係に関わっていると推察する。

『……これは武器なのか？『メーティス聖法神国製、火縄銃分解図』？　杖……いや、筒状のパーツからして何かを撃ち出す射撃武器と見るべきか。『連射機構の衝撃による誤作動に対し、単純効率化する再設計が求められる』？『魔法発動時におけるチャンバー内の瞬間圧力による部品劣化の危惧、それに対する強度不足と高耐久金属の選別を最優先。金属の候補リストは別項を参照』、『生産性の重視と機構の簡易化計画の見直し』？　つまり量産化を目指した武器ってことか』

書類のほとんどがバラバラの体裁でまとめてあり、クロイサスの大雑把《おおざっぱ》な性格が出ていた。

それよりも気になるのが、この見たこともない武器を量産化する計画が動いていることだ。まるでどこかの国と戦争することを前提としているようにツヴェイトは感じた。

「親父も関わっているのは確実だとは思っていたが、『合金を最適比率に加工できる錬金術師の増員が急務。至急、錬金術師の手配を求む』？　なんで報告書を持ち込んでんだ。これは派閥に渡す書類だろ」

書類の中にはメーティス聖法神国が作り出した武器の詳細が添付され、報告書によれば既に実戦配備されているらしい。これによると殺傷力は微妙と書かれている。

放置された機密書類を整理しながら読み進めるツヴェイト。

そのうちの一つに旧時代の生きた遺跡である地下都市、【イーサ・ランテ】で発見された武器の解体調査報告が目に留まり、これによれば二度ほど使用できたがすぐに壊れたらしく、魔法実験場の分厚い壁を貫通させるほどの威力が確認され、充分な殺傷力が認められたとあった。

クロイサスが関わっている計画はメーティス聖法神国の武器を強化発展させ、量産化し各部隊へ配備することのようだが、ツヴェイトから見てもこの計画は恐ろしいものだった。

『この武器……大量に出回れば危険じゃないのか？　魔法よりも少ない魔力で敵を殺傷できるなら、女や子供でも戦場で戦えることになるぞ。それどころか、市井に出回れば反乱の火種になりかねん』

即座に銃という武器の危険性に辿《たど》り着いた。

それどころか、敵を殺すことに訓練の時間を掛けず大きな戦力が手に入る。下手すると国民全てが兵士になることができる危険な武器だった。

魔法を発動させるよりも早く敵を殺せるというメリットがあるが、この武器がいつ自分達に向けられるか分かったものではない。厳重な管理体制が必要となる。

何しろ革命すら容易にできてしまう可能性も秘めているからだ。

「親父がこの危険性に気付いてないわけがないだろうが……」

他の貴族にこの武器を流すのも危険だった。

容易に反乱が可能となるなら、時間を掛ければ現体制を崩壊させることも可能だ。

いや、裏工作で混乱を起こすのも簡単にできる。

何しろ長距離からの暗殺も容易になるからだ。

「……頭痛ぇ」

剣の時代に終わりがくるのかもしれない。

いや、それ自体は悪いことではないが、安易に力を手にすることができることが問題だ。

ツヴェイトは、人は愚かではないと思っているが、同時に賢いとも思っていない。

野心を持つ者にとってこの武器は大変魅力があり、手にした瞬間からその欲望を抑えられなくなる。特に貴族の中には野心の強い者が多くいる。

権力志向が高い者ほど力の誘惑に耐えられないだろう。

『親父……厄介なことを始めやがって』

ソリステア魔法王国は、現在改革の真っ最中。

そのどさくさに紛れてこの武器の管理体制も組み込むつもりなのかもしれないが、問題はどこまで広げるかだ。一つでも盗まれれば厄介極まりない。

武器に何らかの制限をかける必要もある。

「……うぅ。体が痛い」

クロイサスが目を覚ました。

彼の顔には、何かの魔導具らしき跡がくっきりとついており、美形な顔立ちが情けないものに変わっている。少しは周りの目を気にしてほしいとツヴェイトは思う。

「起きやがった。そんなゴミの中で寝ているからだ」

「おや、兄上……私の部屋に来るとは珍しいですね。それと、極秘資料を覗《のぞ》き見するのはいかがなものかと」

「そんな極秘資料を杜撰《ずさん》に扱うお前にも問題があるぞ。見られたくないなら、管理くらいしっかりしろ。こんなヤバイもんは隠しておくべきものだろうが！」

「いやぁ～、疲労と筋肉痛で体が限界でして、部屋に戻ってすぐに倒れてしまったようです。我ながらうっかりしてました」

「うっかりで済む問題じゃねぇだろ」

極秘資料に対しての配慮が全くない。

こんな奴を重要な計画に参加させていいのだろうかと疑問すら覚える。

「随分とヤバそうなものを作っているようだな。親父の指示か？」

「まぁ、それもありますが……。私も楽しんでいますよ」

「師匠のところに姿を現さねぇから、何かに没頭していると思っていたが……予想以上に危険な計画じゃねぇか。誰にも話すんじゃねぇぞ」

「私はそこまで信用ないですかね。これでも貴族の端くれのつもりなのですが？」

「貴族の端くれなら、こんな重要なものを持ち歩くなよ。落としたら洒落《しゃれ》にならねぇぞ」

どう考えても国家機密に属する書類をクロイサスは適当に扱っている。

中身の書類も順番がバラバラで、お世辞にも丁重に扱っているとは言いがたい。

もし、どこかの国の諜報員《ちょうほう》に拾われでもすれば、数年後には周辺諸国の戦力図が大きく変わりかねない代物だ。

研究以外に興味を持たないにしても限度というものがある。

「それにしても、メーティス聖法神国がこんな武器を作っているとはな」

「向こうのは火薬式のようなので、工房で試作しているものとは威力が違いますよ。ゼロス殿も作ったという話ですが？」

「師匠が？　まさか、この設計図は師匠が……」

「いいえ、メーティス聖法神国の……火縄銃というそうですが、それを分解して旧時代の様式を組み込んだものです。まぁ、劣化製品ですが炸薬《さくやく》の代わりに魔法の爆発力を利用しますので、内部の部品に相応の耐久力が求められますね。今はその耐久テスト中といったところですか」

「技術的なことはお前ほど詳しくねぇが、これは戦争の様式をかなり陰惨なものに変えるぞ。お前は分かってて協力してんのか？」

「所詮《しょせん》は道具ですよ？　使用者の人間性次第で、扱い方が変わるだけの話だと思いますがね。それほど大それたものでもないでしょ」

「それが一番の問題じゃねぇか！　充分に危険な代物だ」

クロイサスは物事を理屈で考える研究者だ。道具――ここでは武器を指すが、正しく使用し多くの人々を救おうと、大勢の命が虐殺されようと、責任は扱う者にあり製作者が負うことはないと考える。

対してツヴェイトは、軍務に携わるだけにこの武器の危険性を知り、背負うべき責務がどれほど重いのかを考える。

二人の認識は間違ってはいない。

騎士は剣に精神を込めるが、剣よりも多くの命を奪えるこの武器に対して、果たして同じことができるか疑問だ。楽に大量虐殺ができてしまい命を軽んずる危険性が潜んでいる。

防衛戦で使われるのであればまだいいが、侵略戦争に使われては悲劇的な結果しかもたらさない。そこで勝利しても広がる領土内に新たな戦火の火種が残るだけなのだ。

「人はそれほど利口じゃねぇ。こんな武器が出回れば、今の情勢に不満を持つ連中が反乱を起こすぞ。馬鹿共の野心を煽《あお》るのに充分な火種になる」

「国で管理すればいいではないですか。必要なときになるまで厳重にどこかへ保管するとか」

「錆《さ》びついて、いざというときに使い物にならなかったら意味がねぇ。この手の複雑な武器は、誰かが常に整備してねぇと駄目だろ。部品を持ち出してどこかで作られる可能性もある」

「それは私が考えることではありませんね。国が考える問題ですよ」

所詮は研究者であり、武器の管理などは他人任せのクロイサス。

無論ツヴェイトも、父親のデルサシスが管理の重要性に気付いていないとは思っていないが、完璧に隠し続けることなどできないとも思っている。

有事には武器の紛失などがよく起こることもあり、敵国に持ち出されるなんてことも考えられる。

そもそもメーティス聖法神国の火縄銃とやらの情報がこちらの手にあるのだ。同じことが起こってもおかしくはない。

一度でも戦場で使われれば存在を知られることになり、誰かがより高性能な武器を作り出す。民衆にまで出回るようなことになれば犯罪も増えるだろう。

「メーティス聖法神国……厄介なものを作りやがって」

「ゼロス殿もですがね」

「あの人は売る目的で作ってはないだろうな。たぶん……趣味だ」

「見られるだけでも問題なのでは？　あちらの武器も、改良次第では連射もできるようになるでしょうし、加工技術が高くなれば容易に生産も可能となるはず」

「そうなる前にあの国を潰すしかねぇ………待て！　まさか、メーティス聖法神国とどこかの国が戦争でも始めるのか？　いきなり向こうの武器より高性能な武器の開発を始めるなんて、最悪を見越しての対策を考慮しているとしか思えん」

武器や物資を集めだす兆候は、戦争を前提として動いている場合が多い。

盗賊の討伐時も相応の物資を動かすので、事前に様々な部署が動き出す。高性能な武器を揃《そろ》えるのも一つの兆候であった。

特に弓兵は矢を大量消費するので、職人が一斉に動きだし数を揃えるのだ。新たな武器の開発を行う場合、数年越しの侵攻計画をしている可能性がある。

読んだ資料に書かれている情報を信じるのであれば、この武器はいわば弓の発展型であり、数を一定数揃えれば初戦での戦局を有利に進められる。

魔法攻撃よりも効率的に思えた。

「お前はどう思ってんだ？」

「さぁ？　私に聞かれても困りますよ。受けた仕事は魔導銃の魔導部品の設計程度のものですからね。試作品は完成しましたし、あとは勝手に効率化させるのではないですか？」

どこまでも他人事《ひとごと》なクロイサスに、ツヴェイトは頭を抱えた。

彼が手がけている武器が、いずれ軍務の在り様を根底から変えてしまう可能性を秘めているのに、当人はまったく関心を持っていない。

彼の仕事はあくまでも部品の製作のみだと主張し、その後の改良や生産には関与しないスタンスだ。武器がもたらす結果などどうだってよいのだろう。

「クロイサス……お前、いい加減に自覚しろよ。仮にも公爵家の人間が、そんな無責任でいいのか」

「なぜ？　後を継ぐのは兄上でしょうし、私は研究者の道を進みますから関係ないでしょう。いずれ屋敷を出ていく立場なのですがね」

「お前が一人で生きていけるのかは疑問だが――いや、そんなことはどうでもいい。もし、お前がヤバイものを作り出して、その杜撰な管理のせいで盗まれ犯罪に使われたら、どう責任を取るつもりだ？」

「知りませんよ。そんなの、盗んだ者の責任でしょう？」

「ヤバイものを作り出した側も管理責任を問われるんだよ！　もし被害者が出たら言い逃れすらできねぇ」

「解せませんね。理不尽としか思えません。盗んだものを使用するほうがよっぽど悪いでしょうに」

「危険物を作り出した時点で、責任が発生すると自覚しろ！」

魔導士――特に研究者は時折危険物を作り出してしまう。

その危険物も使い方に有用性が見いだされることになれば、国側に相応の地位で引き入れられるのだが、同時に作り出したものに対しての責任が発生する。

兵器であろうが回復薬であろうが、作り出したものに対して製作者が少なからず何らかの責務を背負う。だがクロイサスは無頓着すぎた。

「この――魔導銃という武器はヤバイ。お前が開発に携わったと知られれば、他国から狙われるぞ。この件に関わった時点で最重要人物になったと自覚しろよ。諜報員といえど分割された情報を集めて精査すれば全容が見えてくるもんなんだぞ！」

「まさか。たかが部品だけですよ？」

「その部品が重要なんだよ！　この資料を見る限り、魔法を利用した部品なんて一つだけじゃねぇか。理解しろや！」

研究者側と国防側との間には、考え方に深い溝があるようだ。

ツヴェイトは、魔導銃という武器の開発に携わるクロイサスの重要性を理解しているが、その当人が全く理解していない。クロイサスはあくまでも研究の一環としか捉えていないのだ。

彼の頭の中は、今ある技術と知識で旧時代の魔導具を再現することで占められており、その結果戦争で利用され人々が命を落とすことになろうと、安易に使用した国の責任だと割り切ってしまう。

また、事が済めば別の研究に目が移り、やがては開発に携わったことさえ忘れてしまうのだ。

ツヴェイトが魔導銃の危険性をいかに諭そうとしたところで、根本的なところでの考え方に相違があるので理解させることは無理である。クロイサスが一般的な思考を持つ周囲の人間に溶け込めない原因でもあった。

それでもクロイサスを諭そうとするツヴェイトの説教は、三十分ほど続いた――。

「ハァハァ……少しは、理解……したか？」

「まぁ、何となくは……。部品の一つに術式の刻印を施すだけなんですけどね」

「それが問題だと……ハァ～、誰かコイツに常識を教えてくれ」

「失礼な。私はこれでも常識人ですよ」

「どこがだよ！」

――そして諦めた。

クロイサスも多少は理解を示すのだが、雲を掴《つか》むような不確かなものに感じられた。

ツヴェイトは忘れているが、クロイサスは研究者であり製作者ではない。

知識を求めているだけなので、その過程で作られたものを誰が生産しようと、どうでもいいのだ。

実際、以前製作した【豊胸薬】や【性別変換薬】などは意外に売れている。

ただし、生産においてクロイサスは携わってはいなかった。

「……これ以上言っても無駄だと悟った。それよりも、お前はよくこんなゴミの中で寝られるな。

学院の寮より散らかっているじゃねぇか」

「ゴミとは酷いですね。これでも旧時代の魔導具であったものですよ？　どのような技術が使われているのか興味深いではないですか」

「お前の頭の中には、片付けるという選択肢すらないのかよ――ん？　ちょっと待て、もしこの部屋が学院の寮と同じ状況だったとしたら――」

ツヴェイトの脳裏によぎった嫌な予感。

イストール魔法学院にあるクロイサスの部屋は、度々妙な現象を引き起こすことで有名だ。部屋を変えてもクロイサスが住む限りその現象は起こる。

何よりもここは昔からクロイサスが過ごした部屋だ。

ツヴェイトは最近までクロイサスと疎遠だったので知らなかったが、ソリステア公爵家の屋敷では、時折メイドが姿を消すことがあるという噂があった。

無論、行方不明者は出ていないが、稀《まれ》に数時間ものあいだ所在が分からなくなることがあるという。

「「あっ……」」

――そして、やはりその現象は起こった。

部屋の内部に溜《た》まった得体の知れない魔力によって……。

◇　◇　◇　◇　◇　◇

エロムラはツヴェイトを探してクロイサスの部屋の前まで来ていた。

彼があまり馴染《なじ》みのないクロイサスの部屋へと赴いたわけとは――。

『せっかく学院が休みになったのに、同志もその弟も引きこもりと訓練ばかり。ここは俺ちゃんが一肌脱いで、街で健康的にナンパとしゃれ込もうかな。もしかしたら友人枠でワンチャンあるかも……』

――思いっきり他人任せで下心満載なしょうもない理由だった。

ナンパするのであれば自身の魅力で勝負するべきなのだが、エロムラが狙ったのはクロイサス頼みの漁夫の利という小賢《こざか》しい手だった。ここまで馬鹿であるといっそ清々《すがすが》しい。

だが、その計画にも誤算があり、そもそも引きこもりのクロイサスがナンパに興味を持つはずがない。よしんば街に連れ出すことができたとしても、女子の大半がクロイサス目当てになるため、自分が惨めになるだけということに気付いていなかった。

いや、そこまで理解できるほど利口なら、そもそもこんな手は使わないだろう。

「お〜い。同志、クロイサス、いるか？」

ツヴェイトの居場所を屋敷のメイドさんから聞き出し、漁夫の利を狙ったナンパに連れ出そうと、部屋のドアノブに手を伸ばす。

だが……。

「あれ？　ドアが開かねぇ。壊れたのか？」

部屋の内側から気配を感じるので、中にツヴェイト達がいることは分かる。

しかし、肝心のドアが開かねばナンパに誘うことすらできない。

『どうする……。ここで諦めるわけには……ん？』

ドアから微《かす》かに内側の様子が伝わってきている。

耳を当てて中の様子を窺《うかが》うエロムラ。傍目《はため》には立派な覗き魔だ。

『行くぞ、クロイサス！』

『ハァ～やれやれ、仕方がないですね』
『『変身！』』
――《サイクロンデ～ス》
《ジョーカー、ポイ？》
《ベストマッチ！》

何か、色々とヤバイ音声が聞こえた。

『ちょ、同志!?　部屋の中で何やってんの!?　そのエフェクトらしき音声はなに？　すっげぇ～気になるぅ!!』

派手に戦う音や斬撃音、銃撃音や飛び道具がヒットするような音まで聞こえてくる。

中が気になって必死にドアを開けようと試みるが、肝心のドアがびくともしない。

「おいおい……これはまさか、学院の怪現象と同じやつなのか？　実家の屋敷でも起こっていたとは……。それにしても、一体どこと繋がってんだ？」

この現象は短時間で収まるので、外部にいる者は黙って待つのが鉄則だった。

しかし、エロムラはどうしても中の様子が気になって仕方がなかった。

『『こいつでトドメだ』』

――《ヘェ～イ、ファイナルアタック・ライド、フルチャ～ジだヨぉ～》

《ソウ、ソウッ！　ソォウ!!　ソノチョウシッ!!　でも、遅ぉ～い》

《《チョ〜イイカンジデ、大・開・眼!!》》

「どんな状況!?　そして、色々混ざってるから！　なぜにエフェクト音声が女の子!?　どんな必殺技だよぉ!!　俺にも見せろぉ!!　いや、俺にもやらせろ!!」

正義の味方に憧れる少年の心と、男の熱き魂が呼び起こされ、エロムラは激しくドアを開けようと試みる。変身や必殺技は男のロマンだ。

二人がどのような変身を遂げ、どのような必殺技を放ち、どのような物語を進んでいるのか気にかかる。

否《いな》、できることなら自分も変身したい。その中に加わりたい。

「くっそぉ〜〜〜っ、なんで俺は午前中に買い物なんて引き受けたんだぁ!!」

もう少し早く来ていればと、激しく後悔するエロムラ。だが、物語は既にクライマックスを迎えていた。ドアの奥では必殺技が華麗に決まったのか、派手な爆発音が轟《とどろ》く。

見せ場とも言える最後の瞬間を見ることができず、少年の心を取り戻したエロムラはその場で膝をつき、悔し涙を流す。

そんな彼の姿を屋敷で働くメイド達がしっかりと見ていた。

「……あの人」

「クロイサス様の部屋の前で、『やらせろ』だなんて……」

「でも、ちょっと見てみたいかも……。あの人、黙っていればそれなりだし」

「「えっ？　…………なるほどなるほど、確かにイイわね！」」

この日を境に、メイド達の間で腐の書籍伝道が活発化するが、それはどうでもいいことである。

まぁ、公爵家兄弟とエロムラには災難であったが――。

第十二話　ソリステア公爵家別邸の惨劇？

「「…………」」

見つめ合うツヴェイトとアド。

別邸であるクレストン邸へ足しげく通うツヴェイトと、今日も元気にクレストン邸からソリステア派の工房へと出勤しようとしていたアド。

二人は本日めでたく客室前で初対面を果たし、現在応接間にいた。

朝から晩までハードな職場で働いてきたアドは、夕方には自宅であるソリステア公爵家本邸へ帰るツヴェイトとの不思議なすれ違いにより、今までお互いに顔を合わせたことがなかった。

そんな彼等が、なぜか無言のままお見合い状態となっている。

アドのそばで赤子を抱くユイも、不思議そうに二人を眺めていた。

「兄様、こちらが先生の弟子であるアドさんです」

「……ども」

「アド君、こちらがソリステア公爵家の長兄で、次期当主のツヴェイト君」

「……初めまして」

「そんで、なぜか一緒についてきた上位プレ……上位者ファンのイリスさん」

「どもぉ～？」

「『いや、なんでいるの⁉』」

ツヴェイトはゼロスの弟子と聞かされていたアドを値踏みしており、アドは公爵家の御曹司と初対面し、内心『あぁ……また権力者と関わっちまったよ』と嘆く。

そんな中、ゼロスについてきたイリスに思わずツッコミを入れてしまった。

普通に考えて一傭兵《ようへい》のイリスが別邸とはいえ公爵家の邸宅に来ること自体おかしいことだ。

まぁゼロスとしては、地元に同年代の友人がいないセレスティーナに対し、同年代のイリスとの交友を深め見識を広めてもらいたいという配慮のつもりだった。

何しろセレスティーナの友人といえば、イストール魔法学院の同級生であるウルナとキャロスティーくらいで、他は教会の子供達以外にまともに会話できる者がいない。

その子供達にしてもセレスティーナは友人というより貴重な情報源という認識だった。

セレスティーナには公爵家の令嬢という肩書きがあるため、教会の子達からすればどうしても貴族の娘という壁ができてしまう。物怖《ものお》じしないのはカエデくらいだ。

祖父であるクレストンがこの場にいれば、『ティーナの友人が我が屋敷に……』。お前達、王族並みに歓待せよ！　失礼な真似は許さんぞぉ‼』などと歓喜に泣きながら盛大に祝ったことだろう。

幸いなことにクレストンは本宅に出向いており留守であった。

「それにしても、公爵家のお屋敷はおっきいね。安宿の部屋とは大違いだよ」

「比べちゃ駄目でしょ、宿屋の主人がかわいそうだから。それとここは別邸で、本宅はもっと大きいんだけどねぇ？」

「わぉ、スケールがすんごい。ところで、無駄に髪を盛った骨組みドレスの貴婦人や、白タイツ提《ちょう》灯《ちん》ブルマズボンは見かけないね」

「一昔前まではいたらしいけどねぇ〜、今はもう絶滅したみたいだよ」

「残念。というか、一昔前まではいたんだね。見たかったよ」

物珍しげに別邸内を見渡すイリス。気分は観光客のおばちゃん状態である。

おっさんとしては、イリスが貴族に対してどのようなイメージを持っているのか、少しばかり気になるところだ。

「いや、ゼロスさん。ここ、別邸とはいえ一応は公爵家の屋敷だよな？　観光名所ってわけじゃないんだから一般人を連れ込むなよ」

「まぁ、僕はソコソコに信頼があるから」

「信頼があるとはいえ、無茶にも程がある。よく通してもらえたな……」

別邸では公爵家の知人に対してかなりアバウトで、ゼロスは顔パスで簡単に通してもらえる。

「おっ、さっすが【堅実】の異名持ちのアドさん。おじさんよりも常識があるぅ〜」

「あ？　俺、その二つ名は初めて聞いたぞ。堅実って……」

「失礼な、僕にも常識はありますよ。人を非常識みたいに言うのは、おじさん感心しないなぁ〜」

「あんたを含めた殲滅者《せんめつしゃ》全員は非常識そのものだろ」

アドも知らないところで二つ名がついていた。

ちなみに二つ名の由来は、セオリー通りに手堅くイベントを攻略していたからつけられたわけだが、二つ名が堅実とは正直嬉《うれ》しくはない。

そもそも二つ名なんて中二病的なものなど、恥ずかしいからいらない。

「アドさん、アドさん。今度暇なときに冒険しようよ。近くにダンジョンがあるよ？　今も成長中で不安定だけど、手堅い攻略をするアドさんがいると頼もしいかなぁ～」

「ダンジョンか、それくらいなら別にいいが……」

「本当に？　やったぁ～！　いやぁ～これでダンジョン調査が捗《はかど》るよ」

アドの手を取り、嬉しそうにブンブンと上下に振りまくるイリス。

ファンである【殲滅者】と、その周囲にいる上位プレイヤーの名は既に調べ尽くしており、いずれ彼等のレベルにまで辿《たど》り着き一緒に冒険することがゲーム内でも目標だった。

自分の夢を叶《かな》えるための要望を入れるだけでなく、ちゃっかりと傭兵仕事の効率化を加えてくるあたり、イリスも随分と異世界生活に慣れて逞しく成長しているようだ。

それはさておき、事情をよく知らないユイの目が気になるところで、ゼロス的には内心で冷や汗を掻《か》いていた。とても嫌な予感がする。

さすがに、子供を抱いているときに暴走はないと信じたいところだが、にっこり笑っている姿が妙に怖い。先ほどから会話に入ってこないことが逆に不気味だった。

「イリスさん、アドさんが困惑してますよ？」

「あははは、おじさんとは色々冒険したからさ、今度はアドさんもって思って、この機を逃さず誘ってみましたぁ～。ちょっとグイグイいきすぎたかな？」

「分かります。先生達は本当に凄《すご》い人達ですから……でも、少し失礼ですよ？」

セレスティーナに注意され、「てへっ」とあざとく笑うイリス。

深く事情を知らないセレスティーナは、うんうんと頷《うなず》いていたが、彼女の場合は上位の魔導士に対する尊敬の念の方が強いのだろう。

二人の認識の間に、少しばかりズレがあるようである。

「イリスさんは、先生達のことよくご存じなのですよね？　今までどのような功績を残してきたか教えてくれませんか？」

「……あれを功績と言っていいのかな？　まぁいいか、おじさんとアドさんはよく一緒に行動してたから、凄い逸話が後を絶たないんだよねぇ～。ＰＫ……もとい殺し屋に狙われたとき、ストームワイヴァーンを唊《けしか》けた話とか……」

「逆だ、逆！　狩りをしている最中に連中に襲われ、タゲが移っただけだ。俺達からは何もしてねぇぞ！　やったとしてもほとんどがゼロスさん達の仕業だ」

「彼らの装備品は割といい値段がついたねぇ～。レイド前の資金稼ぎの最中だったから、実は少し助かっちゃったよ。そのあと、お礼を兼ねて彼らに襲撃を仕掛けてあげたけど」

「……な？　殲滅者ってのはこういう人達なんだよ。レイドの最中にも魔法で何度も吹っ飛ばされたしよぉ～、暴走する危険がある試作魔法なんて、実戦でいきなり使うんじゃねぇよ……」

「あの件は何度も謝ったじゃないか。意外と執念深いんだねぇ、君」

「そのあとの混乱による二次被害がなければ、俺も恨み言なんて言わねぇよ……」

『えっ？　えぇ～～～～？』

心の中で困惑するセレスティーナ。尊敬する師が、その友人とどのような英雄的活躍をしたのか聞きたかっただけなのだが、意図していた内容と全く違った。

実際は英雄とは真逆の混乱しか招かない非常識な活躍。しかも、襲撃してきた側から逆に金品を巻き上げる始末。英雄とは程遠い悪党を食らう悪党の姿だった。

豪胆というか傲慢《ごうまん》というべきか、身勝手でわがままな最悪の魔導士達だった。

その友人であるアドも、まだ根深い恨み言を並べ続けている。

曰《いわ》く、『仲間ごと状態異常効果のある魔法に巻き込んだ』、『凶悪な魔物の囮《おとり》にされた』、『試作武器の効果を確かめてほしいと頼まれ、使ったら呪われた』、『ついでに自爆して吹っ飛んだ』、『新作ポーションと称して何度も薬物実験の被験体にされた』、『飲んだらケモミミと尻尾が生えた』、『それからケモミミダンジョンに拉致され、ケースに閉じ込められたあげくに観賞された』などなど、思いっきり他人を実験動物扱いしていたのである。特に最後の方は意味が分からない。

もちろん、セレスティーナはゼロスが非常識な真似をしでかしている話を、以前より本人の口から聞いてはいたが、まさか日常茶飯事で毎回引き起こされているとは思いもしなかったのである。

「おじさん達、いつも爆発や暴走に巻き込まれてるよね。まともに戦ったことってあるの？」

「「あるよ。たぶん……」」

自信のない上位プレイヤー二人。思い出すだけでも結局なんらかの騒動に巻き込まれ、あるいは引き起こす側になり、そちらの印象が強すぎて記憶にあまり残っていないのだ。

人とは嫌なことだけ強く脳裏に刻んでいる動物なのである。

「師匠の弟子ってことだろ？　俺とそんなに歳が変わらねぇようだけど、そんなに凄いようには思えねぇな」

「俺は弟子じゃねぇよ。まぁ、それに近いことは否定しないが……。この人達に付いていくと、嫌でも酷《ひど》い目に遭わされるんだ。関わったのが運の尽きだと思ったほうがいい」

「酷いねぇ。一応、アド君のパーティーの手伝いもしたじゃないか。あと、アド君はツヴェイト君よりも年上だよ？　まぁ、民族の特性上、若く見られがちだけどね」

「ついでとばかりにレアなモンスターと戦わされたこともあったな。俺達は逃げようとしたのに、『大丈夫、噂《うわさ》ほどたいしたことのない奴だから、楽に勝てるさ』なんて言いながら先制攻撃をぶちかましやがった……。三時間ぶっ続けで戦わされたさ。離脱者が一人も出なかったことが奇跡だ」

「ひでぇな……」

ツヴェイトはアドに同情の目を向け、そのまま蔑《さげす》むような目でゼロスを見る。

他の者達も同じようにおっさんを見つめた。

「先生…………それは酷いですよ」

「…………おじさん」

「そんな冷たい目で僕を見ないでくれ。ちょっとゾクゾクして新しい扉を開きたくなるじゃないか。まぁ、それは冗談だけど……。あの時は敵と認識したら執拗《しつよう》に追いかけてくるタイプの魔物だったからさぁ、出合い頭に手傷を負わせたほうが効率的だったんだよ。どうせ逃げられないなら戦うしかないじゃないか」

「それは後付けの理由だろ。あの時は何の説明もなくいきなり攻撃したじゃねぇか、情報を伝える余裕くらいあったはずだろ」

「人はねぇ、経験しないと学ばない生き物なのさぁ。僕が得た情報が間違っている可能性もあったし、半信半疑だったんだよ」

　事が済んだ後なら言い訳などいくらでもできる。

　口では何とでも言っているおっさんだったが、真実は『歯ごたえのない戦闘ばかりだし、もう少しスリルを味わいたいなぁ～』という、その場の勢いから出た行動だ。

　そこにアド達パーティーを思いやるような感情や思考は全くない。

「まぁ、目をつけたら相手が死ぬまで追いかけてくる魔物は、確かにいるよな。スプリガンとか、コカトリスとか……」

「ツヴェイトだっけ？　騙《だま》されるな。このおっさんは、その場の勢いで攻撃を仕掛けたんだ。ちょっと歯ごたえのない戦闘ばかりだったから、最後の〆《しめ》としてヤバイ奴を相手にしたくなっただけで、そこに深い理由なんてねぇ」

「フッ……アド君。君にはこのセリフを送ろう。『これだから、勘の鋭いガキは嫌いだよ』」

「おじさん……それ、悪党のセリフなんだけど」

　長い付き合いであるがゆえに、アドはゼロスの性格をある程度理解していた。

　出会った当初は口車に乗せられたが、幾度となく被害に遭った現在では完全に確信犯であると悟った。いや、悟らされた。

　元より鈍感なところのあるアドの直感が鋭くなったのも、このおっさんを含む【殲滅者】と関わったことが原因である。

　それが異世界で生き残る力になるとは、本人も思ってすらいなかったが……。

「アンタ、ひでぇ目に遭い続けたんだな……」

「普通に生活しているときのこの人は信用できるが、趣味に走っているときは絶対に信用はするな。このおっさんとその仲間は、非常識としか思えないことを何度も実行しているからな……」

「そ、そうなのか？」

「あぁ……この間は何の準備もなく雪山で龍王と戦わされた。三日三晩戦い続けて、死ぬかと思った。寒さで何度か逝《い》きかけたっけ……」

「「龍王!?」」

アルフィアを復活させるために生贄《いけにえ》とされた龍王、【ブリザード・カイザードラゴン】。

摂理の枠組みから外れた存在だったとはいえ、たった二人で戦いを挑むには無茶な相手だった。

しかも雪山で、だ。

長期戦になったのもさることながら、寒さとの戦いでもあった。

下手をすれば龍王を倒し切る前に凍死していた可能性も高い。

「そんなのと戦ってたのかよ！」

「先生、酷すぎます」

龍王は存在自体が最悪で災厄の魔物だ。

それを二人だけで倒しに行くなど自殺行為どころか正気の沙汰ではない。

「やむにやまれぬ事情があってね、そこはアド君も承知していたさ。それに、ツヴェイト君やセレスティーナさんに、それを言う権利はないと思うなぁ～」

「「なぜに？」」

「今日、朝食に何を食べたか覚えているか？　この別邸の朝食に出ていたベーコン。アレ……俺達が倒した龍王のなれの果てだ。俺達だけじゃ食い切れなくて公爵家に流したんだよ」

「かなり高額だったけど、そのお金をイサラス王国で世話になった人達にまわしてねぇ〜。少しでも残しておけばいいのに、向こうは飢えに苦しんでいる人達がいるからと、全額寄付したんだよ。ちなみに、僕の取り分は大量に残っている……」

「いや、師匠……龍王の肉って、まさか一頭分じゃないよな？　普通のドラゴンでも全部食べ切るのは難しいぞ」

ドラゴンは、種類にもよるがほとんどがワイヴァーンよりも大きい。

龍王クラスは伝説に残された記録でも二十〜三十メートルと巨体で、仮に倒せたとして素材や肉の量は相当なものになるだろう。

素材は史料価値だけでなく、錬金術師が喉から手が出るほど欲しがる希少なものであり、その素材を少量使った魔法薬も一般のものより効果が高くなる。

各商会に肉だけ売ったとして、その値段はいかほどになるかツヴェイトには想像できなかった。

「……それよりも龍王の素材はどうしたんだ？　鱗《うろこ》や牙なんかも売ったのか？　師匠達が全部売るとは思えねぇんだが……」

「魔石や心臓、爪や牙、骨や鱗に至るまで素材としては最高だからね。わずかに市場に流しただけだよ」

「素材を全部放出したら、この国の経済は傾きかけないぞ……。心臓と血液は確か、【エリクサー】の素材の一つだったからな」

「「エリクサー!?」」

死者を生き返らせることができるとまで言われている【エリクサー】。

飲めばたちどころに傷が治り、いかなる病や毒も癒《いや》し、失った手足さえも生やすことができたと言われている伝説の秘薬。その素材ともなれば、国がどんな手段を用いても手に入れたいと考える危険な代物で、王家に献上しようものなら他国から戦争を仕掛けられかねない。

鱗や骨でも市場に混乱を招くような代物なので、個人で所有しているということが周囲に知られでもすれば、それこそ暗殺者を送り込まれる可能性もある。

「そういえば、アンズさんはいないのかねぇ、ツヴェイト君の護衛なんでしょ？　龍王の鱗で【鱗　糸《スケイルストリング》】を作ったら喜びそうなんだが」

【鱗糸】とは、ドラゴンなどの鱗を色素が抜けるまで煮詰め、繊維に沿って細かく裂き糸状に束ねたもので、服職人のジョブを持つ者なら喜ぶ素材だ。

軽く、鋼《はがね》よりも頑丈で、魔力伝導率が恐ろしく高く、防御力も高いながら肌触りも良い。【神】レベルの職業スキルを持つ職人のアンズなら、最高の服を仕立て上げられるだろう。

「確かにアンズちゃんがいないね。アドさんは再会した？」

「いや？　まだ会ってないな……忍ばない忍者」

「アレ？　イリスさん、アンズさんとはちょくちょく会っているのかい？　僕は数日前に、苦無《くない》や手裏剣の補充を頼まれただけなんだが……」

「教会に商品を売りに来ているよ。その……女性用の下着なんだけど」

神出鬼没の桃忍は、教会にまで足を延ばし女性用下着を販売していた。

元より情報収集能力が高く、客になりそうな相手の前に突然現れては強引に商品を見せ、試供品を試させて顧客を増やす販売方法を行っている。

既にどれだけの顧客を抱えているのか分からない。

「この国の下着ってさぁ～、肌触りが悪いんだよね。職人は男性が多いから、女性のデリケートな事情なんて分かんないまま商品を作ってるんだよ」

「分かります。アンズさんの下着を使い始めたら、他の下着なんて使いたくなくなりますから
……」

「それに、結構お洒落《しゃれ》なやつが多いんだよね～」

「デザインが凝っていると言いますか、本当に年下の女の子が作っているのか疑問に思うときがありますね。中には凄いものもありましたし……」

「「凄いもの!?」」

うんうんと頷き合うセレスティーナとイリス。

だが男性陣は別の方向に気を取られていた。

『凄い下着だと？　それって、どんなやつだ？』と想像がつかないツヴェイト君。

『凄い下着だと!?　これはユイにも買って……いやいや、注意したほうがいいんじゃねぇか？

教育的に……』と思うアド。

おっさんは、というと……。『教会にも現れたとなると、ルーセリスさんやジャーネさんにも売ったということになる。二人とも見事なプロポーションだし、これは少し見たい気もするなぁ』とムッツリ。それぞれが心の中で反応していた。

男とは悲しい生き物である。

「おじさん……」

「兄様……」

「俊君《とし》……。ねぇ、今誰を想像したのかな？　何を想像したのかな？」

同郷のお子様と教え子、そして若奥様の殺気の込められた視線が冷たい。

「はっはっは、ユイさんや、アド君が想像することなんて君の姿じゃないのかねぇ。よからぬ想像をして、彼のハートは今激しく悶々《もんもん》としてるよ。若いっていいねぇ～」

「なぜ、そこで俺を出す!?　そして、なぜに爺《じじ》くさい口調で語るんだよ、ゼロスさん！」

「俊君……かのんちゃんに聞かれちゃうと教育に悪いと思うの……（ポッ）」

「そういうことは、二人っきりの時にやってくれませんかねぇ」

『ゼロスさん、ユイの殺気に感づいて、俺をダシに話を逸《そ》らしやがった……』

ゼロスの一言で何かを察したのか、イリスとセレスティーナは赤面したままうつむいてしまった。

もしゼロスが誤魔化さなければ、今いる部屋は血で赤く染まっていただろう。

結果的にだがツヴェイトも巻き添えにならず助かる。

しかし、話の途中で突然爆弾を落とす者は現れるものだ。

「う～ん……かのんちゃん？　アドさんの娘さんって、かのんちゃんていうの？」

「あぁ、候補の二つから選んだ名前で、俺も響きが気に入っている」

「もしかして、おじさんと同じ殲滅者のカノンさんにあやかってつけた名前なのかな？　下位プレ……もとい初心者傭兵にすんごく優しい」

「あの女と一緒にするなよ！　奴はある意味でゼロスさん以上に厄介なんだぞ。誰があんな女の名前を娘につけるか……って、ん？」

否定するアドだったが、イリスの悪意なき言葉は既に手遅れな状況を生み出していた。

肩にポンと手を置かれたアドが、恐る恐る首を動かし背後を確認すると……。


——ゴゴゴゴゴゴゴゴゴゴゴゴゴゴゴゴゴ!!


ユイの顔がいつの間にかアドの眼前に迫っていた。

陰で顔が隠れ表情を全く見ることができない。

ただ、殺意の波動を纏《まと》った迫力が凄《すさ》まじかった。

「ゼ、ゼロスさん、信じられないものを見た……。ユイが怒っている。それはもう、これ以上になくらいメッチャ猛《たけ》っていらっしゃる。まるで今にも時を止め、ロードローラーで押し潰《つぶ》さんばかりに憤怒に打ち震えている。何を言っているのか分からねぇと思うが、俺も何を言っているか分かんねぇ。ただ分かることは、今までのように感情や衝動で刺しにくるような、そんなチャチなもんじゃや決してねぇということだ……」

「信じられないか……。残念だけど、これ現実なんだよねぇ」

「うっそだろぉ!?」

「俊ィク〜〜〜ン……」

オドロオドロしい声が響く。暗黒のフォースの中から澱《よど》んだ声色でアドを呼ぶユイが逆に怖い。

邪悪な何かが顕現しようとしていた。

『『これは、ヤバい……』』

おっさんとアドは心からそう思った。

般若《はんにゃ》――いや羅刹女《らせつおんな》がそこに確かに存在していたのだ。

「俊クゥ～～ン……。俊君ハァ～、可愛《かわい》イ娘ニィ～他ノ女ノ名前ヲツケタノォ～～？」

「ち、違うぞ！　いくらなんでも、俺があの女の名前を娘につけるわけないだろぉ!!」

「ジャ～ア～、カノンチャンノ名前ハァ～、イッタイドコカラ来タノカナァ～～？」

「……む、昔に読んだ漫画と言葉の響きから」

「ホォ～ン～トォ～ニィ～～～イィィイ？」

「マジだぁ!!」

さすがにアドが哀れに思えてきた。

巻き込まれるのは御免だが、とりあえず怒りを緩和して、被害を最小限に抑えなくてはならないと、おっさんは必死に脳をフル回転させる。

そして、わずかな時間で答えを導き出し、仲裁に移る。

「あぁ～ユイさん。カノンさんですが、別にそれが本名ってわけじゃありませんよ？」

「ソウナノォ～～～ォ？」

「下の名前までは分かりませんが、確か苗字《みょうじ》が『観音大寺』だったと聞いたなぁ～。昔からお寺みたいで嫌いな名前だったんで、カノンと略したみたいですよ」

「ヘエエエ～～～～～～………」

咄嗟《とっさ》に口から出たでまかせである。

そこに得意の真実を織り交ぜる。

「それに、アド君は彼女の常連被害者だったからねぇ～。何度か試作品のポーションを貰《もら》って服用したとき、そりゃぁ～もう酷い目に遭ったらしいからずっと敬遠してねぇ、よほどのことがない限り近づこうともしませんでしたよ。アド君が自分の娘に彼女の名前をつけるとは、到底思えませんねぇ」

「……そうなんだ。よかったぁ～」

邪悪なオーラが消失した。

アドは言葉に出さないが、涙目でゼロスに感謝する。

おっさん、ファインプレー。

「でも……同じ名前なのは変わらないよね？　私、かのんちゃんの名前を聞くと、どうしてもカノンさんを連想しちゃうんだけど」

「いや、でもその名前もカノンさんの本名じゃないからね？」

「他の女性と同じ名前な事実は変わりないよね？」


――ズゴゴゴゴゴゴゴゴゴゴゴゴゴゴゴ!!


イリス、火が消えかかったガソリンに核弾頭をぶち込む。

闇落ちした英雄が放つ深淵《しんえん》から湧き立つような漆黒で邪悪な気配は、もはや獣を超え、人を超え、神の領域に到達するほど高まり、世界を飲み込まんばかりに激しく燃え上がる。

イリスに悪気が全くないだけに最悪だった。

「おまっ!?　なんで余計なことばかり言うんだぁ、不発弾をハンマーで思いっきりぶっ叩《たた》きやがってぇ!!」

「えっ？　思ったことを言っただけなんだけど……」

「イリスさん、反省しよう。今日、君の不用意な一言で一家無理心中が起こる。それも、今から僕達の目の前でねぇ……。それと、ユイさんを不発弾と例えるのは…………もう、何を言っても手遅れか。これは僕達も巻き込まれるかな？　短い人生だったなぁ～」

「「「えぇぇぇぇぇぇぇぇぇぇっ!?」」」

イリスはともかく、ヤンデレを知らないツヴェイトやセレスティーナも、このおぞましくも醜悪な愛という名の独占欲に恐怖する。

ユイはヤンデレと言うにはあまりに危険すぎた。

（想いが）大きく、（愛が）重く、（独占欲が）深い……凶悪すぎる闇デレだった。

サイコさんの可能性も捨てきれない。

「ごめんね、かのんちゃん。あなたの名前を聞くたびに、お父さんは他の女を思い出すみたい……。フフフ、心配しないでね。決して一人にしないから……死ぬときはみんな一緒よ」

「ユ、ユイさん、落ち着いてください！」

「名前が同じなんてよくある話だろ。馬鹿なことを考えるなぁ!!」

「おじさん、どうしよう！　私のせいでアドさん一家が心中にぃ!!」

「アド君一家が消える程度で済めばいいけどね。言っただろ？　『僕達も巻き込まれるかな？』と」

「「「えっ？」」」

そう、問題なのは重度のヤンデレであることだ。

ユイは娘の名前が会ったことのない女性と同じことが許せず、その女性がアドと知り合いであることも許せず、他人の口からアドの耳に女性の名が入ることも許せない。

そして、愛する夫が名を聞いて、その女性の顔を脳裏に思い浮かべることも許せない。

一般社会に生きる以上、携帯電話などの着信で他人の顔を思い浮かべることなどよくあるが、彼女はそれすら許容できない。まして知人の女性であったならなおさらだ。正直、無茶すぎる。

今の状況は、ユイがいつ爆発してもおかしくない危険な状態なのだ。

「コレを使う日が来ることを忌避していたのに……。どうしてみんな私から俊君を奪おうとするのかなぁ？　そんな人達なんて、いなくなっちゃったほうがいいよね？」

ユイがインベントリーから取り出したもの。

それは、誰もが知る某殺人鬼が使用したことでも有名で、本来は木を切るための道具を機能として組み込んだ、ひと振りの剣であった。

「そ、それは……まさか、伝説のチェーンソード、その名も【フライデー13　V－Max】!?」

「な、それって……ガンテツさんが作ったという、初期型のクレイジーウェポンシリーズ!?　なんでユイがそんなものを持っているんだ……」

「テッド君とガンテツさんがノリと勢いで製作した、初期型呪装武器……。アレには確か、自爆能力が付加されていたような……。テッドが呪いの調整のために持ち出したって、まさか！」

「テッドの野郎、そこまでして俺を殺したいのかよぉ!!」

「初恋相手が既に男つきだったんだ。そりゃ〜、殺したくもなるってもんでしょ。他人の手でだけど……」

「ユイごと俺を抹殺する気だったのか……。アイツ、どこまで病んでいるんだよ」

ストーカーにはいくつかのパターンがある。

『あなたも殺して私も死ぬ』という道連れ型や『君を殺せば永遠に僕のものに……』といった自己陶酔独占思考型。そして『裏切ったな……俺を裏切ったなぁ!!』と勝手に盛り上がって自滅する型などだ。傍《はた》迷惑なのは全部同じである。

テッドは自身が安全なところから状況を操作し、他人の手で周囲ごと巻き込むタイプのようで、ユイは全てに当てはまる破滅型と言うべきだろうか。

「うふふふ……。俊君には私だけいればいいの、他の女なんていらない……。この世界には私達家族だけで他の人もいらないわ。目障りだから念入りに全員消さないとね……フフフ」

「せ、先生……なんか関係ない私達も標的にされている気が……」

「あわわわ……ユイさんって、こういう人だったのぉ!? おじさん、なんとかしてぇ!!」

「なぜか俺も標的にされてないか？ 師匠……あの女、かなりあぶねぇぞ!?」

「アド君とユイさんを引き合わせたのは、間違いだったのかもしれないな。こんなことになるとは思ってもみなかったよ。ハハハ……」

「……なんか、皆すまない。地獄でも謝るから……もう諦めてくれ」

「「「諦めるの、はやっ!?」」」

おっさんは善意で二人を再会させた自分の間違いを後悔し、アドは今さら何を言っても無駄だと諦め、運命を受け入れていた。巻き添えになる三人はただ運と間が悪かった。

そして惨劇が始まる。


「……シャクティさん、ミスカさん。なんか悲鳴が聞こえなかった？」

「聞こえたわね……。見に行くのも怖いし、放置しておきましょうか。どうせアドさんがユイさんに刺されているんだろうし」

「ふふふ、なかなか楽しいことになっていますね。被害者が出ないよう、他の使用人達にも伝えておきましょう。そう、決して近づかないようにね……ふふふ」

『な、なんでこの人……こんなに楽しそうなの？』

ソリステア公爵家別邸に響き渡った複数の悲鳴は、たまたまこの別邸を訪れていた商人達に聞かれ、瞬く間にサントールの街全体に噂が広まった。

新聞記者も取材に来たのだが、誰もが一様に口を閉ざし事の真実を語らず、この話は世間を少し騒がせただけで歴史の闇に消えた。

ただ一人、傭兵ギルドに所属する少女魔導士だけが、『ユイさん怖い、ユイさん怖い、ユイさん怖い……』としばらくの間、うなされ続けたとか。

◇　◇　◇　◇　◇　◇　◇

メーティス聖法神国にある某商業都市。

商人の大半が神官との繋《つな》がりがあり、商人達は彼等の影響力を笠《かさ》に周辺諸国での取引を優位に進め、売り上げの何割かを賄賂として渡す関係を築き上げていた。

だが、長いこと続いたこの関係も、周辺諸国に広まりだした回復魔法の販売からケチがつき始め、今も神官達の影響力の低迷は続いている。

結果として神官達を後ろ盾にしていた商人は、今まで不当な扱いを受けた他国の商人から反撃を受け、通常の取引でさえ困難な状況に追い込まれていた。

それほど他国の商人から恨まれていたということだろう。

当然、失業した商人も大勢おり、現実を受け入れられず麻薬に手を出し、思い出の中へ逃避する者が増えていた。

そんな一人である某元商人が、人気《ひとけ》のない地下水路で麻薬を購入しようとしていた。

「な、なぁ〜早くくれよ……。もう、アレがねぇと耐えられねぇんだ……」

「おいおい、これっぽっちの金じゃたいして売れねぇぜ？　せいぜい三日分だな」

「頼む！　頭がおかしくなりそうなんだぁ、薬を……俺に薬を売ってくれぇ！」

「まぁ、欲しければ売ってやるけどよ。しっかし浅ましいもんだな、大店《おおだな》の商人だったアンタも随分と落ちぶれたもんだぜ。人間、こうはなりたくねぇわ」

売人が手にした麻薬を奪い取ると、元商人の男は震える手で一粒取り出し、水を使わず強引に飲み込んだ。

即効性なのか、男は瞬く間に幸せそうな笑みを浮かべ、思い出の中へとトリップする。

「金ができたらまた売ってやるよ。それまでしっかり稼いできな」

売人はかつて商人であった男に哀れむような目を向けると、次の顧客の元へ向かうべくその場を後にした。

残された男は麻薬によって夢の中。

だが、へらへらと唾液交じりの笑みを浮かべる彼に、悪夢が迫る。

黒い影が静かにその男の元へと忍び寄ると、周囲に人間がいないかを確認し、霧状の体を男の口や鼻から一気に侵入させる。

「ゴハッ、グゲェ……ウゥ……グム……」

男はしばらく暴れ回っていたが、やがて痙攣《けいれん》した後におとなしくなる。

長い静寂の時間が経過し、やがて異変が起き始めた。

男の体が異常に膨張を始め、膨れ上がった背中の肉塊から白い手足が無数に生え出す。

まるで寄生した虫が宿主の肉体を食い尽くし、成虫となって羽化するかのようだった。

ただし、男の体を突き破って出てきたのは虫などではなく、おぞましい姿をした化け物だ。

見た目はムカデに見えるが全身は人の肌のようで、頭部あたりから女性の上半身が生えている。

無数にあるように見える手足も、全て人間の手足と同じ形だった。

また、上半身に生えた女性の体にある頭部は、本来眼球がある場所からカタツムリのような目が飛び出ていた。

体のいたるところにも眼球や口が存在し、それぞれが勝手に蠢《うごめ》いているように見える。

「ウフフ……やったわ。とうとう肉体を取り戻したわよぉ！」

「いや、シャランラの姐《あね》さん……自分の体をよく見てくれよ。これが人間の体か？」

「えっ？」

シャランラは自分の今の体をよく確認した。

当然だが、その姿は彼女が求めた姿とは程遠い――いや、地平線の彼方《かなた》のように果てしなく遠すぎる姿だった。

「な、なによこれぇ!?」

「見事なまでに化け物だよな」

「体は手に入れたが、これじゃ外に出られねぇぞ」

「しかも女を抱くことすらできねぇ……トホホ」

「てめぇ、人を殺しておいて、よくもそんなこと言えるなぁ!!」

「返して！　私達の人生を返してぇ!!」

「イヒッ、ヒヘヘヘヘ……」

体にある無数の口から、それぞれ別の言葉を吐き出す。

「な、なんでこんな姿に……」

「俺達が知るわけねぇだろ」

「姐さんは馬鹿だからなぁ～……」

「そんなことはどうでもいい！　家族を殺しやがって、呪われろぉ!!」

「ひゃははっは、いい気味よ。無様ね」

呆《あき》れる盗賊達の魂と、ゾンビ化された被害者達の魂がそれぞれ好き勝手に騒ぐ。

こんな姿では討伐対象になるのは確定で、水路から出るのは自殺行為だ。

「い、いやぁあああああああっ!!　こんな姿、私じゃな〜〜〜いっ!!」

あまりのおぞましい姿にいたたまれなくなったのか、シャランラはその場から全力で逃げ出した。

彼女達がこんな哀れな姿になった原因は、元商人の男が服用した麻薬にある。

この麻薬は以前、イサラス王国が兵の強化を目的とした魔導具に組み込まれた邪神石を、制御できないという理由から開発部とアドが危険視し、処分を名目にテロを目的とした破壊工作用の麻薬に混ぜて裏社会へ放出したものだ。

アドは四神に対して細やかな嫌がらせを目的とし、イサラス王国の軍部も敵国に少なからず打撃を与えるため、メーティス聖法神国の犯罪者に流したのである。

彼が軍の上層部と関わった事案は、アミュレットの件も含めてこの二件だけだ。

この麻薬は、効果は薄いが何度も服用すると人間を化け物に変質させてしまうため、ソリステア魔法王国と同盟を組んでいる小国家群では規制対象とされていた。

シャランラ達はその麻薬を取り込み変異したのである。

かくして、ゾンビから不気味生物となったシャランラ達は、数日後に下水道の清掃員に発見され、討伐対象として追われることになるのだった。

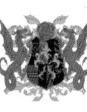

第十三話　ベラドンナさんのプライベート事情

山脈上空を飛行する黒い生物。

巨大な翼を広げ飛ぶ姿はドラゴンを彷彿《ほうふつ》させるが、放たれる気配は生物とは思えない禍々《まがまが》しいものであった。

『……なぁ』

『なんだ？』

『面白ネタでも話すのか？　Mに目覚めた男の話とか』

『その話、もう七十三回目よね？』

『違う、そうじゃなくてよ。俺達……あの女神からなんて二つ名貰《もら》ったんだっけ？』

ご存じ、勇者の魂が集合し、生物の肉体を乗っ取ったうえで異常進化した【ジャバウォック】であった。

偶然なのか必然なのか女神と出会い、安定しない肉体（主に肥満）を解消してもらったことで、各々の復讐《ふくしゅう》を実現するべく、着々とメーティス聖法神国方面へと移動していた。

まぁ、途中で体の試運転がてら、どう復讐《ふくしゅう》するのか魂達が相談し合い、余計な会話込みでだいぶ時間が掛かってしまったようだが……。

そんな彼等は、女神【アルフィア・メーガス】から二つ名を貰っていたのだが――。

『闇より来たりし復讐者……だっけ？』

『黄昏《たそがれ》よりも紅《あか》き者だった気がするぞ？』

『黒いじゃん。たしか饅頭《まんじゅう》怖いじゃなかったかしら？』

『ミスター・ウクレレじゃなかったっけ？　あっ、女もいるか。じゃあ違うな』

『どうでもいいじゃん。二つ名なんて恥ずかしいし』

『痛いよな』

『それよりも、大陸を全裸で縦断した女の冒険話の方が面白かったなぁ～。続きが気になって仕方がないわ』

『『『『まったくだ』』』』

――すっかり忘れていた。

仮にも神につけてもらった【滅魔龍】の二つ名だが、その時の魂達は超肥満体から解消され、歓喜のあまり話を聞いていなかった。

勢いで自分達がアルフィアに何か言った気もするが、彼女と別れて以降は体を慣らすため西進しながら各地で魔物と派手なバトルを繰り広げ、些細《ささい》なことなど忘却の彼方《かなた》へと押しやった。

それだけ肥満体であったかつての体に難儀していたということだろう。

普通に考えても罰《ばち》当たりなのだろうが、アルフィアもまたその場の勢いでつけた二つ名なので特に気にならないと思われる。むしろ本人も忘れている可能性が充分に考えられた。

所詮《しょせん》はノリと勢いの一幕だ。

『名前がジャバウォックだというのは覚えているんだが……』

『それだけで充分だろ。それより、今はどこを最初に襲撃するかだな』

『砦《とりで》を襲うんじゃないのか？　国境からじわじわと潰《つぶ》して恐怖に追い込んでいくとか』

『いや、そこは街からだろ。四神の教会を焼き尽くそうぜ』

『関係ない住民を巻き込むのは駄目だろ。やるなら痛快にしないとさ』

『そうよね。私達、仮にも元勇者だったんだから』

一応彼等は復讐者なのだが、恨みがあるのは法皇を含む神官達だけなので、住民ごと皆殺しにしたいわけではない。

アルフィアの手で調整されたことで、自我崩壊を起こしかけていた古い勇者達の魂も理性を取り戻し、関係のない者を巻き込まない方向で活動することを決めた。

何よりもカッコよく登場したい。

彼等はこだわりある復讐者なのだ。

『まずは国の上空を飛び回ってやろうぜ。さぞ慌てふためくだろうな』

『異議なし。そんで神殿一つ一つを落としていくのは大前提で、砦は攻撃されたときだけでいいだろ』

『襲う場所は適当でいいわね。その時の気分と勢いということで』

『同類（勇者）がいたらどうする？』

『そこは、真実を教えてあげるのが優しさだろ。奴等、混乱するだろうな』

『ひゃははは～、暴露タイムの時間が来たぜぇ～!!』

『ほんじゃ～レッツらゴー！』

黒い巨体が空を行く。

そして、ジャバウォックはメーティス聖法神国領内に悠々と侵入した。

地上ではジャバウォックの姿を確認した砦の騎士や、農作業に勤《いそ》しんでいた民衆が驚愕《きょうがく》し、大混乱に陥ったという。

メーティス聖法神国を震撼《しんかん》させる事態がついに始まった。

◇　◇　◇　◇　◇　◇　◇

メーティス聖法神国とアルトム皇国の境にある【シュトーマル要塞《ようさい》】。そこから北西に離れた場所に【17砦】と呼ばれる砦があった。

名も与えられず記号だけのこの砦は、主に物資集積場としての役割を持ち、有事の際はシュトーマル要塞に食料や物資を運び込む後方支援の要《かなめ》としての役割を与えられている。

アルトム皇国侵攻の際もこの17砦は多くの物資が運び込まれたが敗戦し、シュトーマル要塞では対処できなくなった多くの怪我人を治療する、野戦病院として使われた経緯もある。

【グレート・ギヴリオン】出現の際は、大量に進撃するG軍団の余波を受け防壁が壊され、建物を含め半壊の憂き目に遭う。現在修復作業の真っ最中であった。

だが、思ったよりも職人が集まらず、その作業も遅々として進んでいない。

「お～い、休憩だぞ」

「あっ？　あぁ……立ったまま少し寝ていた」

「器用だな。つ～か、サボってんじゃねぇよ」

「いや、暇すぎてつい、うとうととな」

防壁で見張りを担当している兵士達が、長い監視業務から一時的に解放された。

シュトーマル要塞より離れた場所だが、【邪神の爪痕《つめあと》】と呼ばれる渓谷からいつ強力な魔物が出現するかもしれず、常に兵士達によって警戒をされているのだが最近は人手不足に陥っていた。

特に見張りは重要な任務なのだが、四交代制だったところを現在は二交代制で行っており、業務が長時間に延びたため兵の精神的な疲労がかなり溜《た》まっていた。

多少気を抜かないと倒れてしまうだろう。

「国境から離れているとはいえ、ここは重要な拠点だぞ。気持ちは分かるけどよ」

「ルーダ・イルルゥ平原での敗北が、俺達の仕事を激務にしたな。何が勇者だよ」

「獣人族を侮っていたな……。まぁ、勇者がいくら強くても、戦争は一人じゃできねぇからなぁ～」

「馬鹿みたいに突撃して、返り討ちにあったんじゃゃなぁ～。この話も何度目だ？　ハァ……休みが欲しいぜ」

一年にも満たないうちに、メーティス聖法神国は不幸が続いた。

聖都【マハ・ルタート】の崩壊から始まり、ルーダ・イルルゥ平原での大敗北。周辺諸国家の同盟による外交衝突と同時に回復魔法の一般販売による神官の需要低下。

更に【グレート・ギヴリオン】の襲撃による被害を合わせると、まるで呪われているとしか思えないほど不幸続きだ。しかも勇者達の何名かが行方不明となっている。

四神の神託も降りてこないという話だ。

「回復魔法か……俺も覚えたいぜ。なんでも錬金術師が医療魔導士と名乗り始めたらしいじゃねぇか。薬と魔法による治療が一般に出回れば、神官達よりも需要があるだろうな」

「まぁ、長い期間修行してやっと神聖魔法一つ覚えるより、魔法薬と回復魔法を併用したほうが効率もいいのかもなぁ～。怪我も病気もドンとこい。隙《すき》がねぇ～」

「この国、大丈夫なのか？」

「知らん。元より俺は傭兵《ようへい》上がりだし、神官共や聖騎士には義理もねぇからなぁ～」

「それ、他では言うなよ？　その場で斬り殺されるぞ」

多くの兵や騎士達が持っている漠然とした不安感。

これは何も彼等に限った話ではなく、街に住む民衆や商人、裏社会の住人達もまたメーティス聖法神国は危ないのではと誰もが思っていた。

特に商人達がこの状況を危機として見ており、実際問題として周辺国から仕入れる商品の物価が上昇し、聖都に近づくほど値段は跳ね上がっている。

特に塩が問題で、民《たみ》達が購入するにも些《いささ》か高値になりつつある。

「小国家同士が手を結べば、戦力的に見てもこの国と互角に渡り合えるだろ。下手な理由で侵攻すれば別の国が攻めてくる。厄介な事態らしいからなぁ～」

「今は内政に金を回すので手一杯で、他国に攻め込む予算や人的余裕はないだろ。一番の脅威が獣人族だしな」

「昔奪った土地を奪い返されているんだろ？　しかも組織立って……絶対に王がいるぞ」

「今までになかった展開に上層部も慌てているらしい。きっと日頃の行いが悪いからだ」

栄枯盛衰は世の理《ことわり》。

今までメーティス聖法神国は手痛い反撃を受けたことがなく、隣の大国でもあるグラナドス帝国とも小競り合い程度。

歴史的な大敗をしたのは過去を見ても数える程度しかない。

人間至上主義なところがあり、エルフやドワーフの地位は低く、こと獣人はこの国では奴隷扱い。

そんなメーティス聖法神国は、力押し一辺倒だった獣人達の戦いを『突撃一辺倒で戦略性がない』と酷評していたが、まさか戦術で負けるとは思っていなかった。

しかも、その敗北は今も続いており、騎士や兵の損害が酷《ひど》いことになっていた。

何しろ戦場で殺すだけでなく、捕虜となった者は腕や足を叩《たた》き折られ、治療してもまともに戦えない状態にされるのだ。兵を育てるのもタダではなく、余計な損害を受ける前に撤退させるしか手がない状態だった。

更なる問題は、獣人族の指導者が化け物レベルの強さであるという噂《うわさ》があることだ。

最近では砦に単騎で乗り込み、攻め立て続けて落としたらしいとか。

「なぁ、例の噂……。単騎で砦を落としたって話、アレをどう思う?」

「普通は無理だろ。間者を送り込んで毒を使うならともかく、人間のできるような所業じゃねぇ」

「俺もそう思ったんだが、どうも事実らしい。俺の同期がその砦にいたんだが、両腕両足を粉砕されて騎士生命を絶たれた。ざまぁ〜」

「ひでぇな、お前……。そいつのこと嫌いだったのか?」

「イケメン、甘ボイスで女にモテモテな奴でよ。俺の姉もそいつにハマって……。クソッ、美形なんてみんな死ねばよかったのに!」

「まったくだな!」

休息中とはいえ監視任務をそっちのけにし、二人の男達は噂話を続けた。

アルトム皇国が攻め込んでくることなど考えておらず、それを知っているからこそ堂々とサボれる。しかも過度の長時間労働なので士気も完全に低下していた。

こんなところを見られでもすれば減俸ものだが、上司の隊長も似たような状態なので誰も咎《とが》める者はいない。

そんな彼等の変わりない日常が、今日に限っては違った。

二人の周囲に突然暗い影が差す。

「な、なんだ……って、なんだぁ!?」

「あ、あぁ……あれって、ドラゴン!?」

漆黒の巨龍が上空を通過した。

いや、ドラゴンというにはあまりにも禍々しい。

砦など簡単に潰せそうな巨体が、本国を目指して高速で飛んでいった。

「まずいぞ！　あんなのが国内で暴れ回ったら……」

「どれだけ犠牲が出るか分からん。至急、伝令の馬を走らせるんだ!!」

「いや、手遅れじゃね？　空を飛んでんのに伝令が間に合うのか？」

砦内はパニック状態になった。

何しろ同僚だけでなく、砦修復にあたっていた職人達も目撃したのだ。

しかも、よりにもよって災害級の大きさを持つドラゴンである。そんな存在などお伽噺《とぎばなし》でしか聞いたことがないほどだ。

もはや手遅れかもしれないが、伝令の早馬を出す砦の兵士達。

この日、メーティス聖法神国で初めて【ジャバウォック】の姿が確認された。

同日、神殿の一つが完膚なきまでに破壊されたという。

◇　◇　◇　◇　◇　◇　◇

「んぅ……」

まどろみの中にあった意識が次第に覚醒し、ベラドンナはベッドの上で目を覚ました。

「起きたのかい、キャンディー」

「あ……ルシオン。もう起きてたの？」

「いや、もう昼なんだけどな。随分と疲れているようだから、ゆっくり休ませようと思ったんだけど、起こしたほうがよかったかい？」

「その気配りが嬉《うれ》しいわ。店にいるとストレスだけが溜まるし……。あと、本名はやめて」

普段は自身の経営する魔導具店で暮らすキャン――もといベラドンナだが、今いる場所は旧市街にある彼女の恋人の家だった。

ベラドンナの店は万年赤字続きで、仕方なく公爵家が運営するソリステア派の工房でアルバイトを始めた。作業内容は箝口令《かんこうれい》が敷かれているので誰にも言うことができない。

毎日、ただ魔導術式を鉄板に刻むだけの単調作業で、精神と魔力が疲弊していた。

工房に泊まることも考えたが、思考のおかしいドワーフといると余計な作業を押しつけられそうになるので、近くに住む恋人の家に来たのだ。

ちなみに恋人のルシオンは靴職人で、旧市街の一角に作業場兼自宅を所有し、一人前になるべく修業をしている好青年だ。

「ふぅ……ん～～！　なんか久しぶりに休めた気がする」

「俺としては、いつでも泊まりに来てほしいんだけどな。月に二、三回しか会えないのは、正直に言って危機感を覚えるよ」

「そうしたいんだけど、あの馬鹿をルシオンに会わせたくないのよ。あなた人がいいし」

「どうしてクビにしないんだい？　君ならすぐにでもやってそうだけど」

「したわよ。けど、あの馬鹿はクビにしたことすら忘れて私に迷惑をかけてくるのよ。自分を中心に世界が回っていると本気で思っているんだから」

「毎回、君の愚痴を聞くけど……想像以上に自己中なのか」

「始末しようと何度思ったか、もう数えきれないわ」

店にいても自称天才の馬鹿店員が問題を必ず起こし、ストレスだけが蓄積する。

殴っても行動を改めず、常に自分の都合のいい方向に思考を向ける。いや捻《ね》じ曲げる。

よく言えばポジティブ、悪く言えば自己中心型常識破綻犯罪偽証学習能力欠乏性夢想重篤患者だ。

思考の全てが自分の中で完結している異常者なのだ。

そんな奴に恋人を引き合わせるなどしたくない。する気もない。

「ルシオンと会えば、真っ先に犯罪容疑をかけてくるわ。どうしようもない馬鹿だもの」

「だからって、キャンディーが全部背負う必要はないと思うんだが」

「フッ……あの馬鹿に関わったら、ルシオンもまともではいられなくなるわ。私、あなたをそんな目に遭わせたくないの」

「そんな死んだ魚のような目で言われても、逆に心配するんだが？　君に何かあったら、俺がおかしくなりそうなんだけど……。そこまで言うほど酷いのか……」

「大丈夫、私はあの馬鹿に対して耐性があるから。でも、あの馬鹿を知っている人達なら、『早く死ねばいいのに』って絶対に思うわね。殺意を持っている人も多いんじゃないかしら？」

「よく犯罪者にならないな……」

駄目店員クーティー。

彼女が犯罪者にならない理由は、犯すのが全て示談で解消できる程度の軽犯罪ばかりであり、その負担を身近な者達に背負わせるからだ。

例えば食堂でツケを溜め込んでも、その支払いはベラドンナや知人に押しつけ、どうにもならなくなったときに初めて泣きついてくる。その繰り返しだ。

恩を与えればつけあがり、冷たくあしらえば『ふん、いいですよ〜！　私がいなくなって困ればいいんですぅ〜』などとほざいて出ていく。

放り出されても街をさまよっているうちに別のことに気を取られ、やがて追い出された事実そのものを忘れ何食わぬ顔で戻ってくる。

その間に散々街中で馬鹿なことをしでかすというおまけ付きで、だ。

衛兵もクーティーとは関わりたくないのか、『こんな奴を野放しにしないでください。できれば鎖に繋《つな》いで、地下室で厳重に隔離することを我々はお勧めしますよ』などと言ってくるほどだ。できるならとっくにやっている。

「たぶん、私があの子を殺しても情状酌量で無罪になるわね」

「いや、俺にはキャンディーが人殺しになることが、看過できない問題なんだけど！」

「世の中にはいるのよ。善人だけど人を不快にさせることに関して天才的な奴が……。クーティーがまさにそれよね。しかも自分の行動を顧みない……いや、自覚できないから知りようがないのよ」

「それ、異常者では済まないぞ？」

いくらわんぱくな子供でも、親が何度も口うるさく注意し、ときには叩くことで善悪や物事の善し悪しを理解していくものである。だが、クーティーにはそれがない。

他人の痛みや不快な思いを理解しようとする機能が根底から抜け落ちているのか、同じことを何度も繰り返す。しかも自分が天才だと本気で思い込んでおり、同時に思い上がっており、時折人を小馬鹿にするような言動をすることもある。

これで善人の位置にいるのだから不思議だ。

「もう、店をたたんで結婚しちゃおうかしら……」

「結婚は嬉しいけど、理由を聞くと複雑だな。その駄目店員はしつこくすり寄ってくるんじゃないのか？」

「毒殺してスライムの餌にするわ……フフフ。死体さえ見つからなければ完全犯罪だし、街の人も喜ぶわね。あの馬鹿は、自分が嫌われていることに気付いてないし……」

「病んでるな、キャンディー……」

会うたびに精神的にヤバくなっていく恋人の姿に、ルシオンは内心穏やかでいられない。

駄目店員を殺害しそうなまでに追い詰められており、このままだと本気で殺人計画を実行に移しかねない。もはや、時間の問題だ。

そこまで他人を追い詰めるクーティーが逆に凄《すご》いとも言える。

「はぁ〜……少し外の空気を吸ってくるわ。清々《すがすが》しい朝が台無しになったし」

「いや、だからもう昼だからな？　昼食もできてるんだが……。それより、そんな扇情的な格好で外に出ていくのか？」

「あら？」

ベラドンナの姿は裸にYシャツ姿。

久しぶりに恋人と熱々な夜を過ごし、英気だけは充分に養えた。

「ウフフ……ドワーフ達も扱《こ》き使ってくれちゃって。ここであなたに癒《いや》されたけど、体に力が入らないわ……」

「力が入らないのは俺も原因だと思うが……。それより、ドワーフがおかしいのは元からだと思うぞ。ふらついているじゃないか、支えるよ」

「それと、着替え……手伝って」

「はいはい」

よほどハードな夜を過ごしたのか、あるいはハードな仕事疲れか、ベラドンナの体力はかなり消耗していた。そんな彼女の着替えをルシオンは手伝う。

まぁ、夜の話はともかく、仕事中毒のドワーフと共に働けば、飲まず食わずで三日以上扱き使われることなどよくあることだ。

朝・昼・晩の三食が保証され、夜も就寝できる職場はかなりクリーンな部類に入る。

その点ではどこかの土建会社はマシと言えるが、今ベラドンナがアルバイトしている場所はソリステア派の工房。ドワーフ達にとって趣味と実益を兼ねた理想の職場なので、歯止めがかからない。

結果が出るまで好き勝手に作業ができるので彼等はやりたい放題だった。

体力のない魔導士には地獄の職場と化しているのが現状だ。

「給金割り増しにしてもらわないと、正直割に合わないわね。このままだと生活費を稼ぐ前に私が死ぬわ。お金だけが唯一やる気を掻《か》き立ててくれるから」

「気力が続かないのか？　まぁ、ドワーフが職場にいるんじゃゃなぁ〜……」

着替えを終え、二人は外の空気を吸うために玄関口から外へと出た。

だが、そこで二人が目にしたものは――。

「あ〜〜っ！　店長を発見!!」

「……な、なんでここにいるのよ」

「ま、まさか、彼女が噂の………」

「そう、その通り！　煌《きら》めく知性に美貌を備え、暴く邪悪な大犯罪。正義の天才名探偵クーティー、噂の現場にただいま参上!!」

『『確かに天災だ……。呼んですらいないのにウザイ』』

よりにもよって一番会いたくない人物。

メイド姿の歩く災厄。

輝く眼鏡がチャームポイントの駄目店員が、包帯姿でドヤ顔をしながら奇妙なポーズを往来で恥ずかしげもなく決め、更に聞いていて恥ずかしい名乗りを堂々と声高らかに叫んだ。

しかも天才だの美貌だのと図々しくアピール。凄く腹が立つ。

「なんで包帯姿なんだ？」

「言われた仕事をやらないくせに、独断で余計な仕事ばかり増やすから、ドワーフ達にフクロにされたのよ。それでも死なないんだから頑丈よね……死ねばよかったのに」

「毒……効くのか？」

「一度追い出したときに生ゴミを漁《あさ》っていたらしいから、毒に対して耐性があるかもしれないわ。人類が滅んでもコイツだけは生き延びそう」

やはりバイト先でも役立たずのようだった。

ちなみにクーティーの仕事は鉄板を加工する作業で、冒険者だった頃にハンマーを振り回していたことから自ら志願し、作業に従事していた。

しかし、元が大雑把《おおざっぱ》な彼女がまともに仕事をこなせるはずもなく、不良品を大量に作り出した。

職人達が加工作業の指示をするも『こんなの、天才の私にかかればチョチョイのポイですぅ。適当で充分』などとほざきながら作業するので、職人気質のドワーフ達は怒り、そして何度もゴツイ拳の洗礼を叩き込まれた。

というか、前日ベラドンナよりも先に帰ったはずなのだが、なぜこの場にいるのか分からない。

「店長ぉ～、店の鍵が開いてませんでしたよぉ？　路地裏で寝る羽目になったじゃないですかぁ～」

「あぁ……そういえば鍵は私が持っていたわね。でもアンタなんだし、路地裏で寝ていても誰も襲わないわよ」

「そんなことはありません！　こんな世紀の美少女が路地裏で寝るなんて、多くの男性がきっとハァハァしていたに違いありません！　あぁ、なんて罪な、わ・た・し」

「美少女って、アンタ……。成人してから何年経《た》ってるのよ。もうすぐ行き遅れ確定じゃない」

「乙女は、いつまでたっても少女の心を忘れないものなんですぅ～。そんなことも分からないなんて、店長はとうとうおばさんの領域に踏み込んでしまいましたか……ヘブゥ!?」

ベラドンナの怒りの拳が問答無用でクーティーの顔面に叩き込まれた。

しかも、身体強化魔法で威力も倍増された容赦ない一撃だった。

クーティーは物理法則的にありえない回転をしながら路上を転がり、派手にバウンドしたあとゴミ箱を弾《はじ》き飛ばし、ダイナミックに壁へと激突する。

「アレは死んだんじゃ……」

「だったら嬉しいんだけど」

「いたた……店長ぉ～酷い。そんなんだから嫁の貰い手が……あべし!?」

身体強化されたうえに炎系魔法で属性付与され、加速力を加え威力激《げき》増しの飛び蹴りが、再びクーティーの顔面に叩き込まれた。普通なら頭部が粉々に砕けてもおかしくはない威力なのに、後頭部が壁にめり込む程度で終わった。

それでも生きているクーティーは、ある意味で化け物なのかもしれない。

「うぅ……本当のことを言っただけなのに」

「やかましいわ！　そんなことより、なんでアンタがこんなところをうろついてんのよ。不審者が街を歩き回るなんて、それだけで犯罪じゃない」

「誰が不審者ですかぁ～!!　誰もが羨《うらや》むこの天才をつかまえて」

「天才じゃなく天災でしょ。子供が怯《おび》えて逃げ出すほどの不審者が、堂々と街中を歩き回るもんじゃないわよ！　一般人に迷惑でしょうが!!」

「店の鍵を開けておかない店長が悪いんじゃないですかぁ～。合鍵くらい用意してくれてもいいじゃないですかぁ～」

「アンタに鍵を渡すと、勝手にスペアも作るから死んでもごめんよ。追い出した後にこっそり忍び込まれ、お金を持ち逃げされると困るもの。不満なら、実家から生活費を持ち逃げした前科のある自分に文句を言いなさい」

さすがに昔の悪事を出されると困るのか、誤魔化すように顔を背けるクーティー。

何しろ彼女の頭は、『お金がない』↓『天才の私が店員をやってあげているんだし、少しくらい持ち出してもいいですよねぇ～』↓『クッソ不味《まず》いご飯より、豪勢な料理の方が天才の私に相応《ふさわ》しいですぅ～』↓『今日は高級店でディナーにしよう！』と考えるどうしようもない自己中だ。

そこに店の売り上げとか他人の金とかいう思考が働かない。

実家から飛び出したときも『農家なんて天才な私の頭脳を腐らせるだけ。出世したらお金を送ればいいし、少しだけ借りてもいいですよねぇ～』などと考え勝手に持ち出した。

それによってクーティーの両親や兄弟は三ヶ月以上極貧生活を強いられた。当然だが、クーティーはいまだに実家へ仕送りをした試しがない。

「ふ、ふん。店長だって、見知らぬ男性と一緒に何やっていたんですか？　まさか……」

『ぎくぅ!?』

ベラドンナにとってルシオンのことは一番触れられたくないところだ。

これ以上安息の地がなくなるのは彼女にとって困る。

「まさか、店長……自首してください」

「はっ？」

クーティーのアホな脳みそが叩き出した答えは、実に頓珍漢《とんちんかん》なものであった。

以前ベラドンナは『彼氏いる宣言』をしているのだが、彼女は完全に忘却していた。

「いくら恋人ができないからって、弱みを握って好きなように……。いつから店長はケダモノになって……あ、元からでしたね」

「こ、このドアホ……」

「はぁ～、行き遅れのおばさん間近な店長は、そこまで堕《お》ちましたかぁ～。安心してください、刑期が終わるまで店は私が管理しますぅ！」

「やかましいわぁ、いい加減にしろぉ!!」

流れるような動作でクーティーの背後に回ると、ベラドンナは彼女の腰を両手で抱えるとそのまま押し上げ、明日への架け橋ジャーマンスープレックスホールドを華麗に叩き込んだ。

そして、ピヨっているクーティーを無理やり起こすと逆さに抱え込み、パイルドライバーに繋げる。更にジャイアントスイングをかまして街灯へと叩きつけた。

立て続けに脳天へダメージを受けたクーティーはさすがに気絶する。

逆に言えば、ここまでやらないと気絶することがないということになる。

ベラドンナの身体強化による効力は今も続いており、増幅された体力で石畳に舗装された路面に叩きつけられたのだ。これで気絶でもしなければ既に人間をやめている。

クーティーがまだ人間であることが一応だが証明された。

「チッ……まだ息があるわね」

「キャンディー……。君、いつもこんなことをしているのか？」

「この馬鹿が怒らせなければ、私は人畜無害よ」

「苦労……しているんだな。話に聞いていたとおり、確かに凄くイラッとくる」

何しろ雇われている身でありながら雇い主を犯罪者扱いし、そのうえベラドンナの店を『任せろ』などと口にした。クーティーに店を任せれば三日で売り飛ばされることだろう。

信用という言葉が裸足《はだし》のまま全速力で逃げだす生物、それがクーティーなのである。

「それより、コレをどう始末しようかしら？」

「放置すると俺達の関係がバレるからな、家に連れて戻るわけにもいかないだろう」

「ルシオンにはコイツの被害者になってほしくないし、どうしようかしらね……」

気絶したクーティーはいずれ目を覚ます。

ルシオンの家に連れ込めば恋人関係がバレ、やがて食事や金をせびりに現れる。ルシオンもそのあたりの事情はベラドンナに聞いていた。

一目で分かるウザイ女には、近づいてほしくない。

「なんだろうな。一目で彼女とは相容《あいい》れないと分かったよ」

「誰もがそう感じると思うわ……ん？」

処理に困っていたところに、偶然にも釣《つ》り竿《ざお》を持った灰色ローブの胡散臭《うさんくさ》い魔導士の姿を確認する。ベラドンナにとってこの魔導士は同志とも言える存在であった。

「おっ？　ベラドンナさんじゃないですか、今日も駄目店員にジャイアントスイングをかましてるんですか？　彼女も懲りないですねぇ」

「ゼロスさん!?」

「誰？」

ルシオンとは初対面だが、当の魔導士はそんなことどうでもいいのか、クーティーの様子を窺《うかが》う。

というか一瞥《いちべつ》しただけで状態を見抜く。

「ふむ……まだ生きてますか。僕はこれから釣りに行きますが、ついでにオーラス大河へ捨ててきましょうか？」

「お願いできるかしら。私の体力だとそこまで運べないし」

「ついでですしねぇ。よっこらしょ……うっわ、予想以上に重い。なにを食ってんだか」

「たぶん、ここに来る前に何か食べてきたわね。そのうえで私に食事を奢《おご》らせようとしたと見るべきかしら……」

「どんだけ大飯食いなんですか。まぁ、彼女がいなければ、しばらくはゆっくりできるでしょう」

「そうだといいんだけど……」

おっさん魔導士はクーティーを抱え、『海まで流されるといいですねぇ』などと言い、軽く手を振り挨拶しつつ波止場の方へと歩いていった。

クーティーは路上からオーラス大河へと運ばれていったわけだが、そこでルシオンは河に生きたまま気絶者を投げ捨てるこの二人の異常さに気付き、『あれ？　これって犯罪じゃないのか？』と当たり前の疑問を持つ。

彼は真っ当な人間だった。

「キャンディー……いいのか？　これ、普通に殺人だと思うんだが」

「衛兵もクーティーがオーラス大河を流れていったところで、手放しで喜びこそすれ調査なんてしないわよ。それだけ周りに迷惑をかけているから」

「そうか……（俺の想像以上に周りに迷惑をかけているのか？　どんだけ街の人達から疎まれてんだ……）」

衛兵にすら見放されている駄目店員。

正直、関わり合いにならなくてよかったと思ったルシオンは、この件をすぐに忘れることを決め、数日間ベラドンナと共に甘い時間を過ごした。

こうして旧市街は、再び平穏な時間を取り戻すのであった。

◇　◇　◇　◇　◇　◇

オーラス大河に釣り糸を垂らすゼロス。

少し先にはメイド服を着た水死体――もとい、先ほどオーラス大河へ投げ捨てたクーティーが、下流へと流されていく。

「おい、水死体だ……って、例の迷惑探偵じゃねぇか」

「なんだよ、脅かすな。どうせ、また馬鹿やってオーラス大河に放り込まれたんだろうぜ」

「これで何度目だ？　漁師の知り合いが『網が駄目になるからもっと下流で流してほしい』って言ってたぜ？」

「どこまでも迷惑なアマだぜ」

「まったくだ」

船乗り達が流れていくクーティーを確認すると、まるで日常であるかのように無視を決め込む。

不思議と誰も助けようなどとは思わなかった。

「親父《おやじ》、水死体が……」

「馬鹿、指をさすんじゃねぇ。起きたらこっちに来ちまうだろ」

「針を投げ込むのは少し待て！　アレに引っかかったら地獄を見ることになる」

「誰だよ、あんな粗大ゴミをオーラス大河に捨てた奴は。迷惑だろ！」

本当に誰も助けようとはしない。

それどころか、万歳三唱しながら流れていくクーティーを見送る者もいるほどだった。

「……どんだけ嫌われているんだろうねぇ、あの駄目店員」

そんな様子を見ながら、おっさんは煙草《たばこ》に火をつけつつ周囲を冷めた目で見ていた。

やがて飽きたのか釣り糸にのみ意識を集中させ、クーティーのことなど綺麗《きれい》サッパリ忘れ去るのだった。

◇　◇　◇　◇　◇　◇　◇

一週間後。

「店長ぉ～、なんで捜索してくれなかったんですかぁ～。優秀な店員が行方不明だったんですよぉ～!?　海岸沿いの漁村で目を覚ましたんですからぁ～!!」

「アンタ……しばらく見ないと思ったら、なに仕事をサボって海に行ってんのよ。バカンス？　いい身分じゃない。大方、港で昼寝でもして河に落ちたんじゃないの？」

「そんな記憶はないんですけどねぇ……。あれぇ～？」

ボロボロな姿で戻ってきたクーティーは、ベラドンナがルシオンといた記憶を綺麗さっぱり忘れていた。

これ幸いにと、ベラドンナはクーティーの無断職場放棄を責める。

「アンタの記憶なんてどうでもいいのよ。戻ってきたのなら、さっさと掃除でもしなさい」

「えぇ～っ、やっと帰ってきたんですよぉ!?　少し休ませて……」

「一週間もどこかでほっつき歩いておきながら、まだ休むつもりなわけ？　どうせ役立たずなんだから掃除くらいはやりなさい、この穀潰《ごくつぶ》し！」

「理不尽!!」

今回に限ってはクーティーが正しい。

しかし、普段の行いで周囲に迷惑をかけまくる以上、彼女に同情の余地はない。

自称名探偵の駄目店員、クーティー。

彼女が更生する日は遠い……。

アルトム皇国

ルセイ

【黒天将軍】の異名を持つルーフェイル族の戦士だが、その性格は乙女。ルーセリスの実の姉でもある。

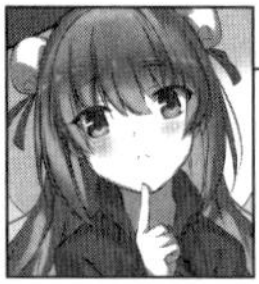

ラシャラ

アルトム皇国の第二皇女。見た目は幼く見えるが、実は従姉妹であるルセイよりも一歳年上だったりする。

ハンバ土木工業

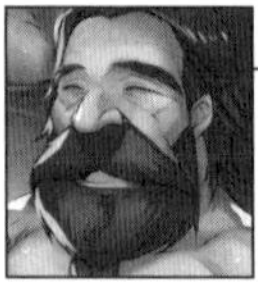

ナグリ

ハンバ土木工業の棟梁。働き者のドワーフの中でも特によく働く。職人気質で部下にも容赦がない。

ボーリング

ハンバ土木工業の職人で、ナグリの父親の弟。ドワーフながら珍しく髭がない。穏やかで面倒見の良い性格。

勇者

姫島 佳乃

五将の一人。死んでいたと思っていた幼馴染の風間卓実と再会し、色んな意味でショックを受ける。

一条 渚

姫島の友達。ゼロスの話を聞いて勇者を辞める。現在はソリステア魔法王国の食堂で働いている。

田辺 勝彦

勇者だったが、一条と同じく辞める。現在はソリステア魔法王国で一条と行動をともにしている。

八坂 学

五将の一人。以前からメーティス聖法神国に不信感を持っていたが、ゼロスたちの話を聞き確信に変わる。

岩田 定満

五将の一人。勇者の中で一番の武闘派だったが、メーティス聖法神国の司教によって殺されてしまう。

その他

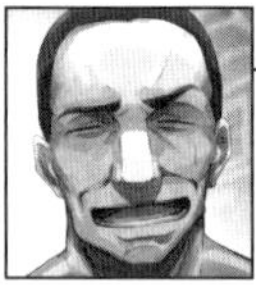

ザボン

善良な漁師。偶然助けたシャランラに優しくされたことで恋心を抱くが、まんまと騙され財産を失う。

ゲンマ

日々剣術の修練に明け暮れる流浪の剣士。娘のカエデから、命を狙われるほどの恨みを買っている。

コズエ

カエデの母親で、ゲンマとともに旅をしている。隠密行動に秀でた忍者だが、魔法も使いこなす。

キョウノスケ

ゲンマのライバル。かつては一本気な性格の剣士だったが、人生を踏み外し危険な薬に手を出してしまう。

ガント

犯罪組織【毒蛇】のボス。ソリステア魔法王国を制圧するべく、その足がかりとしてサントールの街を狙う。

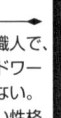

魔導具店

クーティー

ベラドンナの店で働くトラブルメーカー店員。当人は本気で自分を天才で有能だと思い込んでいる。

キャロスティー

サンジェルマン侯爵の息女。言動はザ・お嬢様といった感じだが、他人への思いやりがあり優しい性格。

イストール魔法学院

ディーオ

ツヴェイトの親友。セレスティーナのことが好きだが、ずっと告白できずにいる。思い込みが激しい。

マカロフ

クロイサスの親友で、よく一緒に魔導具の実験を行っている。気さくな性格で、ツヴェイトとも仲が良い。

ウルナ

獣人族の少女でサーガスの養女。イジメられていたところを助けられ、セレスティーナを慕うようになる。

サムトロール

ウィースラー侯爵家の次男。派閥争いでツヴェイトの暗殺を企てるが、作戦に失敗し自滅してしまう。

人ならざる者

アルフィア

かつて邪神と呼ばれていた存在の復活した姿。四神から世界を取り戻すために色々と頑張っている。

ルシフェル

別世界の観測者が遣わした使徒。アルフィアを復活させるため、泣き言を言いながら仕事している。

フレイレス

四神の一柱で火の女神。元気で楽天的でガサツと、とにかく幼稚な性格。行動力だけはやたらに高い。

アクイラータ

四神の一柱で水の女神。一見すると知的で大人の魅力を感じさせる容姿だが、実は何も考えていない。

ウィンディア

四神の一柱で風の女神。口数が少なくいつもボ～ッとしている。アルフィアに見つかり封印される。

ガイラネス

四神の一柱で大地の女神。寝ること以外に一切興味がなく、アルフィアとも交戦せずに自ら進んで捕まる。

エルウェル子爵家

クリスティン

エルウェル子爵家の三女で跡継ぎ。正義感が強く真面目な性格。誇り高き騎士になりたいと考えている。

サーガス

クリスティンに魔法を教えている魔導士で、ウルナの養父。昔からクレストンとはライバル関係にある。

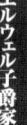

ソリステア公爵家

セレスティーナ

公爵家の末っ子で、芯が強く負けず嫌いな性格。魔法の能力を開花させてくれたゼロスを先生と慕う。

クレストン

前公爵で、かつて【煉獄の魔導士】と呼ばれ恐れられていた。孫娘のセレスティーナを溺愛している。

デルサシス

現公爵であり、切れ者で商才にも長けている。【沈黙の獅子】の異名で呼ばれ、裏の世界にも顔が広い。

ミスカ

セレスティーナ専属のメイド。有能だが神出鬼没で謎が多い。デルサシスとは学生時代からの付き合い。

養護院

ルーセリス

養護院のシスターで、ゼロスに恋心を抱いている。見習い神官ながら、四神教を快く思っていない。

ジョニー

養護院で暮らす男の子でみんなのリーダー的な存在。傭兵になって一発当てたいという野心を持っている。

ラディ

ジョニーと同じく養護院で暮らしている男の子。適当そうに見えるが、実は仲間思いのしっかり者。

アンジェ

養護院で暮らしている女の子。素直で物怖じしない性格。時折ジョニーと意見がぶつかることがある。

カイ

養護院で暮らす男の子。普段は温厚で優しい性格だが、肉のことになると異様なまでの執着心を燃やす。

カエデ

養護院で暮らすハイ・エルフの少女。東方の剣術を磨いており、いずれ父親を倒したいと考えている。

傭兵

ジャーネ

イリスやレナと行動をともにする傭兵。普段は無骨な大剣を振り回しているが、実は料理や裁縫が得意。

レナ

傭兵で、短剣や弓による戦闘を得意としている。可愛い少年が大好きで、夜な夜な遊びに出かけている。

セイフォン

スティーラの街にある傭兵ギルドの支部長。元Sランクの傭兵で【閃光のセイフォン】の異名を持つ。

魔導具店

ベラドンナ

サントールの街にある魔導具店の店長。店員であるクーティーのせいで、店の財政は常に火の車状態。

巻末付録

アラフォー賢者の異世界生活日記

Character collection

キャラクターコレクション

転生者

ゼロス

魔導士としての能力は圧倒的なのだが、マッドな性格が玉に瑕なアラフォー大賢者。本名は大迫聡。

イリス

魔導士で傭兵ランクはC。明るく元気な性格で何事もそつなくこなす。大冒険に憧れを抱いている。

アド

優秀な魔導士。ゼロスとは友達であり、師弟のような関係でもある。本名は安藤俊之で唯香は婚約者。

リサ

マジメで明るい性格の魔導士。紆余曲折を経て、現在はシャクティとクレストン邸でメイドをしている。

シャクティ

オトナの女性の雰囲気漂う魔導士。元々弁護士を目指していたためか、状況分析能力に長けている。

ユイ

本名は船橋唯香。アドこと俊之の婚約者で、彼の子供を出産する。常軌を逸するほどのヤキモチ焼き。

エロムラ

ノリが軽くアホっぽい性格だが、腕は確かなブレイブ・ナイト。ツヴェイトの護衛を担当。本名は榎村樹。

アンズ

忍ばない忍者。基本的に大人しいが、言動は大胆。裁縫が得意で、ひっそりと女性用下着を販売している。

ケモ・ブロス

ケモナーであるケモ・ラビューンの弟子。獣人族の長としてメーティス聖法神国と日々戦い続けている。

シャランラ

息を吐くように嘘をつく詐欺師のような女。ゼロスこと聡の実姉であり、弟を道具のように利用している。

ソリステア公爵家

ツヴェイト

ソリステア公爵家の長男。公爵家に相応しい人間になるために日々努力している。意外に熱血漢タイプ。

クロイサス

公爵家の次男でツヴェイトとは同い年。根っからの研究者気質で、研究以外のことには関心がない。

アラフォー賢者の異世界生活日記 13

2020年8月25日　初版第一刷発行

著者　寿安清
発行者　青柳昌行
発行　株式会社KADOKAWA
〒102-8177　東京都千代田区富士見2-13-3
0570-002-301（ナビダイヤル）
印刷・製本　株式会社廣済堂
ISBN 978-4-04-064869-9 C0093

企画　株式会社フロンティアワークス
担当編集　中村吉論／佐藤裕（株式会社フロンティアワークス）
ブックデザイン　Pic/kel（鈴木佳成）
デザインフォーマット　ragtime
イラスト　ジョンディー

本シリーズは「小説家になろう」（https://syosetu.com/）初出の作品を加筆の上書籍化したものです。

この作品はフィクションです。実在の人物・団体・事件・地名・名称等とは一切関係ありません。

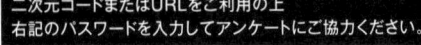

MFブックス
MFブックス新シリーズ発売中!!
引きこもり賢者、一念発起のスローライフ
聖竜の力でらくらく魔境開拓!
[著者] みなかみしょう
[イラスト] riritto
436年間、聖竜の眷属として
過酷な魔境で過ごしてきた賢者アルマス。
彼は生活改善のため、
追放された少女領主サンドラと
領地開拓を始めることを決心する。
地形すら変える規格外の力で、
めざせ快適な魔境暮らし!
のんびり、ゆったり、
魔境《いなか》暮らし

【健康】チートでダメージ無効の俺、辺境を開拓しながらのんびりスローライフする
元ニート、
チートスキルで
【健康】になる！
Story
社畜だったコウタは不慮の事故で死んでしまう。コウタは心身の【健康】と穏やかな暮らしを女神に願い相棒のカラスと異世界で目覚めた。元ニートが剣と魔法の世界の片隅を、【健康】でのんびり開拓する物語、開幕！
坂東太郎
ill. 鉄人桃子
MFブックス
MFブックス新シリーズ発売中!!